徐州历史文化丛书

政协徐州市文史委员会 编

黄楼观风

苏轼在徐州

张梦雨
老　土 著

中国文史出版社

让千年文脉在薪火相传中绽放魅力

周铁根

历史文化是一座城市的根脉和灵魂，源远而流长，历久而弥新。徐州是国家历史文化名城，拥有五千多年的文明史和两千六百多年的建城史，素有"彭祖故国、刘邦故里、项羽故都"的美誉。从历史深处走来的徐州，文化吐纳东西、融汇南北，在多元开放、兼收并蓄中熔铸了博大深厚的人文气象。

自古彭城列九州，汉风激扬绘锦绣。徐州古称彭城，早在大禹分疆之时就雄列华夏九州。秦末刘邦率领丰沛子弟揭竿而起，反抗暴秦。其后楚汉相争，刘邦打败项羽，建立了强盛的汉朝。享誉中外的汉文化由此发祥，形成了"汉人""汉字""汉语"等特定称谓，奠定了华夏民族"大一统"的坚实文化基础。"大风起兮云飞扬"，徐州独树一帜的汉文化恢宏雄壮、激荡千载、生生不息，在中华文化的历史长河中熠熠生辉。

山河形胜要冲地，龙争虎斗几千秋。徐州北连齐鲁、南屏江淮、东濒大海、西接中原，自古就有"五省通衢"之称，历来为兵家必争之地。从春秋争霸、楚汉逐鹿，到隋唐藩争、明清征伐，再到近现代的台儿庄大捷、淮海决战，史载发生在以徐州为中心的较大战役就有六百余起，千百年来的刀光剑影和战火硝烟，锤炼了这座城市"以天下为己任"的豪情大义，形成了充满英雄气概和传奇色彩的军事文化。

地灵人杰帝王乡，英才辈出竞风流。徐州钟灵毓秀，历史文化名人

1

如满天星斗，映照古今。在这片热土上先后走出了刘邦、刘裕、萧道成、萧衍、李昪等十一位开国皇帝，涌现出人文始祖彭祖、文献学家刘向、文学家刘义庆、道教始祖张道陵、史学理论家刘知几、国画大师李可染等文化巨匠。苏轼、白居易等名士也在此建功立业，为官为文。真可谓"龙吟虎啸帝王州"，人文荟萃古彭城。

徐虽古州，其命唯新。改革开放以来，特别是近年来，徐州聚力老工业基地和资源型城市转型发展不动摇，深入践行新发展理念，解放思想抓机遇，凝心聚力促跨越。大力推进"三大转型"，产业转型凤凰涅槃，城市转型破茧成蝶，生态转型华丽蜕变，初步走出了一条具有徐州特色的振兴转型之路。我们牢记习近平总书记"文化建设迈上新台阶"重要指示，大力推动优秀传统文化创造性转化和创新性发展，文化强市建设取得了骄人业绩，开创了文化繁荣发展的新局面。去年年底，习近平总书记十九大后首次地方视察就来到徐州，对我市转型发展实践予以充分肯定，对徐州高质量发展寄予殷切期望，徐州迎来了千载难逢的历史性发展机遇。

文化是人们共同的精神家园。新形势下推动文化建设迈上新台阶，必须要更多地从民族精神中汲取养分和力量，让优秀传统文化浸润心灵，让千年文脉薪火相传，谱写新时代徐州文化的"汉风华章"。市政协以强烈的文化使命担当，组织专家团队编撰出版了《徐州历史文化丛书》。该丛书选题广泛、内容丰富、纵贯古今，有帝王建国、兵家征战，有文人风华、风土人情，也有城市毁建、街巷变迁，还有商贸互换、歌舞相娱，等等，用通俗易懂的语言和图文并茂的形式，全景式再现了我市历史文化的发展脉络，是一部不可多得的地方文化百科全书。丛书的出版发行，对于保护徐州传统文化、延续地域文脉、彰显文化魅力、建设文化强市，都具有十分重要的意义。

不忘本来，才能开创未来。当前，全市上下正坚持以贯彻落实党的十九大精神和习总书记视察徐州重要指示为主线、以推动高质量发展为主旋律、以建设淮海经济区中心城市为主抓手，凝心聚力、团结拼搏，努力以高质量发展的过硬成果向总书记交上满意答卷。希望大家能够认真阅读《徐州历史文化丛书》，从历史的兴衰沉浮中获得启迪智慧，从文脉的传承发展中增强文化自信，自觉肩负起时代使命，勠力同心交出高质量发展满意的答卷，让徐州这座历史文化名城绽放出更加耀眼的光芒！

2018 年 12 月 9 日

（本文作者系中共徐州市委书记）

目　　录

前篇 ………………………………………………………………… 1

熙宁十年卷

四月二十一日：他来了 …………………………………………… 9

五月六日：惹祸的独乐园 ………………………………………… 44

六月十五日：短李的快哉亭 ……………………………………… 51

七月二十日：他和他夜雨对床 …………………………………… 61

八月四日：谁装饰了谁的梦 ……………………………………… 75

九月九日：他没有相约的大水来了 ……………………………… 90

十月五日：大风刮走了大水 ……………………………………… 98

十二月初六：见着了《黄楼集》的编者 ……………………… 101

元丰元年卷

正月二十四日：那该是多长的一张呆脸呀 …………………… 111

二月十日：小黄来信说我想认识您 …………………………… 121

三月二十六日：石潭里赤龙和白虎打了起来 ………………… 131

三月：谢雨途中的一串珍珠 …………………………………… 135

四月九日：大麦小麦都是丰收的样子 ………………………… 143

1

四月二十五日：据说曹村决口得以堵塞 ……………………… 145

五月四日：秦观来了，苏小妹不在 ……………………………… 148

六月五日：打不倒的王元之 ……………………………………… 155

七月二十三日：范仲淹的儿子小范修了衙门 ………………… 157

八月九日：老王家的柔奴我也喜欢 …………………………… 164

八月十二日：霸王项羽家的老楼被强拆 ……………………… 168

八月：燕子楼在，佳人没了 …………………………………… 174

八月十五日：他的星座是摩羯 ………………………………… 183

九月九日：全国文代会在黄楼召开 …………………………… 189

九月十七日：黄楼的另一个名字以及被调戏的和尚 ……… 198

十月十二日：太阳与写诗的和尚以及徐州人的形象 ……… 209

十一月初八日：两只仙鹤飞去了西山 ………………………… 221

十二月十九日：燃烧的石头会说话 …………………………… 227

元丰二年卷

正月二十日：坟墓里的琴声和监狱里的呻吟 ………………… 237

二月：云龙山的杏花开了 ……………………………………… 247

三月二十日：相思泪洒彭门西 ………………………………… 252

后　　卷

七月二十日：利国程奕报告任务完成 ………………………… 267

闰六月二十日：他把比一生更长的时间交给了这里 ……… 279

前　篇

徐州，这城市老啊！老到了华夏之夏。那夏禹治水时把天下分为九州，徐州之名，赫然在列。

不是所有的城市都有一份五千多年的文明史；当然，也不是所有的古老都值得炫耀——

五千年，这里有彭祖、有刘邦、有项羽、有曹操，还有楚汉相争，还有淮海大战——

当然，这里还有隔一些岁月就要发发脾气的黄河。

徐州古称彭城，又名涿鹿，已有5000年文明史。5000多年前，徐州的先民就在此生息劳作。彭城系少典时代的古城，彭城之称，源出有氏。昔者少典之君大丛娶有氏之女安登，生炎帝。安登氏以"壴"为族徽，因称居地为"彭城"。炎黄时代的彭城，在今徐州一带，这里是南玉北渐时期良渚文化晚期的考古遗址分布密集区和中心区。

据先秦古籍《世本》记载："涿鹿在彭城，黄帝都之。"《舆地志》云："涿鹿本名彭城，黄帝初都，迁有熊也。"五帝时期，篯铿因擅长烹饪野鸡汤，受帝尧的赏识，被封于彭城，建立大彭氏国，又称彭铿，因而彭祖之名源于彭城。徐州的建城史可以追溯到三皇五帝时期，以彭城之名见诸文字是春秋时，即公元前573年，是江苏境内最早出现的城邑。夏禹治水时，把全国疆域分为九州，徐州即为九州之一。

1

徐州彭城1号时尚街宋朝苏轼逍遥堂遗址

它从遥远的高原裹泥带沙一次次把这里的历史压成薄薄的图层。一层层无法浏览无法可见的记忆，使这座古老城市的历史显得那么晦涩朦胧。

不奇怪长白胡须的徐州地上没有上千年甚至几百年的亭台楼宇。这里的历史都裹着厚厚的黄泥沙浆，只有偶尔发掘的一座座汉墓还有刻在石头上的一幅幅画像标志着这里曾经有过的鲜明的生活。

公元2015年的仲夏，我一个人背着相机在徐州最繁华的地段逡巡，像极了一只无所事事的流浪狗。

这里是"彭城1号"时尚街，街上有很多可供消遣钱财和时光的店面以及来来往往油头粉面的红男绿女。

我的心思不在这里。我的心思在我目光不及的地下。

这里曾是徐州历代府衙的所在地。汉、唐、宋、元、明、清乃至民国，就在我脚下的一层又一层的地方。在他们所对应的那个时代，这个地方的最高统治者在这里发号施令，也在这里喝酒品茗。现在，轮到我了，轮到我站在这历史的高点。我想让这潮闷叠加的图层一张张掀开，直到目睹我心心所念的那个人物。

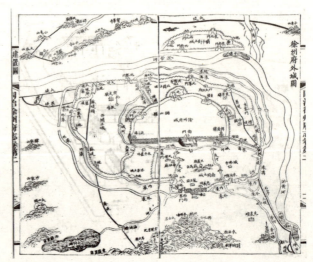

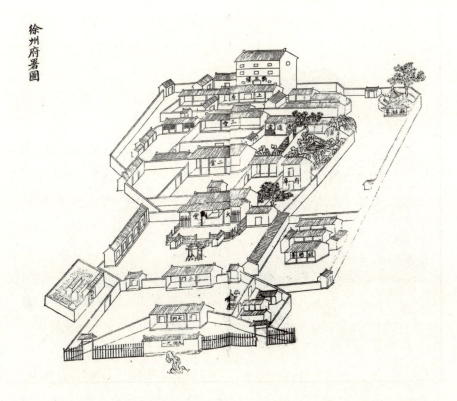

徐州府署圖

　　一排低矮的平房前我止住脚步，我的目光使劲地往地下张望。地下十几米，对应的应该就是他当年住过的逍遥堂。再往北就是霸王厅。在这个院落的东北角那里还应该有一座坟墓——一个额头高高的满腹才华的少女的墓。

　　我以近乎灼热的目光看着一个在街上嬉戏的孩子。我想告诉他和他年轻的妈妈，你知道唐宋吗？那是我们这个民族极为生动的一段时光。知道那片天空下最耀眼的星辰吗？其中有八座。知道吗？你脚下正对的就有两座——八座中的两座！

　　孩子哭了，是被我吓的。我很抱歉我对一个刚刚蹒跚学步的孩童有着过于苛刻的要求。我那时的眼神该是一条看家狗的眼神。一想到此，我的脸忽地有些发烫，像被至少两个人甩了几记响亮的耳光。你是看家狗？啊呀呸，你也配?！——这两个人，一个像是秦观，一个像是黄鲁

3

秦观（1049—1100），早年字太虚，后改字少游，别号邗沟居士、淮海居士，江苏省高邮人。"苏门四学士"之一。

元丰元年（1078年）作《黄楼赋》，苏轼赞他"有屈、宋之才"。

我不配。

我不配。我能做的是把先生留在这片土地模糊的影像尽可能地清晰一些，多一些锐度，多一些对比，多一些色彩的饱和。我目光的焦点长久地留在了差不多九百

直。还有两个站在檐下张望，一脸的不屑。他们一个是张耒，一个是晁补之。

"我独不愿万户侯，唯愿一识苏徐州。"

苏徐州，我苦苦寻觅意图亲近的就是这个苏徐州。在这地下地上，多少人曾在这里颐指气使、耀武扬威，或姓李或姓王，可有几人配将一家姓氏冠徐州？

他，在密州、在杭州、在儋州、在黄州、在颍州——何以不称苏密州、苏杭州，独留一个五千岁的徐州与他相配？

苏轼，字子瞻，自号东坡居士。先生，您与徐州定有一段特别的因缘，才使得在千年之后还有人心甘情愿地成为逍遥堂前的一条走狗。

高楼大厦压迫下的逍遥堂遗址。当年苏轼、苏辙兄弟曾在此对床夜话。

三十八年前的那个册页，景深：一年零十一个月。我愿以自己全部的心力，为这些令人心醉神迷的画面濯去岁月的沙尘泥浆，一还其鲜活的本来。

　　我为此努力。

熙宁十年卷

（1077 年　四十二岁）
四月二十一日——十二月三十一日

　　他们那么急切翘望的就是一座高山。他们那么渴求亲近的就是一颗当时已是耀眼的星辰。"北斗以南有几人?"他是那"几人"中最醒目的一个。没有几个人在活着的时候就能以诗文令天下的文士如此地仰望。而他轻松地做到了。

　　那时，他已经有了我喜欢的"明月几时有"，有了"老夫聊发少年狂，左牵黄，右擎苍"的"密州出猎"——

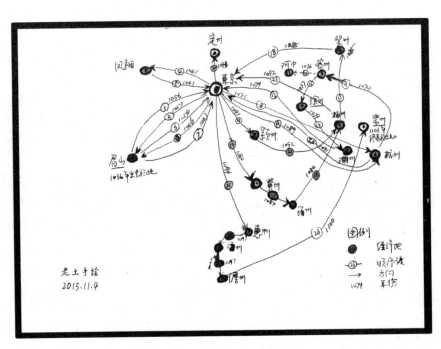

苏轼一生主要经行地示意图

四月二十一日：他来了

当你试图亲近一座高山的时候，你自然就有了别人没有的高度；当你努力仰望一颗明星的时候，你的身上自然就披有灿烂星光。

熙宁①十年，四月二十一日。

徐州城东南的官道旁，三个人在暮春暖暖的阳光下时不时地往东南方向翘望。

这三个人一个叫田叔通，一个叫寇昌朝，一个叫石夷庚。他们在等一个人的到来。他们因为这次等待而名垂史册。

他们要等待的就是当时已经名闻天下的苏轼苏子瞻。七八天以来，他们天天来这里等，等的当然是这个地方的新任太守，可在他们的心中却固执地认为他们等的只是那个起舞弄清影的苏子瞻。

没有苏轼到来的确切消息，早在二月十二日，朝廷就已下诏，苏轼由河中改知徐州。据说苏轼已在四月初乘舟沿汴河往徐州上任。当时的京师东京汴梁也就是现在的河南开封，离徐州也就是不到三百公里的行程，现在据苏轼出发的时间二十多天过去了，他们也在这路口等了七八天。他们想，他该来了。

---

①　熙宁（1068—1077）是北宋时宋神宗赵顼的一个年号，共计十年。以王安石在此期间变法而闻名，称"熙宁变法"。

黄楼

为何是这三个人在等？我不知道。我知道的是一年零十一个月后，最后在徐州城西送别苏轼的也是这三个人。

我为此在一堆古书里，去找寻这三个人模糊的信息。

田叔通（国博），一年后的徐州通判，当时疑为符离参军。史书评价"风流别乘"，想象中应是一位风流倜傥的徐州名士。

寇昌朝（元弼），颇有才情，嗜酒和诗，徐州名士，也是一个极有趣味的人。

石夷庚（坦夫），时或为宿州支使。这个人和苏轼有些渊源。他是石扬休之孙，石幼安之子。石扬休原籍也是四川眉山，与苏轼还有一些亲戚关系。按辈分上说石夷庚应该尊称苏轼一声表叔。在这之后，苏轼的长子苏迈娶了石夷庚的小妹，苏石两家更是亲上加亲。当然这是七年之后的后话。石夷庚和他的祖父辈一样都是当时有名的收藏大家，曾有大书法家米芾用两份字帖才换了他一份字帖的传说。这也是一个有故事的徐州名士。

2013年8月21日在古密州今山东诸城登上超然台。苏轼当年就是在这里写下"明月几时有"的名句。

10

零星的文字记载中，接送苏轼来去徐州似乎是他们偶现在史书的字里行间最为突出的理由。

人的一生会做很多事，但能让历史记着的事不多。这三人一生的精彩故事就被概括成这一接一送，仅此而已。

当你亲近一座高山的时候，你自然就有了别人没有的高度；当你努力仰望一颗明星的时候，你的身上自然就披有灿烂星光。

他们那么急切仰望的就是那么一座高山。他们那么渴求亲近的就是那么一颗当时已是耀眼的明星。"北斗以南有几人？"他是那"几人"中最醒目的一人。没有几个人在活着的时候就能以诗文令天下的文士如此地仰望。而他竟连唾手也懒得去做，袖手谈笑间径自而得。

那时，他已经有了我喜欢的"明月几时有"，有了"老夫聊发少年狂，左牵黄，右擎苍"的"密州出猎"。

常山。苏轼密州出猎处

为此，我和一位画家朋友专程驱车来到密州——今天的山东诸城。只为步先生后尘登超然台看一轮密州的月，看一眼常山的泉，体味一回"千骑卷平冈"的豪迈。那一天，我和朋友在密州的小巷醉了，"酒酣胸胆尚开张"，我知道就在那一轮月后的一个年头，先生就到了徐州。

那时，就在密州，不到四十岁的他已经经历了太多的感伤。虽"有笔头千字，胸中万卷，致君尧舜，此事何难"的豪迈理想，然"孤馆灯青，野店鸡号"又使他深感现实的骨感。在这里他怀念亡妻王弗的词也让世人识得他的柔婉。

"纵使相逢应不识，尘满面，鬓如霜" "相顾无言，唯有泪千行"——声彻天，泪彻泉。悼亡入诗开始于《诗经》时代。《邶风·绿衣》与《唐风·葛生》是现存最早的悼亡诗作。有学者考证，苏轼是宋以悼亡入词的第一人，也即悼亡词的始创者，而且一经其开始，便树起了后来者无法企及的标杆。时序上的先后并不重要，重要的是苏轼这首悼亡词的深度和高度，时至今日又有几人能与之比肩？

哀婉之情如此，豪放之风亦如此。

"老夫聊发少年狂，左牵黄，右擎苍。锦帽貂裘，千骑卷平冈。为报倾城随太守，亲射虎，看孙郎。 酒酣胸胆尚开张，鬓微霜，又何妨。

持节云中，何日遣冯唐？会挽雕弓如满月，西北望，射天狼。"——如此豪放情怀，再经"令东州壮士抵掌顿足而歌之，吹笛击鼓以为节"的渲染，只是想想，已觉热血沸腾。纵在梦中也要振衣而起！

云龙山位于古彭南部风景区，海拔142米，长达3公里。山分九节，蜿蜒起伏，状似神龙，昂首向东北，曳尾于西南。

苏轼任徐州太守时，曾多次携友游览云龙山，留下许多传世佳作名篇。

三个徐州人的代表在路边絮叨着苏轼的诗文，无外一个说好，另一个说巨好，再一个说是绝好。一年前苏轼在密州的诗词成了他们说不完的话题。

云龙山庙会

云龙山下卖辣汤包子的李大嘴和王老三在认真地讨论即将到来的苏太守的模样。一个说是高个儿，人家的水平高嘛；一个说是矮个儿，浓缩的都是精华嘛。一个说浓眉大眼，像北方大汉，听说人家在山东密州那地儿写个词曲啥的，都必须是清一色老爷们儿演唱才行；一个说细眉小眼，听说老家在四川嘛，蛮子都是小鼻小眼小个子。——徐州人很有意思，他们把徐州以南的人称为蛮子，是精明小巧之类；把徐州以北的人称为侉子，属傻大粗笨之类。但苏太守到底长啥样？其实关心的不仅是当时的辣汤李和包子王，就是在这九百多年后，搞不清楚的多了去了。

我觉得有必要说道说道，也算在苏公来徐州之前八卦一下——

苏轼，字子瞻，于宋仁宗景祐三年十二月十九日出生于四川眉山。年份换成现在的公历，有1036年和1037年两种说法。宋仁宗景祐三年的确对应1036年，但农历的十二月十九日事实上已经到了公历1037年。所以，苏轼的生日按农历为十二月十九日，按公历就应该是1037年1月8日。这是其生日。苏公逝世日我这里采用的是1101年8月24日（农历七月二十八日）。也就是说，离开我们已经有近一千年的时光，隔着千年的风霜迷雾想清晰地看到苏公的形象已是一件万难之事，所以，所有的"肯定"都是我们的"以为"，仅此而已。

关于苏轼模样的图文资料不少，我把它们归为两类：一是身体的模样，二是精神的模样。前者是看上去他是什么样子，后者是想过去他是什么样子。哪种样式更为恰当？这要看您需要的是怎样的真实。像与不像，其实就是看是否契合自己心里的那个形象。

林黛玉本是个虚拟的人物，可看到电视剧《红楼梦》（1987 版）时不用指点说明，大家知道这个就是黛玉了。这就是真实。我这次在查阅明朝陈洪绶的画作时，采用的就是类似的方法。我不看题目，不看解说，只看画中的人物。看着一个，想，这大约应是苏公了，然后再去看题款看说明，求的就是这样的一种真实。

然而苏轼究竟不是黛玉，他比黛玉要真实得多。在离我不足百米的苏堤路，他老人家就曾经真实地走过，在这片天空下真实地呼吸呐喊。他有着独一无二的实实在在的血肉之躯。只不过他离开得太久了，这才使得他的形容太过模糊。但再不堪的模糊也不能等同于虚无。

苏轼，是一个真实的存在，应该有一个最贴近真实的影像！

我们无法穿越，但可以通过先人留下的史料去透视那个我们无法亲手触摸的所在。

我们就逆历史长河而动，由近及远地去开始我们的探讨——

先说当下电视连续剧《苏东坡》中演员陆毅的造型。清秀、俊朗、淡淡的忧郁。这契合了苏轼高情华才、命运多舛的形象，应该说也属于心中的苏轼之类。这个形象里我认为最值得称道的是那"淡淡的忧郁"味道，我喜欢，但也仅到此为止。因为，苏轼似乎没有这么强烈的俊朗之色。

接着看当代画家范曾先生关于苏轼的造型。高大、魁梧、虬髯，这属于第二类，即精神上的苏轼。这个形象应该能得到许多人心底的响应。作为豪放派词人的代表人物，他似乎就应该是这样的形象。这在今天的许多雕塑中可以看到。把东坡描绘成这个样子是简单的，但也是安全的，因此才有了众多的模仿。可在我心里总是无法接受苏轼的"李逵式"造型。

再往前，推到民国年间，江苏常州画家徐宗浩先生1923年的画作《苏文忠像》。这是目前关于苏轼的资料中被采用较多的一幅图，大约是出于离当下不远易于查找的原因。东坡先生终老于常州藤花旧馆，我不知道是不是因了这份渊源成就了徐先生的这幅画，但我的确认为，这是更加形似东坡先生的一幅画。

再往上走，我们就看到了清朝余集绘的这幅《苏文忠公笠屐图》了。这幅图曾出现在保利2006年的拍卖清单上。款识：秋室余集敬写。印文：秋室居士（朱文）、余集（朱白文）。题跋：苏文忠公笠屐图，汀洲伊秉绶题。印文：伊秉绶（白文）。这也是目前许多关于苏轼的文学作品中采用频率很高的一个形象。我认可画中人物的抑郁和困顿，但感觉缺少的内容也有许多，比如豪迈，比如幽默，比如禅意，等等。我更愿意相信这是从苏轼那首著名的《定风波·莫听穿林打叶声》词中演化而来。

徐宗浩作苏轼像

15

三月七日，沙湖道中遇雨。雨具先去，同行皆狼狈，余独不觉，已而遂晴，故作此。

莫听穿林打叶声，何妨吟啸且徐行。竹杖芒鞋轻胜马，谁怕？一蓑烟雨任平生。

料峭春风吹酒醒，微冷，山头斜照却相迎。回首向来萧瑟处，归去，也无风雨也无晴。

我喜欢这首词。

再往前推，较有名的就是明末画家陈洪绶关于苏轼的造像。身体有点胖，胡子有点多，脸也有点长。这似乎朝形似上更近了一步。但您如果知道陈画家有个很重要的特点就是不拘泥、敢创新，这个判定便会大打折扣。陈画家很喜欢苏轼，以苏轼为题画了不少画。形象基本统一，但也有一些例外。比如他也曾把苏轼画成过像佛陀的圆脸，这又应了人们心目中苏公智慧、洒脱、超凡的形象。陈画家的苏公像显然是比范画家下了更细致的功夫，是读了一些古人的文字描述的，他是目前可以看到的对苏轼造型在形似和神似的综合上做了最大努力的画家。但老莲（陈洪绶的号）先生毕竟比苏公晚生了六百年，离应该的"真实"也同样隔着太多的旁枝蔓叶，虽然他曾经试图撩开。我的感觉就形似上，苏公的那张脸似乎不该长到如此狰狞的地步。大约后世的冯梦龙就是受了这画的影响，才有了关于苏轼大长脸的夸张故事。而且在神似上有了一些似乎不该有的雍容之气。我觉得那种气质不属于苏轼。但有二随从直立的一张却是我认为的精品。

明·陈洪绶《东坡赏砚图》

赵孟頫绘苏轼像

李公麟（1049—1106）北宋著名画家。字伯时，号龙眠居士。

与王安石、苏轼、米芾、黄庭坚为至交，系驸马王诜之座上客。

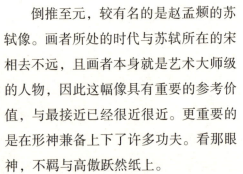

倒推至元，较有名的是赵孟頫的苏轼像。画者所处的时代与苏轼所在的宋相去不远，且画者本身就是艺术大师级的人物，因此这幅像具有重要的参考价值，与最接近已经很近很近。更重要的是在形神兼备上下了许多功夫。看那眼神，不羁与高傲跃然纸上。

最后来到苏轼所在的宋，看北宋画师李公麟画中的苏轼形象。撇开画家的水准不谈，按常理推断，与苏轼同朝代的李公麟之画像似应更加形似真实的苏轼。李公麟是宋朝知名的画师，虽然他以画马闻名。史料证实这幅画作于1090年左右，地点是驸马都尉王晋卿的西园。黄庭坚在《跋东坡书帖后》中对此有明确的记述，他说："庐州李伯时近作子瞻按藤杖，坐盘石，极似其醉时意态。此纸妙天下，可乞伯时作一子瞻像，吾辈会聚时，开置席上，如见其人，亦一佳事。"

更为关键的是苏轼本人很认同这幅画。画作十年之后，也就是苏公去世前不久，苏轼在镇江金山寺看到了这幅画，无尽感慨涌上心头，写下了那首含泪带悲的有苏轼第二首"绝命诗"之称的《自题金山画像》诗："心似已灰之木，身如不系之舟。问汝平生

宋·李公麟《西园雅集图》局部。右二为苏轼

功业，黄州惠州儋州。"若不是极其符合自我观照，大概不会有此感叹。因作者李公麟（苏轼好友），因评者黄庭坚（也是苏轼的朋友），因叹者苏轼本人，所以几乎可以认定这是目前与苏轼真实形象最为吻合的画本。当然，前提是这幅像的确出自李公麟之手。有这样的说法，是因为我们今天看到的这幅画是清人朱野云的摹本。值得注意的一点是，这只是苏轼微醺后的描绘，林语堂的"面色红润说"大概也是据此而来。生活中大部分时间的苏轼似应该与赵孟頫的画像更为贴近。

李公麟是北宋时期一位颇具影响的名士，其白描绘画为当世第一。

苏东坡称"其神与万物交，智与百工通"。

有意思的是，东坡先生在日本又成了肌肉男的形象，也算是一朵奇葩。这样的苏太守和日本武士切磋一下柔道都没有什么问题。

前面展示了几幅老土父女认为值得一说的有代表性的苏轼画像和造型。要进一步使苏轼的形象鲜活起来，我觉得还要辅以相关的文字资料。这里笔者也择取自认为重要处说一说——

日本动画片中的苏轼形象

个子肯定不矮，但似乎也不会太高。有人因四川人的身材整体偏矮，便说苏轼也是矮个子，这是经不住推敲的。既然四川人绝非人人皆有苏轼之才，又何必认为苏轼定有川人之身材？说他不矮，是因为从苏轼自己和他同时代人留下的文字中都有苏轼和身材矮小者开玩笑

的记录。有词《南乡子·席上劝李公择酒》
为证："不到谢公台，明月清风好在哉。旧
日髯孙何处去？重来，短李风流更上才。
秋色渐摧颓，满院黄英映酒杯。看取桃花春
二月，争开，尽是刘郎去后栽。"戏称好友
李公择为"短李"，这不像是一个矮个子开
的玩笑。因而可以肯定地说苏轼的身材不是
太矮。至于很高，倒也证据不足。有人以其

弟苏辙是个高个儿为由，认定苏轼也是高个儿，这也实在牵强得很。苏
轼在《宝山昼寝》一诗中说："七尺顽躯走世尘，十围便腹贮天真。此
中空洞全无物，何止容君数百人。"这里的"七尺"（有详细考证说宋
时的一尺相当于现在的 30.7cm，七尺则等于现在的 214.9cm）也好，
"十围"（指两只胳膊合围起来的长度，也指两只手的拇指和食指围的

长度。我觉后者较为可靠，约今天 20cm 左右为一围）也好，都是虚数，当不得真。三国里著名的武将许褚据说就是腰大十围。若说苏轼长着姚明的身高、许褚的粗腰应该在当时也极为显眼。若果真如此，初见之人肯定会详加渲染。现在看来没有类似文字。所以其"大高个儿"之说，也无实在支撑。知识渊博的林语堂先生推断苏轼身高在"五尺七八寸"，也就是今天的一米七五左右。中等偏高。此说，我们姑且从之。

长脸貌似肯定的。这倒不

海南苏轼雕像

是因清朝冯梦龙文章中说苏轼和妹妹苏小妹开玩笑的那首诗。传说苏小妹额头突出，苏轼便开妹妹的玩笑说"莲步未离香格下，额头已到画堂前"，妹妹则以苏轼脸长，反唇相讥说"去年一滴相思泪，今年才流到腮边"。去年的一滴眼泪从眼眶里出来，到了今年才刚刚流到

眉山苏轼雕像

腮边，这脸的确够长的。但苏小妹本来就是虚构人物，历史上并无其人，其口中之诗自不可为凭。可作依据的是苏轼在《表弟程德孺生日》的诗中说了一个细节："仗下千官散紫庭，微闻小语说苏程。长身自昔传甥舅，寿骨遥知是弟兄。（予与君皆寿骨贯耳，班列中多指予二人不问而知其为中表也。）"今人将苏轼此诗译为："我们俩长得高大，在朝廷中引人注目，更重要的是我们因为长着同样高高的颧骨，大家一看，不用问就知道我们是表亲戚了。"还有一说是因苏轼次子苏迨的长相。史料说他长得高颅巨颧，家里人称他"长头儿"。按"有其子必有其父"的常规推断，苏轼的脸似乎也短不到哪里去。当然，考证到此，还有些许疑问未解，这寿骨是不是就相当于颧骨？我查《说文解字》上说寿骨就是头盖骨，"寿骨者，发所生处也"，也就是说头发所覆盖的骨

作者老土在杭州苏轼雕像前

黄州苏轼雕像

头就是寿骨，而颧骨则是生在面部。不知道误在哪里。但苏轼的头部有些异样是肯定的。《瑞桂堂瑕录》上说："苏东坡自谪海南归，人有问其迁谪辛苦者，坡答曰：'此乃骨相所招。少时入京师，有相者云：一双学士眼，半个配军头，异日文章虽当知名，然有迁徙不测之祸。今日悉符其语。'"说是苏轼从被贬谪地海南回来，有人感叹他在贬谪之地的许多辛苦，苏轼回答说，这都是我的骨相不好惹的祸呀！他说自己年轻时刚进京城，就有个相士为他相面，说他长了一双聪慧的好眼睛，却有半个充军犯人一样的头型，以后虽然文章才情名闻天下，但总会有颠沛流离之祸。苏轼自己一生的经历和相士所说颇为符合。这里可证实苏公头形有异，但"半个配军头"是怎样的形象，已经无从考证了。

徐州苏轼雕像

眼睛未必多大，但定是有神的。不用说可以想见的"一双学士眼"，那里闪烁的是智慧之光，无限的才情从这两扇心灵的窗户一泻而出。但这里一定有着抹不去的忧郁，就像李公麟的那幅画像。酒后有真言，酒后也往往显出真相。这忧郁的真相藏在"早生的华发"里。人皆说"大江东去"的豪迈，可老土看这词里无一处不漫洇着忧郁的泪水。当下有些人喜欢把这首词的书法挂在书房、办公室里，着实是有些不当的。"一樽还酹江月"的景象实在是无限的苍凉。"老夫聊发少年狂，左牵黄，右擎苍。锦帽貂裘，千骑卷平冈。"看似不可遏止的狂放，掩不住"鬓微霜，又何妨。持节云中，何日遣冯唐"的忧心。所以，我想苏轼的眼睛应该是带着淡淡的忧郁，但这忧郁是亮着的，是向上走的忧郁。

苏轼究竟是怎样的模样，或许真的并不重要。没有一个定论也未尝不是一件好事。每个人都有一个心中的苏轼，只要有一个点与自己心中的形象契合，那就足矣！因为相应的那点必是你欣赏赞美的所在。有许多的人，便有许多的苏轼，这样似乎没有什么不好。

回到开头的话，苏轼来徐州四十二三岁（虚岁），那一年儋州尚远，那一年还没有"大江东去"，还没有"乌台诗案"，那一年他似乎也还不是翰林大学士。李公麟的像应作于十多年后，那时苏轼应是五十六七的样子。那段时间东坡已经砥砺，遭遇爱妻亡故，逢着新旧党之争。其间经历坎坷起伏，岁月的刀剑自会在其容貌上留下印迹，这一点

还是应该考虑的。还有，徐州任上是苏轼重要而辉煌的"黄楼时期"，且又当壮年，是春风拂面的日子，形象气质上或要比李公麟作画时期阳光得多。不知大家以为然否？

凌海苏轼画像

在写作这本书的过程中，我和著名画家凌海先生不止一次地讨论真实的苏轼到底是个怎样的形象。凌海先生数易其稿，终于在我的万般挑剔之下，成就了一张我和他都认可的画像。但是，我还是觉得这形象虽神似苏公一生的主色调，但在徐州时期的苏轼似还要更加阳光或者更加张扬豪放一些。

文士名人、贩夫走卒都在期待着即将到来的这位太守。正在姗姗而来的苏轼，却是另有一番心思。

我在这里，不得不先扯过苏轼的档案照抄如下——

1037年，一岁，景祐二年腊月十九日卯时（公元1037年1月8日，摩羯宫），苏轼生于四川眉州纱穀行（今四川省眉山市三苏祠）。父亲苏洵时年二十七岁，母亲程氏时年二十六岁。祖父苏序时年六十三岁。

关于苏轼的年龄，这里要多说几句。按实足年龄算，应该到1038年1月8日苏轼才算足一岁。但按农历年头算，出生十几天，就占了两个年头。1037年的苏轼应该为两岁。这就是民间的年头年尾出生"虚两岁"之说。究竟如何表述？笔者在之后的行文中按"虚两岁"的说法。依据是苏轼本人在来到徐州的第一年写的一首诗，诗中明确说他当年是四十二岁。那一年是1077年。实足年龄是四十岁。加上虚出的两岁，刚好是四十二岁。

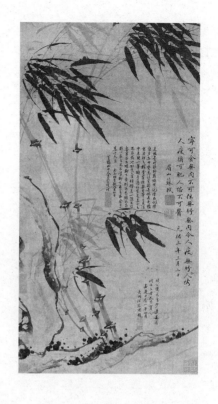

1039年，三岁，宋仁宗宝应二年二月丁亥（1039年2月20日），弟弟苏辙出生。

1043年，八岁，庆历三年。发蒙小学，师从眉州天庆观道士张易简。

在这时他有了一个很有名的同学陈太初。据《东坡志林》记载，在苏轼被贬黄州时，他的老同学陈太初在汉中羽化仙去。当时的情景是过年了，数九隆冬的汉州街上有许多穷人却衣食无着，陈太初以道士身份向汉州太守吴师道化缘，化到的食物、衣物和钱财全部散发给街上的穷人，他自己则回到州府衙门外，坐在石阶前羽化了。而陈太初坐化之后，太守吴师道当时命令手下把陈道长的尸体送到野外火化，那个被派遣的小卒还埋怨说："道士是个什么东西？大过年的，让我背死人。"谁知陈太初突然站了起来说："不麻烦你背！"就自己走到城外的金雁桥下，仍旧打坐而化。道教也是苏轼的重要情结，这在后来的徐州《放鹤亭记》中有着很具体的展示。本年，苏轼后来重要的政敌王安石中进士。

　　1045年，十岁，庆历五年。父亲苏洵出川赶考落第，游学四方。

　　1046年，十一岁，庆历六年。传说写处女作《黠鼠赋》。读书栖云寺，题字连鳌山。

　　1047年，十二岁，庆历七年。五月十一日，祖父苏序去世，葬眉州修文乡安道里。

　　1054年，十九岁，至和元年。与十六岁的青神县乡贡进士王方之女王弗结婚。

　　1055年，二十岁，至和二年。弟弟苏辙与眉山十五岁的史氏结婚。

　　1056年，二十一岁，嘉祐元年。苏洵、苏轼、苏辙父子三人首次出川，到成都拜访张方平太守。经剑门，穿秦岭，五月到达首都汴梁（京师汴京，今河南开封），参加七月礼部初试，考中开封举人。

　　1057年，二十二岁，嘉祐二年。苏轼、苏辙考中进士。苏轼试文《刑赏忠厚之至论》得到主考欧阳修赞赏，因避嫌取为第二（榜眼）。本科状元章衡（章子平），同年曾巩、程颐、章惇等共三百八十八人进士及第。本

黄州赤壁。苏轼曾在这里写下"大江东去"的名篇。

年四月八日，母亲程氏于眉山去世，终年四十八岁，苏轼丁母忧归故里眉山。

1059年，二十四岁，嘉祐四年。九月服满。苏洵和二子二媳等买舟从眉山沿岷江经长江三峡

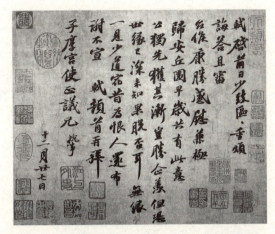

苏轼与章惇信

到江陵，转陆路到汴梁。本年，苏轼长子苏迈出世。

1060年，二十五岁，嘉祐五年。二月到达汴梁。苏洵被任命为校书郎。

1061年，二十六岁，嘉祐六年。八月参加制举考试，苏轼入第三等，因宋代以来无入第一二等者，所以苏轼此事被称为"百年第一"。作五十篇策论，写文《留侯论》等。冬授大理评事签书凤翔府判官（任期1061年11月至1064年12月）。渑池别弟，苏辙上任。本年冬写诗《和子由渑池怀旧》，有"人生到处知何似，应似飞鸿踏雪泥"等句。

1062年，二十七岁，嘉祐七年。与商洛县令、进士同年福建章惇交游。写诗《鄠坞》。写文《喜雨亭记》。这个章惇后来成为苏轼的催命煞星。

1063年，二十八岁，嘉祐八年。写诗《王维吴道子画》。写文《凌虚台记》。这一年宋仁宗去世。仁宗的侄子赵曙即位，为英宗。

1065年，三十岁，治平二年。正月回到汴梁，任职史馆（任期1065年2月至1066年4月）。五月二十八日，妻子王弗汴梁去世，终年二十六岁。和苏轼结婚十年，时长子苏迈七岁。

27

苏洵（1009年5月22日—1066年5月21日），字明允，自号老泉，汉族，眉州眉山（今属四川眉山）人。北宋文学家，与其子苏轼、苏辙并以文学著称于世，世称"三苏"，均被列入"唐宋八大家"。

1066年，三十一岁，治平三年。四月二十五日，父亲苏洵于汴梁去世，享年五十八岁。丁父忧（1066年4月至1068年7月），买船运送父亲、妻子灵柩，经大运河转长江归故里眉山，葬于彭山县安镇乡可龙里（今四川省眉山市土地乡苏坟山）。

1067年，三十二岁，治平四年。在位仅四年、年仅三十五岁的宋英宗去世，他的儿子赵顼即位，是为宋神宗。

1068年，三十三岁，熙宁元年。七月服满。十月继娶青神王闰之（王介之女，王弗堂妹，人称王二十七娘），王时年二十岁。十二月经剑门第三次离川，从此再也没回到故乡眉州。

1069年，三十四岁，熙宁二年。二月回到汴京，仍授本职。本年宋神宗任命王安石为参知政事（副宰相），主持熙宁变法，推行均输法、青苗法、募役法等。

1070年，三十五岁，熙宁三年。任监官告院。新党谢景温等诬告苏轼回川葬父时贩盐。本年，苏轼次子苏迨出生。

1071年，三十六岁，熙宁四年。七月出汴京，到陈州见苏辙，到颍州见欧阳修。十一月三日游览镇江金山寺。十一月二十八日到任杭州通判

欧阳修雕像

（任期1071年11月至1074年11月）。

这欧阳修可说是苏家两代人的恩师。他曾在读了苏轼的父亲苏洵的文章后说："后来文章当在此。"立即向当时仁宗皇帝打报告推荐苏洵，题目就叫作《荐布衣苏洵状》，苏洵从此名动京师。

嘉祐二年，苏轼参加全国大考，他是考生，欧阳修是这一年礼部省试的主考官。策论一场，欧阳修出题《刑赏忠厚之至论》。点检试卷官梅尧臣批阅试卷时，发现一篇精彩之作，颇具"孟轲之风"，便向主考欧阳修推荐。欧阳修读后，顿觉眼前一亮，觉得文采和观点都可称为压卷之作，可以毫无争议地列为第一。但由于当时考试采取的是糊名制，主考官也看不到文章作者的姓名。根据文章所展示的才情，欧阳修心里以为这一定是自己的学生曾巩所写，心想若将此篇点为第一，公布出去或会遭人闲话。经和梅尧臣商议，便将此文作者定为第二。复试时欧阳

欧阳修书法

修又读到一篇题为《春秋对义》的文章，赞叹之余，便毫不犹豫地将此文作者点为第一名，是为会元。发榜时欧阳修才知道这前后两篇文章均出

29

作者老土在密州（今山东诸城）苏轼出猎处

自一个叫苏轼的考生之手。欧阳修惊叹不已。他在给梅尧臣的信中盛赞苏轼的文才，说："读轼书，不觉汗出。快哉快哉。老夫当避路，放他出一头地也。"年过五十的欧阳修竟然兴奋得如孩童一般，表示要为苏轼出人头地开山让路。爱才之情，溢于言表。事实上，在苏轼之后的成长过程中，欧阳修总是对苏轼关爱有加。

1072 年，三十六岁，熙宁五年。恩师欧阳修（1007—1072）去世。本年，三子苏过出生。

1074 年，三十八岁，熙宁七年。升任密州知州（今山东诸城）（任期 1074 年 11 月至 1076 年 11 月）。本年在杭州收侍女钱塘人王朝云，取字子霞，时年十二岁。

1075 年，三十九岁，熙宁八年。密州灭蝗。本年一月二十日写悼亡词《江城子·记梦》，有"十年生死两茫茫"句，为悼亡词开创者。写词《江城子·密州出猎》有"老夫聊发少年狂"句，为豪放词之重要代表作品。

1076 年，四十岁，熙宁九年。八月十五写中秋词《水调歌头》，有"明月几时有，把酒问青天"句。本年，王安石罢相。

1077 年，四十二岁，熙宁十年。调任徐州知州（任期 1077 年 4 月至 1079 年 3 月）。

好了，现在是熙宁十年。下面的故事就由我来说吧。

熙宁十年，是所谓的"熙宁变法"的最后一年。主持变法的王安石虽被罢相住到了金陵，但其政治主张并没有被否定。朝中的势力还在新党手中。求稳务实的苏轼已被认定为守旧一派，他的政治生活并没有什么好转。相反，略显诡异的政治氛围使苏轼感觉到更多的不适应。

王安石（1021 年 12 月 18 日—1086 年 5 月 21 日），字介甫，号半山，汉族，临川（今江西抚州市临川区）人，北宋著名思想家、政治家、文学家、改革家。

回想近来官场的诸多经历，苏轼禁不住黯然神伤。

他在密州任上，被通知改任河中府太守职，并被要求立刻上任。

大年初一，他在离任密州去往京城的路上。其时，青州道上大雪。这或许是昭示他这一年的泥泞和坎坷。三年之后的大年初一，他在前往流放之地黄州的路上。天下安享团圆和静谧的时候，苏公还在路上。当然不止在这一年，他的一生好像多见这般景致。

路过济南时他在泺泉亭的墙壁画了一幅枯木图。他或许不敢遥望他难以确定的那个春天。

他留住齐州一月有余，离开时和李常"剧饮"为别。何为"剧饮"？剧饮即巨饮，能喝半斤喝八两也。

二月十二日，一纸诏书又到：那个河中府你就不要去了，改知徐州吧！

苏辙，苏轼之弟。字子由，一字同叔，自号颍滨遗老。眉州眉山（今属四川）人，北宋文学家、诗人。"唐宋八大家"之一。

官身不由己呀！仕途之上，个人就是一片秋叶，大风吹过，谁知道又会飘向哪里？

就在同一天，他的弟弟苏辙经张方平推荐被任命为应天府判官。地点就是离徐州不远的商丘。那时候叫南京也称应天府。

也在这一天，他和弟弟相会于澶濮之间。那地方距京城在二百五十里到三百五十里之间。天寒地冻，跑到这么远的地方迎接胞兄，足见兄弟情深。

到达陈桥驿的时候，苏轼知徐州的告示正式下发。他在与表兄文与可的信中，表达了他对这一任命的心情。

"轼自密移河中，至京城外，改差徐州，复携而东。仕宦本不择地，然彭城于私计，比河中为便安耳。"私下里他认为在离京师不远的徐州上班要比远在山西的河中方便一些。没有惊喜，也没有太多的烦忧。

对这一段任命，有人认为是罢相复任的王安石等人因猜忌所为。说是苏轼在密州的那首"起舞弄清影，何似在人间"

密州（诸城）超然台

的句子引发了皇帝"苏轼终是爱君"的感叹，这引起了苏轼反对者的恐慌，所以才会一改再改任命。我倒不这样认为。理由很简单：与密州相比，徐州不论其地理位置、气候环境、百姓生活水平都要高出许多。尤其是离京师较近，对于那些反对苏轼的人来说，把他调到更近朝廷的地方，这不合情理。所以，我认为任命苏轼为徐州太守，绝不是反对者的意思。

有人在表述苏轼徐州这段经历时用了一个"谪"字，俺老土也是不赞成的。谪，是指官员降职外用。从密州太守到徐州太守，怎么着也不能说是降职，更不是外用。

但朝中关于苏轼的这次任命肯定有一番或明或暗的激烈争斗。来到京师城外的苏轼竟被通知不得进城。这是有违常理和组织程序的。在宋代，像苏轼这样的官员调动岗位，赴任前都要由皇帝召见谈话的。可这次非常奇怪，苏轼到了京师，却被告知你在城外随便找个地方先住下吧，没有皇命不得入城。

这或许可以理解为一种羞辱，但也可以理解为朝廷中人对苏轼的忌惮已到相当的地步。你太有才了，你来了我咋办？你再给皇帝唠叨一些东西，皇帝一旦喜欢，把你提拔重用怎么办？还有，太后那么喜欢你，真见了你，一高兴把你留在朝廷咋办？大家不都传说，只要看到皇帝举着筷子忘记了吃饭，就知道皇帝在读苏轼的奏章或诗文吗？你不就会写些诗词吗？国家大事你还是不要参与的好。

不让入城一事很奇怪，但我感觉更奇怪的是直到如今，依然看不到关于此事的权威解释，而且在苏轼所有的文字中竟没有丁点儿表达他对这件事的看法。

没有的事，我就可尽情想象了。这就是他也觉得窝囊。啥叫难言之隐，这便是了。空有满腹才学，人家就是一个不理不睬。不理你，就是很高规格的轻视吧——反对者想传达的想必就是这样的信息。苏轼接收到了。

在这期间，他为即将到卫州赴任的鲁元翰写了一首很著名的诗，我们忽略掉诗的前半段的田园风光，在下面的文字中似乎读出了他那时复杂的感情——

仕宦非不遇，王畿西北垣。
斯民如鱼耳，见网则惊奔。
皎皎千丈清，不如尺水浑。
刑政虽首务，念当养其源。
一闻襦袴音，盗贼安足论。

《西园雅集图》中的苏轼和王诜

他自己的仕途不可捉摸，却在指导他人如何做官。其实，我从这首诗里读出了他压在心里的想给那些乌纱帽下的脑袋说的话：善待百姓。无论做事还是整人，还是不要过分的好！

不得进城的苏轼住在了他的老朋友范缜家的后园，这期间苏轼与驸马王诜以及孙巨源等朋友多有往来，那幅著名的《西园雅集图》记录的应该就是这一段时光。

苏轼的才学即使在饮酒喝茶的嘻哈之中也有充分表现。有一天，在驸马王诜的西园，孙巨源依景出联"都尉指挥都喂马"，正好这时王诜的妻子长公主送茶来，苏轼脱口而出"大家齐吃大家茶"。皇家公主当是大家，妙句天成，还力道恰好地拍了一次马屁。敢保这位长公主一定会笑眯眯地跟他皇家爹娘学说。

但才学大小一向与仕途坦荡与否并无多少关系。古今皆然。

这期间，他还趁便处理了家庭里的一件大事，为长子苏迈娶亲。这也是苏轼在和友人的书简中，为"不得入城"给自己找的一个理由，"改差彭城，便欲赴任，以儿子娶妇，暂留城东景仁园中"。

不管这些了，今天我却是为苏轼的徐州之任高兴。君生千年前，我生千年后。日日思君不见君，所幸皆在一座城。呵呵。

眼看四月到了，距朝廷的任命下达已有两个月的光景。该喝的酒喝了，能见的人也见了，能做的事也做了，苏轼开始从东京出发去往徐州。

驸马王诜给苏轼送了羊羔儿酒四瓶、乳糖狮子四块，还有龙脑面花象板裙带、系头子锦缎之类，都是一些针头线脑的玩意儿，但这一

王诜（1036—?），北宋画家。字晋卿，太原（今属山西）人，后徙开封（今属河南）。熙宁二年（1069年）娶英宗女蜀国大长公主，拜左卫将军、驸马都尉。

元丰二年，因受苏轼牵连贬官。元祐元年（1086年）复登州刺史、驸马都尉。擅画山水，学王维、李成，喜作烟江云山、寒林幽谷，水墨清润明洁，青绿设色高古绝俗。亦能书，善属文。其词语言清丽，情致缠绵，音调谐美。存世作品有《渔村小雪图》《烟江叠嶂图》《溪山秋霁图》等。

系列礼品的清单都在后来的乌台诗案中作为罪证被一一呈在堂前。

苏轼终于走在了前来徐州的路上。

路过商丘的时候，他见了他父亲的老朋友、弟弟苏辙的上司张方平。顺便替张方平向皇帝撰写了一个报告，大意是不要对西夏用兵。他的弟弟苏辙安顿好家眷，即陪苏轼一同前往徐州任上。这是我所知的苏辙第一次也是最后一次来徐州。

过宿州的时候，宿州的刘泾教授有诗给他，他次韵答之。诗中有句："多情白发三千丈，无用苍皮四十围。晚觉文章真小技，早知富贵有危机。"新官上任路上，这等思想不是官家所乐见的。

过符离集的时候，弟兄俩与曹九章相见，彼此相谈甚欢。认真讨论了苏辙的女儿和九章儿子联姻之事。

和曹九章的酒喝得有些多了，每一杯都喝得底朝天，大约已到能喝半斤喝八两的境界。老曹看着苏轼一个劲地傻笑，苏轼却浑然不知，喝了一杯又一杯。

符离集到徐州也就是五十公里的样子了。徐州，即将迎来这位千古风流的苏太守。苏轼也将在这里开始他人生最为生动的"黄楼时期"，苏徐州，以这一天为始。

这一年，苏轼四十二岁。

还是要抄一些苏轼的官方档案，让大家知道简单的苏太守背后其实还有多么复杂的内容：

职衔全称：朝奉郎、尚书祠部员外郎、直史馆、权知徐州军州事、骑都尉。

徐州属京东东路，为彭城郡，武宁军节度。治理范围包括五个县：彭城、沛、萧、滕、丰；一座监：利国监。

田叔通等三人接着了苏轼兄弟。京东路提刑李清臣为苏轼兄弟设宴洗尘。

通判江仲达即将离任赴京，李清臣的这酒便一酒两用了。在这次酒宴上，苏轼写下了来到徐州后的第一首诗，之后他把三百二十七篇诗文留在了这片土地上。

诗送交代仲达少卿

此身无用且东来，赖有江山慰不才。

旧尹未嫌衰废久，清尊犹许再三开。

满城遗爱知谁继，极目扁舟挽不回。

归去青云还记否？交游胜绝古城隈。

这首诗直看过去，不过是官场的客套。高度评价前任的业绩，谦虚地表明自己对能否胜任新职务的惶恐。但也间接描绘了自己的为官目标，就是让地方的百姓叫一声好。倘有青云记忆，若得相挽扁舟，这古城便是胜绝之地。

诗中的"扁舟"句，来自于古人邓攸的故事。邓攸做吴郡守的时候，刑政清明，为老百姓所称赞。后来因身体有病辞去官职。郡里有送迎钱数百万，但邓攸离开时，一钱都没有接受。百姓数千人为其送行，挽着邓攸的船不让他离开，邓攸只有暂时停下，到了夜间，趁百姓睡去才得以悄悄离开。苏轼取其意，赞颂江仲达执政有方，有良好的官声。这自然是官场的客套，除苏轼的诗外，没见有徐州百姓挽舟相送江仲达的记载。但在苏轼的心里，这的确是为官者的一个标杆。用现在的话说，就是以群众满意不满意为标准。

这里还要附说一句，江仲达作为徐州通判在这里与苏轼交接是另有原因的。苏轼之前的徐州知州傅尧俞因"失察"而被罢官，暂由徐州通判江仲达署理知州。

徐州彭城路 1 号逍遥堂旧址

37

苏轼到任，江仲达移交完毕即赴京另任。所以，这里和苏轼对接的就只有江仲达了。

苏轼未与见面移交的前任徐州知州傅尧俞也是一位值得尊重的官员，有个性、有故事。司马光曾经对河南邵雍说："清、直、勇之德，人所难兼，吾于钦之见焉。"雍曰："钦之清而不耀，直而不激，勇而能温，是为难尔。"这里的钦之就是傅尧俞。倘有缘分，我会在另一篇文字里向您介绍。

欢迎宴后，苏轼来到他在徐州的居住地——逍遥堂。他在这里将居住一年零十一个月的时间。未及稍歇，便开始给朝廷写感谢信了。这在当时的官场是个惯例。新官上任，到任后要尽快向皇帝报告一下。

苏轼在报告中说，让我去管理高密，已经是高看我了，这次改命到徐州，更是对我的重用。我对您对我的信任和恩泽至为感谢，同时也深感惭愧。

报告中还是借感谢朝廷信任圣明慧眼识英雄，说了朝中有人在皇上面前胡说八道诋毁自己的事。用了"屡献瞽言"之词，说明这样的事经常有。幸亏您老人家圣明，没有被这些瞎眼的家伙蒙蔽。当然，读者也可以理解为，你要信了你也是一个糊涂蛋！

接下来就是表忠心了。说我苏轼说的话即便多而无益，但我朴素的忠于您的思想却久而弥坚。离您虽远，但我从没有丝毫相忘，从来没想去逾越已有的规矩。我知道，在我偶尔把不住嘴的时候，没有因言获罪，这都是您的仁慈——这些，俺老苏都懂，也希望您也能懂俺老苏。

他在这篇《徐州谢上表》中写了一句很有意思的话："知臣者谓臣爱君，不知臣者谓臣多事。"我说话太多，知道我了解我的人都说我是爱您的，不知道我不了解我的人会认为我多事。又是语藏玄机——那些说我多事的人都是根本不了解我的人。希望圣明若日月的皇帝陛下呀，能理解孤单无助者更容易被毁灭的常规，体谅俺老苏除愚拙直率外真的没有其他不臣的想法。

这些都是正常的表达。但他毕竟不是一个善于弯弯绕的人，他在客套了一番、辩解了一番、做了一番铺垫后，在报告结束前还是憋不住释放了自己的怨气。"安全陋躯，畀付善地。民淳讼简，殊无施设之方；食足身闲，仰愧生成之赐。顾力报之无所，怀孤忠而自怜。"啥意思？嫌这舞台太小了，而且语气里明显有怨艾之气。——您看我这个不怎么样的小人物，您却交付给了我这么好的地方让我管理。徐州这个地方，民风淳朴，老百姓老实得都像憨狗一样，平时也没有多少诉讼官司需要我处理。我吃饱喝足闲得心慌，领受您的那些薪水都感到很惭愧。不要怨我不干事呀，我是想回报您，可没有场所，想表达忠心而无人理解，只能顾影自怜。听听，这样的话，你就不怕皇帝老儿说你不识好歹？但据说皇帝看到这篇报告，表面上倒真的没有生气，似乎还会意地笑了一下，就放到一边去了。

给皇帝写完到任报告，汇报了思想，按惯例，苏轼在当晚又写下了《徐州谢两府启》。

两府，是朝廷权力的中枢机关。宋朝的"二府制"，即设中书省和枢密院两个机构"对持文武二柄，号为二府"。二府制的特点就是文武分权，中书省的"中"和枢密院的"枢"合起来就是中枢。在现代汉语中，中枢指事物中起主导作用的部分。苏轼要谢的就是中书省和枢密院这二府。

二府代表的是组织。这份报告的前面部分和给皇帝的报告差不多，无外自贬一番，为组织信任而感到幸运。然后汇报了初到徐州的观感，形容了一下可能的工作难度，然后说，无论多难吧，我还是要好好干，以不辜负组织的信任。

我这里关注的是他对徐州的第一印象，或者说徐州给了这位苏太守怎样的第一印象。

他认为，这里应该是一个重要的地方。

见了当地的公务人员和老百姓，了解了一些当地的风俗人情。

这里的地位应该是非常重要的，他用了"襟要"一词，指徐州正当连接南北水陆的关键地区。他在之后与章子厚参政的信中再次使用了"徐州南北襟要，自昔用武之地"的说法。

地方虽好，但老百姓的生活还是很艰难。又加上当年春夏的大旱和蝗虫灾害，可算是雪上加霜。

接着他又免不了调皮起来。他说，这样重要又多事的地方，你们应该派个能干的官员来这里，以安抚这千里"疲民"才对，怎么把我这个学问不咋样又专业不对口的家伙弄到这里了？我这几年啊，虽积极努力忙于行政事务，甚至忘记了进一步追求学问，但仍然漏洞百出，到处都是危机，只不过没有惹上大祸。像我这样的人当然也不敢想去什么好地方了。虽然说对于那些顽劣的矿石来讲，再好的熔炉也是白搭，对于那些长不成大树的散材来说，下再大功夫培育也是枉然，但我想，我即便是一匹走不动的劣马还是要再加鞭策，即便是一把早就锈钝的破刀还是要勤加磨砺。第一是为上谢天子，第二就是为了不辜负好朋友们的信任吧。

以这样的语气向两府报告，不知道除苏轼外还有几人。

要知道这"二府"的权力可是不容小觑。就说这中书省，它是手握"掌进拟庶务，宣奉命令，行台谏章疏，群臣奏请兴创改革及任命省、台、寺、监、侍从、知州军、通判等官员"行政大权的机构。如苏轼这样的官员任命都是要经过这里的。有些时候，他们甚至会否决皇帝的意见。比如前几年时，苏轼请求外任。皇帝希望重用苏轼，本来想给他个地方一把手长官干干的，哪怕去个条件艰苦的地方也行。但中书省就是以种种理由不认可，包括说他年轻没有经验之类，干个市长助理和市监察局长（通判）就不错了。皇帝竟然没有办法，只有和中书省讲价钱，说，好吧，这一点听你们的意见，但还是要安排个好一点的地方。中书省竟是不理，还是按自己的想法拟了个不怎么样的地方给苏轼。皇帝看了呈上来让他签字的报告，提笔把那地方改成了杭州。中书省还要辩解，但看到皇帝已经有些生气才算罢了。仅此一事，便可知这"二府"的权力。可苏轼似乎颇不以为然。

但比较这一晚他写的两份报告，倒是第一份写给皇帝的报告里怨气和不满更明显一些。给"二府"的报告应是压抑约束了许多。这里的区别苏轼是清楚的。两相比较，很明显更喜欢他的是皇帝。人在喜欢他的人面前总要更放松甚至放纵一些。

范仲淹（989 年 8 月 29 日—1052 年 5 月 20 日），字希文，汉族。苏州吴县人。北宋杰出的思想家、政治家、文学家。

接下来的这几天苏轼做了一些人事上的安排。

梁交为将官。

傅裼为通判。

舒焕为教授。

任某为钤辖。

毕仲荀为推官。

吴琯监徐州酒税。

胡公达为徐州狱掾。

范纯粹为滕县令。

颜复为彭城令。等等。

对苏公的班子成员任命稍微八卦一下。其中的滕县令范纯粹是北宋那个有名的文学家、政治家、军事家、教育家范仲淹之子。《岳阳楼记》中"先天下之忧而忧,后天下之乐而乐"的千古名句就出自他老爹的笔下。范仲淹生于徐州,死于徐州。据记载,范纯粹的爷爷也就是范仲淹的老爹范墉,端拱初年(988年)在徐州任武宁军节度掌书记——徐州军事长官的秘书。这样说来,这范纯粹也是一个与徐州渊源极深的名人之后。当然,我最赞成他的还包括他对徐州这片土地和人民的厚重情谊。这是后话。

在这期间,密州任上的同僚朋友来信来诗问候,苏轼还为孔宗翰作了《颜乐亭诗》以及《和孔密州五绝》。五绝中的第三首《东栏梨花》尤其为人称道,似乎曾被编入后来的中学课本。内容不外是感叹人生,但画面感很强,让人读来意趣横生。按时令来说,徐州此时正是梨花开放的时节,或许是逍遥堂外的梨花引发了他如此真切的感受。

金富轼(1075—1151),字立之,号雷川,谥号文烈。本籍庆州金氏。朝鲜半岛高丽王朝时期的著名学者、政治家、历史学家。其所著的《三国史记》是朝鲜半岛现存最早的历史书籍。

原来在密州的老朋友赵郎中来诗和苏轼开玩笑,说徐州的美女肯定没有东武好,因为徐州似乎只有当年燕子楼的关盼盼可以一论,但却是明日黄花。苏轼诗兴大发,立即和诗两首。里面说,若是不来徐州去了河中,恐怕还不如在这里。你不是经常说你明年就六十岁了吗?且管好你自己的事吧。很是有趣的两首小诗。

也就是在这个时候,江湖上流传着一个有关苏太守的故事。高丽的使者经过杭州时,到街上把能买到的苏轼文集都带回了高丽。据说在当时的高丽国，有一批崇拜苏轼的粉丝。此前两年，也就是苏轼在密州的 1075 年，高丽有一金姓人家生了一对儿子，被"苏迷"父母分别取名为金富轼和金富辙。这金氏兄弟后来果真成为高丽有名的文学大家。可见那时苏轼的声名已经在异国显扬并深入人心，这是有史可考的。买书这事传到苏轼的耳朵里可能要晚些时候，可惜几个月后他已经没有高兴起来的心情了。

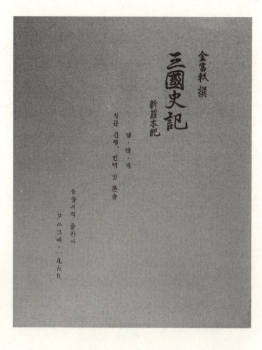

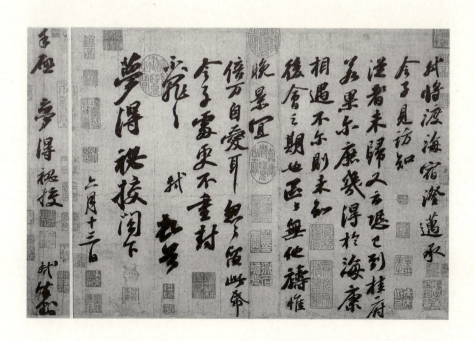

五月六日：惹祸的独乐园

你对我的老政敌大唱赞歌已经是吃了熊心，还要怪罪于天，天是谁呀？还要挑动这个家伙起来和我等斗争，你到底要干什么呀？哇呀呀，你莫非又吃了两颗豹子胆？张龙赵虎王朝马汉，速速报来，查查徐州那地儿是不是到处都是金钱豹呀！

【五月】

五月六日。天气晴朗。

一位来客拜访了苏轼，这个人是谁并不重要，重要的是这个人捎给了苏轼一篇文章。文章似乎也不算重要，不过是为自家建的一座园子写的一篇不长的文字。自建一座园子，写一篇铭记，这在当时极为平常。重要的是这篇文章的作者也是这个园子的主人。他，就是在当时、在现在说起都大名鼎鼎的人物——司马光。

如果您不知道他是谁，您总该听说过司马光砸缸的故事。对，就是赵丽蓉小品中那个抱着石头砸缸的少年。砸缸时的司马光只有六岁，随着做县令的父亲司马池在今天的河南光山县生活。他的名字中的"光"即来自他父亲任职的光山县地名。

司马光深受其父影响，自幼聪敏好

司马光（1019 年 11 月 17 日—1086 年 10 月 11 日），字君实，号迂叟。北宋陕州夏县涑水乡（今山西运城安邑镇东北）人，出生于河南省光山县，世称涑水先生。司马光是北宋政治家、文学家、史学家，历仕仁宗、英宗、神宗、哲宗四朝。他主持编纂了中国历史上第一部编年体通史《资治通鉴》。

学。据史书记载，他七岁时，见识已经像成年人一样（古代成年指弱冠，即二十岁，并非如今的十八岁），听人讲《左氏春秋》特别喜欢，回来以后讲给家人听，能做到大意明白。就是在这样的背景下，一群小孩子在庭院里面玩，一个小孩站在大缸上面，失足跌落缸中被水淹没。其他的小孩子都跑掉了，司马光拿石头砸开了缸，水从破洞流出，小孩子得以活命。开封、洛阳的人将这件事

司马光砸缸救童图

用图画记载下来，广为流传。仁宗宝元初，中进士甲科。他生性不喜欢奢华，刚满二十岁时，即便是在庆祝高中的喜宴上，也只有他不戴花饰。要知道那时候男人簪花正是一种时尚，上到皇帝老儿，下至普通百姓，碰到高兴的事都会在帽子边别上一朵花儿。身旁的人说："花是君王赐戴的，不能违反规矩不戴呀！"他才勉强把一朵花插在帽子边上。

他的功绩当然不止砸缸，他一生中另一个重要的成就就是编撰了皇皇巨著《资治通鉴》。

相对于革新派的王安石来说，他是保守派。这使得我们在那个世上只有两种人的文化氛围中，理所当然地认为他是坏人，是个思想僵化、因循守旧、不愿革命、害怕革命的老顽固。

或许在历史已经成为历史的很久之后，我们才明白，不见得所有的变革都值得推崇，不见得所有的守旧都需要批判。况且，我真的不相信在七岁时就有砸缸救人这种敢于突破旧有框框的人是个头脑僵化的顽固者。

简单地说吧，王安石和司马光分属改革和守旧两派（这是传统说

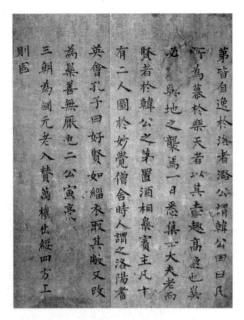

司马光书法

法，笔者以为"守旧"若用"稳健"二字替代似乎更为准确），而且是属于两派的领袖人物。苏轼属于守旧一派。当时的苏轼在政治斗争的地位上与这两人都不在一个级别。往大里说，苏轼只是其中一个阵营中较有影响的一个人物。

在苏轼来徐州七年之前的熙宁三年，司马光因为不满王安石的诸多做法，主动请求辞去朝廷的职务，到外地任职。第二年，判西京御史台，居住在洛阳，专门从事《资治通鉴》的编撰。后来我们知道，他这一住就是十五年。

也就是在当时而论的三年前，他在洛阳尊贤坊北买了二十亩地，辟为一个园子，起了一个耐人寻味的名字——独乐园。园子不算大，中间盖了几间房子用来读书。房屋的北边是一片沼泽，他又顺势在上面搭了一间钓鱼庵。沼泽再往北，设了一间种竹斋。沼泽的东面开辟一块种药的园子，园子六面设以栏杆。栏北面的亭子叫浇花亭。后来又在园中筑了一个高台，给台子起了个名字叫见山台。这所有的东西合起来，就叫

司马光《独乐园》图局部

46

作"独乐园"。是不是特别清楚？这份介绍是园子的主人亲笔写的。文字就像园子的结构一样简单明了。其中的各处亭台房舍的名字也是至为质朴直白。读书的就叫作"读书堂"，钓鱼的就叫"钓鱼庵"，浇花的就叫"浇花亭"，这似乎不应该是一个《资治通鉴》的总编撰，一个翰林大学士、著名诗人、史学家的能力体现。但这又的确是事实，这应该就是传说中的大智若愚、大道至简吧。最有意思的还是这园子的名字，"独乐园"，啥意思？没啥意思！就是我自己玩儿的一个地方，不行吗?! 可显然他的意思远不止于此，"独乐"二字对于当时的司马光来说有着太多的内容。这太多的内容需要有人分享，但在当时能与他分享的又有几人？有人明白，他却不愿让他明白，比如王安石。他愿意让他明白的，偏偏无人可以达到和他对等交流的水准。只有一个人是可以懂的，而且他的懂又不会给自己造成伤害。这个人就是刚刚上任的徐州太守苏轼苏子瞻。

熙宁六年买地造园，经历三四年的光景，园子应是已经投入了使用。这时，他在读书堂上写下了《独乐园记》，然后请人捎给在徐州的苏轼。说，你看看吧。

或是司马光谦虚，或是出于其他考虑，没有见到司马光请求或要求苏轼来一篇读后感之类的文字。

但苏轼的聪明是掩不住的，他感受到的东西是一定要说出来的。怎么办呢？谁让咱老苏是如此的才华横溢。

司马光书法

他在逍遥堂前铺纸磨墨，一首五言长诗一挥而就。旁边的苏辙欲语还休，他知道他无法劝止这个激情勃发才情四溢的哥哥。他当然同意哥哥的观点，但是，他对其中的文字又实在担心：

——先生您不要这么孤独呀，全天下的人谁不希望您重出江湖和那个穿着邋遢兮兮的家伙开战呀。您的文章连小孩都会背诵，您的事迹连贩夫走卒都在传颂。您现在的境况都是上面那帮家伙迫害的结果，别再说什么独乐不独乐了，您要是再装聋作哑不和那些新进开战，我都要拍着巴掌笑话你了。

这不是原文的直译，我要表达的是老苏当时真实的感情。"名声逐吾辈，此病天所赭。拊掌笑先生，年来效喑哑。"这两句，有些过了。我若在，也会这般提醒。苏辙的欲言又止正在于此。

要知道，当时的王安石刚被罢相居江宁府，城中仍是他的一派人物当权呀！你对我的老政敌大唱赞歌已经是吃了熊心，还要怪罪于天，天是谁呀？这不是作死的节奏吗？还要挑动这个家伙起来和我等斗争，你到底要干什么呀？哇呀呀，你莫非又吃了两颗豹子胆？张龙赵虎王朝马汉，速速报来，查查徐州那地儿是不是到处都是金钱豹呀！

王安石以及当权者的恼怒可想而知，但不知出于怎样的考虑，直至两年之后，苏辙可怕的担心才得以应验。那时的苏轼被关在御史台的牢房里，如被热汤泼身的小公鸡，惶惶不可终日，面对办案小卒也是心生惧恐，抖抖索索地在纸上写下检讨书：

"熙宁十年五月六日在徐州写的那首诗，的确是讥笑新法，最后喑哑不喑哑的，也的确是希望司马光能依前言攻击新法……俺老苏错了。……九月三日。苏轼。"

其时，乌台满树的乌鸦嘎嘎嘶鸣，吓得老苏三魂走了两魂。

是刑讯逼供屈打成招的结果，还是老苏原本就是这么想的，似乎已经不是那么重要。王安石和司马光谁是谁非也不是俺今天想讨论的话题。但只此一事，可见苏轼之率真，也可见苏轼政治上的不成熟。你看人家司马光就要老练得多，我可没有请你对我的园子发表意见呀！而且，你即使说了那么多激我的话，我一个字都没有回！老王，你能把我怎样？小苏呀，你还是有些年轻啊！

苏轼的诗词文章有很多种分类法，可按时间，可按地点，也可既按时间又按地点，等等，但还有一种分类法属老土专有，那就是按惹祸的诗和没有惹祸的诗来分。他的这首《寄题司马君实独乐园》就是他到徐州后，写下的第一首惹祸的诗。

诗写罢，他没有注意到弟弟苏辙担忧的眼神，顺手又给司马光写了一封短信：久不见公新文，忽领《独乐园记》，诵味不已。以下叙作诗。可算是铁板钉钉了。

苏轼新官上任二十多天，之前的文字多是应和之作，这次主动拿起笔来，慷慨激昂一阵子，而且是触及朝廷的敏感文字，这多少可以看出他对到了京城都不让他入城门的事情还是有着自己的想法的。

在徐州期间，苏轼和司马光共有五次通信，在五月六日随记所写的这封信里，他写道："彭城佳山水，鱼蟹侔江湖，争讼寂然，盗贼衰少，聊可藏拙。"应是对自己的新治之地感到满意。这与七个月后的感觉完全不同。那时，他在和一位姓宋的朋友的信里描绘了另一个完全不同的彭城。

六月十五日：短李的快哉亭

在徐州的快哉亭上，虽尽可能在心里还原当时的景象，但感觉上还是贺铸的"鸦带斜阳投古刹，草将野色入荒城。故园又负黄华约，但觉秋风发上生"与斯境更相吻合。

六月。阴雨连绵。

六月十一日，南都传来消息，苏辙的保姆也是奶娘杨金蝉因病去世了。苏辙难受了好一阵子，苏轼躲在房间里为杨金蝉写了一篇墓志铭。

六月十五日，苏轼为让

拔剑泉

弟弟散心，拉着弟弟去祭奠了汉高帝庙。

汉高帝庙在徐州城南五里，也就是现在的汉王拔剑泉附近。

庙里有一块石头，三尺六寸高，中间有一道似乎是利剑破竹一般的裂缝，相连的部分只有差不多一寸，这便是传说中的高祖试剑石。

看着还在郁郁寡欢的弟弟，苏轼给苏辙找了个活干，说，老弟，最近总是连阴雨天，农家地里的活也没法干，你就代我写一篇祈晴文吧，求求老天赶紧阳光灿烂。苏辙应诺，说，好，您是地方父母，我就以您的名字写了，想必老天会给个面子的。苏轼挺了挺胸脯，笑着说，那倒也是，呵呵。

也许是苏辙的祈晴文真的得到了地方土地的响应，不几日的一个下午，眼见天色放晴，苏轼还在午睡之中，彭城令颜复来见苏轼。这颜复颜长道是颜子的第四十八世孙，他的父亲是个名儒，做到了国子监直

讲。他来约请苏轼兄弟出去转转，顺便看看哪里还需要做些造个亭子种些树的市政建设。看看那时的官员多会讲话呀，明明是约你游山玩水，人家却说是请你"相地筑亭种柳"。这正中苏轼下怀，便拉上了弟弟苏辙，由颜复主陪，好像还拉上了前任知州傅尧俞的门客、现任州教授的舒焕等一共五个人，分乘了五匹马，出得北门，改为乘船，顺黄河沿城而下，转到城东南二里许的百步洪已是薄暮时分。

这是颜复县长为苏市长设计的重要景点。

苏轼说，这里很近啊，根本不用骑马乘船嘛。众人笑说，是啊，可咱不是为筑亭种柳相地嘛。苏轼和弟弟苏辙会心一笑，呵呵，那倒也是。

徐州百步洪是入了《明胜志》的。黄河在这里打了一个弯，水流本来就急，再加水底很多石头阻隔水的势头，水势更显急乱，涛声如雷声翻滚，煞是壮观。其时由原本平缓如席的水面一变为波翻浪涌。两岸怪石如牛似马，让人须臾之间顿生骇惧之心。回首彭城，暮烟已起，或有笛声间续传来，恰似亲人呼唤外出的人尽快回家。一干人等皆有诸多感慨。舒焕教授想着自己今天竟是和鼎鼎大名的苏轼兄弟同舟而行，不禁有身在梦中之感。刚才还是一马平川，现在却是风波荡漾，多愁善感的苏辙此时已有诗篇在心头。

回到府衙，天色已晚。苏辙将一首《陪子瞻游百步洪

昔日波翻浪涌的百步洪此刻已是风平浪静，一派恬静风光

诗》捧给苏轼。苏轼笑眯眯地看了，说，老弟，我依你的诗韵也来一首吧。

和子由与颜长道同游百步洪相地筑亭种柳

平明坐衙不暖席，归来闭阁闲终日。

卧闻客至倒屣迎，两眼蒙眬余睡色。

城东泗水步可到，路转河洪翻雪白。

安得青丝络骏马，蹋踏飞波柳荫下。

奋身三丈两蹄间，振鬣长鸣声自干。

少年狂兴久已谢，但忆嘉陵绕剑关。

剑关大道车方轨，君自不去归何难。

山中故人应大笑，筑室种柳何时还？

我这里多说一句，我曾悄悄地把苏辙的诗和苏轼的和诗做了个比较，怎么说呢？我认为无论格局、气度以及文字，苏轼的诗都要高出许多。

说一些和诗方面的知识有助于更好地理解苏轼的这类诗词。

和诗，就是用诗词互相赠答唱和，或者对别人的诗词有感而发的唱和之作。和，指唱和、和答。和诗，也称之为"酬和""酬唱""唱酬""唱和"等。

和诗可分四种形式，即与原诗不同韵、依韵、从韵和步韵。清朝学

者吴乔曾对和诗的四种形式进行过精辟的阐述，他在《答万季野诗问》一文中说："和诗之体不一：意如答问而不同韵者，谓之和诗；同其韵而不同其字者，谓之和韵；用其韵而次第不同者，谓之用韵；依其次第者，谓之步韵。"步韵，也就是次韵。如苏轼的这首和子由的诗，用的韵和苏辙原诗韵是完全一致的，而且次序相同。我个人认为，和他人之诗，而且采用步韵的形式，能不失于生硬造作，这是高手的做派。这在苏轼的诗词中很常见。一首诗或词过来，我就用你的韵脚写上一首回赠，不见生涩，一如在自家庭院起舞，往往令原诗黯然失色，这是苏轼的拿手好戏。

这首诗还透露出了另外一个信息，就是苏轼在刚来徐州的这段时光还是较为悠闲的。公务不是太多，坐不热板凳的空儿就可以把公事处理完了，然后关了门在家里睡懒觉，听到朋友来了才趿拉着鞋子出来相迎，两只眼睛依然是睡意蒙眬。这段悠闲的时光使他有精力去和朋友们诗来文往。比如今天的这首和子由诗以及前几天的和孔密州诗、和赵郎中诗，以及稍后一些的和李邦直诗，等等。

在这个六月里，苏轼与李邦直多有交集。

李邦直就是李清臣①，他任京东路的提刑一职。因徐州属京东东路，所以李清臣是苏轼的领导。这李清臣可不是个简单的角色。史书上记载，他七岁就知道主动读书，日诵数千言，"稍能为文，因佛寺火，作浮屠火解，兄警奇之"。北宋著名的丞相韩琦欣赏他的声名，把自己的侄女许配给了他做妻子。举进士，调任邢州司户参军。应材识兼茂科，欧阳修认为他的文章与苏轼有的一比。到后来任中书大人的时候，苏辙曾经因为他而罢官。

这一年他在城东南角建了一个亭子，位置就在徐州老花鸟市场的旁

---

① 李清臣（1032—1102），字邦直，魏人。生于宋仁宗明道元年，卒于徽宗崇宁元年，年七十一岁。

边。按照六年之后另一位徐州太守贺铸的记载，离快哉亭几十步的样子就是唐人薛能所建阳春亭的故址。苏轼来徐州的时候，刚好完工，李邦直便请这位才华横溢的苏太守给起个名字，苏轼略一沉吟，写下"快哉亭"三个字。

徐州快哉亭

这里有两个疑问要说明一下。

一是这快哉亭是在阳春亭旁边另建的，还是在阳春亭原址上重新建的？看贺太守的《快哉亭·序》中的文字很清楚，当时建快哉亭时，阳春亭已不存在，位置也不在原阳春亭的位置，所以不存在扒了阳春亭建快哉亭或在其原址上建了快哉亭的问题。这只是位置较近，但并不存在其他承继关系的两个亭子。

第二个问题比第一个要重要些。这"快哉亭"是徐州的吗？苏轼的文字里至少有两篇直接提到"快哉亭"。一句是"贤者之乐，快哉此风"。另一句更加著名："一点浩然气，千里快哉风。"前面一句没有第二句出名，很多人到快哉亭都情不自禁地吟咏后面这句词。但是，我现在要说的是，这两句中的"快哉"说的是两个地方的两个亭子，不能为我大徐州所独享。前一句来自苏轼的《快哉此风赋》的首句。从赋文中"宋都"

徐州快哉亭远观。亭子在高台院内

"泗水"等可以说这是苏轼为徐州之快哉亭而作。第二句来自苏轼《水调歌头·黄州快哉亭赠张偓佺》的末句。看题目您就知道，这是黄州的快哉亭。2015年的三四月间，我在黄州时由当地的苏轼研究专家王琳祥老师引领，在黄州快哉亭的故址唏嘘再三。那是在一个高坡之上，当年应是临江而立，站在那样的地方似乎才配得上那样的句子。在徐州的快哉亭上，虽尽可能在心里还原当时的景象，但感觉上还是贺铸的"鸦带斜阳投古刹，草将野色入荒城。故园又负黄华约，但觉秋风发上生"与斯境更相吻合。

很有意思的是，在我2014年去访密州（现山东诸城）前做功课时，从苏辙《寄题密州新作快哉亭二首》中知道，原来苏公在密州期间，密州也有一个快哉亭。不过我只是登上了超然台，没有在意哪里有一个快哉亭。但密州的快哉亭应该的确是可以有的。

这样来说，与苏轼诗文关联的"快哉亭"至少有三个。时间上说：一个在徐州，一个在来徐州前，另一个在来徐州后。地点上看分别是密州、徐州和黄州。这正说明苏公对"快哉"二字是何等钟爱。

快哉，等于现在的白话"爽"，要是搁在徐州方言里，那叫"恣"。

六月里除了为李邦直的快哉亭题名作赋之外，苏轼还和了李邦直的《沂山祈雨有应》。

那时的官员有个重要的工作要做，天旱的时候要去祈雨，雨涝的时候要去祈晴天。没有雪的时候要去祈雪下，雪下久了还要再祈雪止。诸如此类还有很多，凡遇天灾，官员都要举行个仪式向上天祈求。祈求时要以官员的名义给无所不能的老天打个报告。一般的内容

要求是要写明灾害之重已经严重影响到老百姓的生活，老百姓很苦很无辜，希望上天垂怜。如果是我这个当官的错，就请只批评或惩罚我吧。大义凛然地显示出官员爱民如子的精神，是一项官方和民间都支持鼓励做的事，也是官员在年终考核时必列的内容。

苏轼所在的宋朝，社会分工越来越细致，社会规范程度越来越高。连在早上出售洗脸水都已被纳入东京街头的商业服务范围。官方的祈雨祈晴活动自然也有专门的文件规定。前文说到，就在苏轼到达徐州的第一天，朝廷就专门下发了关于如何用蝎虎祈雨的规范性文件。苏轼为此专门写了题为《蝎虎》的诗。有人从时间上来认定，这是老苏到徐州后有文字可以检索的第一首诗。

蝎　　虎

黄鸡啄蝎如啄黍，窗间守宫称蝎虎。

暗中缴尾伺飞虫，巧捷功夫在腰膂。

跂跂脉脉善缘壁，陋质从来谁比数。

今年岁旱号蜥蜴，狂走儿童闹歌舞。

能衔渠水作冰雹，便向蛟龙觅云雨。

守宫努力搏苍蝇，明年岁旱当求汝。

这一次是李清臣（邦直）在沂山祈雨成功。当地不落一滴雨已经半年，这次竟然"一夜雷风三尺雨"，以致"岭木兮苍苍，溪水兮泱泱"。百姓高兴，官员也高兴。李邦直专门为此写了一首诗，苏轼迅即和了一首。

这首诗我在这里还要原文引用，因为这里面的几句话后来也成了"诗案"中的重要罪证，差一点让苏轼丢了老头皮。

和李邦直沂山祈雨有应

高田生黄埃，下田生苍耳。

苍耳亦已无，更问麦有几。

57

蛟龙睡足亦解惭，二麦枯时雨如洗。

不知雨从何处来，但闻吕梁百步声如雷。

试上城南望城北，际天菽粟青成堆。

饥火烧肠作牛吼，不知待得秋成否。

半年不雨坐龙慵，共怨天公不怨龙。

今朝一雨聊自赎，龙神社鬼各言功。

无功日盗太仓谷，嗟我与龙同此责。

劝农使者不汝容，因君作诗先自劾。

　　这一首诗的前半部分，说的倒也是平常中事。说旱情如何不堪，下了雨又如何好，还担心这样的好景致能不能保持到秋后。这似乎都没有什么问题。问题在于后面，他开始追究起事件的原因了，而且不容置疑地认为，大旱的原因就是那些行云布雨的龙不作为，但人们却只怨天公不怨龙。一旦雨下来了，好家伙，龙神社鬼又都争先恐后地去争功。说到这里也就罢了，他怕人家不明白，怕人家没看到他伸过去的那么明显的把柄，居然又说，我这类的人也该和那些龙承担一样的责任啊。意思就是，谁是龙？就是我这样的朝廷官员呀！——大家想想，那些一直惧怕苏轼学问声名的朝中当权者怎么想？敢情我们都是那些不称职、不能辨理阴阳、无所作为只知争功讨赏的慵龙呀？好好好，这梁子算又是加上了一根。

　　喜欢苏轼文化的这几年，我一直在想，看不出苏轼去和别人争名夺利，为何却总是遭人嫉恨？除了因为他的声名太大，可能无意间就挡住了别人的阳光之外，和他这张不加遮拦的嘴有很大的关系。官场之中，他是那么率真。但官场实在不是一个率真的地方。在官场中，能最后爬到顶层且怡然终老者大多不是苏轼这样的才华峥嵘者。可以傻也可以装傻，不懂得不说，懂了也不说，你才会显得渐渐高深起来，才会像一个官的样子。

　　苏轼太明白了，他的心思像个透明人一样，那份洁净让世俗者看得很不舒服，何况是世俗里最复杂的官场。

云龙湖

苏轼应该也是对自己了然的，不然就不会有"一肚子不合时宜"这句话。当然了然却不是了了，否则，也就没有了风流苏轼，最多只会多了一条熟悉又陌生的慵龙。

六月的最后几天里，苏轼和李邦直的诗文交往还有几次。主要是因为李邦直和弟弟苏辙迅速地成了无话不谈的好朋友，李称子由为"高人"。两人来往甚密，或喝酒跳舞，或城南亭上终日醉卧，或诗歌唱和。当然，这些活动都会邀请苏轼参加。看到他们的往来诗文，苏轼也会耐不住技痒和上几首。

我喜欢的是那首《城南短李》，画面感极强，且富有浓郁的生活情趣。

城南那个姓李的小个子呀，你真是太好玩了。……一屁股坐在地上狂歌不止，醉了不愿离开继续跳舞到天亮，闲来写几句清诗免得辜负了好时光，我原来就和别人不一样呀，小个子李呀，喝这杯酒前，能不能允许俺老苏把胡子撩起来呀？

百步洪慨然亭

从另一首诗里可以看到李邦直对他口无遮拦的善意提醒，但看得出来他对此并不太以为然。"忘怀杯酒逢人共，引睡文书信手翻"，只要是让俺开怀的酒，见人

59

咱就喝，只要是我喜欢看的书，啥书我都看。可对于朋友的美意他心知肚明，还是安慰朋友说，小个子李呀，我现在即使再有狂言厥词要放出来，但话到嘴边，想到你的提醒，担心你嗔怪我，我都要生生地吞下去呀！

即便如此，苏轼和李清臣的好几首诗里，后来还是被人瞅出了不小的问题。这在他"诗案"的检讨文字中都有记载。八月二十八日的那份检讨书里，他痛苦地承认自己的确对新法有意见，对自己反对新法的意见无人重视有意见，想过以死上谏，也想过老子不玩了辞官回眉山老家。

月底，老乡梁先不远千里来徐州游学拜见苏轼，苏轼很高兴，和舒焕一起，三个人泛舟水上。为记此事，留诗二首。其中"彭城古战国，孤客倦登临""何以娱嘉客，潭水喜君心"以及"君无轻此乐，此乐清且放"等佳句为人所知。

这是一段清闲自在的日子，但坏的消息已在酝酿之中。

七月就要来了。

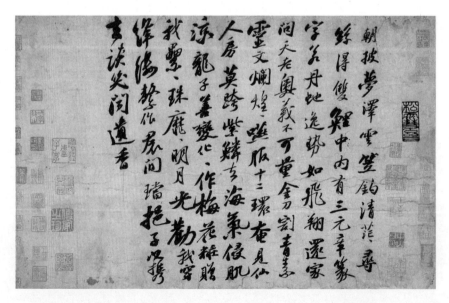

七月二十日：他和他夜雨对床

逍遥堂后古木参天，夜半风雨声声入耳。

眼看已是七月尽，弟弟苏辙的行期渐渐提上日程。人家官职不如哥哥，但好歹也是个公务员。顶头上司张方平也许不会说什么，但传到京城那些人的耳朵里，总是不太合适。

七月十七日，也就是公历的8月8日。

按今天徐州人的观点来看，这是一个不错的日子。阴气森森的七月十五鬼节已经过去，阳历上的两个八字意味着发了再发。可在熙宁十年的这一天，发的不是财，而是汹涌而来的大水。

这一天，黄河在澶州也就是现在的河南濮阳西十华里的曹村决口，河水横流而下，漫过了巨野，溢向泗水，直逼徐州。

但水的势头显然不是那么猛烈，我们从苏轼年

索靖

谱及相关文献中看到，从七月十七日黄河在曹村决口到八月二十一日水临徐州城下，苏轼的生活一如以往。我不知道这是怎样的原因。是朝廷有"维稳"的统一要求，还是苏轼这些地方官员们心存侥幸，还是当

61

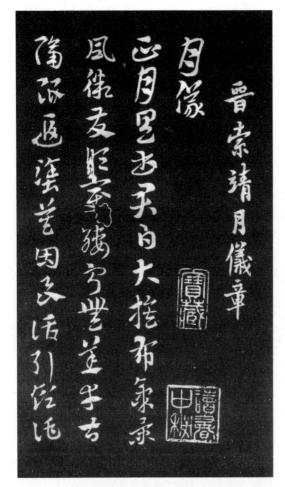

时对黄河决口已经习以为常，还是苏轼的心思压根儿就不在当官理政这方面？我查不到其他的资料来佐证其中的任何一条理由，但要郑重地记下来我的这个疑问。

事实上，直到大水来到了徐州城下，苏轼还是在迎来送往之中。

二十日，这一天他又喝醉了，竟在醉后和西晋的大书法家索靖进行了一次书法穿越赛，一口气写满了五张纸。醒来后自己看来甚是满意。苏轼向来没有丝毫掩饰自己才学的意思。他对自己的绝世才华充满自信。尤其是在酒后，他的那份自信自恋更是登峰造极。书法上，他在《跋草书后》自己说："仆醉后，乘兴辄作草书十数行，觉酒气拂拂，从十指间出也。"又在《题醉草》中说："吾醉后能作大草，醒后自以为不及。"我醉后写的那字比醒的时候写得还好。可他醒着的时候分明就已是四大书家之翘楚，这让别人怎么活呀？在一些今人看来都是殿堂级的书法家作品上题字说三道四，这样的事儿苏轼常干。这一天，他醉中和索靖赛了一局，然后他自己说自己赢了。

两天之后，他应驸马王诜之请，作了《宝绘堂记》①。王诜喜欢书画，专门盖了一个房子用来收藏，这房子就是宝绘堂。想请苏轼这个大文人写点文字。苏轼这样的事常干，何况这次是他的老朋友王诜所请。看在他在来徐州前无数次跑到人家喝"大家茶"的分儿上，这活也得干。他拿出了在他离京赴任前王诜送他的一瓶羊羔儿酒。本想酒后再来一次挥洒，可弟弟苏辙阻止了他，说，老哥，前两天才喝多，今天就先将息一下吧。苏轼接受了弟弟的劝说。这使得这篇文字展现了一份相当清醒的思考。

他在说一句话，凡事要讲究一个度，再好的东西都不要沉溺其中。

他在说一个理，所有你认为非常珍贵的东西其实都是过眼之烟云、过耳之鸟啼，大可不必沉溺其中，得之不必大喜，失之也不必过忧。过去的，就让它过去。

这些话似乎与宝绘堂有些远，但苏轼自有收放自如的能力。他说，我原来也是喜欢收藏书画的，但现在不了，原因就是前面所说的。王驸马不好声色犬马，这很好；喜欢收藏书画，也不错；但是还请不要沉溺其中才好，只追求书画带给你的那份快乐，而远避醉迷其中带来的危害吧！——人家请他写记，不外是认为自己做了一件雅事，希望得些赞美之词。但苏轼言下之意竟是说，伙计呀，适度玩玩就可以了，可不要当真陷进去呀！听听，这是多扫兴的话呀！正像一群好友在酒酣耳热之际，门外忽然走进一个人说，我来给大家讲讲酒的危害……但好在王诜是老朋友，应该不会怪这个率直天真的苏子瞻。

---

① 君子可以寓意于物，而不可以留意于物。寓意于物，虽微物足以为乐，虽尤物不足以为病。留意于物，虽微物足以为病，虽尤物不足以为乐。老子曰："五色令人目盲，五音令人耳聋，五味令人口爽，驰骋田猎令人心发狂。"然圣人未尝废此四者，亦聊以寓意焉耳。刘备之雄才也，而好结髦。嵇康之达也，而好锻炼。阮孚之放也，而好蜡屐。此岂有声色臭味也哉，而乐之终身不厌。（《宝绘堂记》节选）

七十四岁的潜山隐士王仲素（名景纯）来徐州住了三天。这是一位苏轼苏辙兄弟都很敬服的得道高人。在徐三天期间，他一句句传授给兄弟二人不少养生养气的秘诀。兄弟二人自感都有不少的收获。苏轼写了诗《赠王仲素寺丞》有"养气如养儿，弃官如弃泥""促膝问道要，遂蒙分刀圭"等句子，感叹人生不知自省，空自忙忙碌碌，表示与王景纯有相见恨晚之意。后来，在苏轼的另外一首《赠寺丞王仲素致仕提举灵仙观》诗里，又对他们的这次相会做了回忆。"彭城为我驻三日，明月满川同一醉。丹书细字口传诀，顾我沉迷真弃尔。"还说自己年龄刚过四十头发已经苍白，特别希望从高人那里得到拯救憔悴的方子，希望有一天能到潜山隐士的居住地去拜见，又担心这位世外高人改了名字让他无处寻找。

身在滚滚红尘却一直不绝出世之念，这是一个奇怪的苏轼。直到有一天我听到一个关于苏轼前世的故事，竟觉得这或许是个可能的缘由。

据说苏东坡的前世是一名叫"五戒和尚"的修行僧人。他自己多次在诗文中提到自己的前世，例如："我本修行人，三世积精炼。中间一念失，受此百年谴。"（《南华寺》）"前生我已到杭州，到处长如到旧游。"（《和张子野见寄三绝句过旧游》）

有几个传说中的故事可以佐证。

元丰七年四月，苏轼在抵达筠州前，云庵和尚梦到自己与苏辙、圣寿寺的聪和尚一起出城迎接五戒和尚，醒来后感到很奇怪，于是将此梦告诉了苏辙。苏辙还没开口，聪和尚来了，苏辙对他说："刚才同云庵谈梦，你来也想一起谈梦吗？"聪和尚说："我昨天晚上梦见我们三人一起去迎接五戒和尚了。"苏辙抚手大笑道："世上果真有三人做同样梦的事，真是奇怪啊！"

舍利弗，不可以少善根福德因缘，得生彼国。舍利弗，若有善男子、善女人，闻说阿弥陀佛，执持名号，若一日、若二日、若三日、若四日、若五日、若六日、若七日，一心不乱。其人临命终时，阿弥陀佛与诸圣众，现在其前。是人终时，心不颠倒，即得往生阿弥陀佛极乐国土。舍利弗，我见是利，故说此言。若有众生闻是说者，应当发愿，生彼国土。
——《阿弥陀经》

更奇怪的是就在这时候，苏东坡的书信到了，说他现在已经到了奉新，很快就可以同大家见面。三人非常高兴，一路小跑赶到城外二十里的建山寺等苏东坡。苏东坡到了后，大家对他谈起了三人做相同梦的事，苏东坡若有所思道："我八九岁时，也曾经梦到我的前世是位僧人，往来陕右之间。还有，我的母亲刚怀孕时，曾梦到一僧人来托宿，僧人风姿挺秀，一只眼睛失明。"云庵惊呼道："五戒和尚就是陕右人，一只眼睛失明，晚年时游历高安，在大愚过世。"大家一算此事过去五十年了，而苏东坡现在正好四十九岁。这个故事讲得有鼻子有眼，听上去苏东坡还真是那五戒和尚转世也说不定。

苏东坡后来写信给云庵说："戒和尚不怕人笑话，厚着脸皮又出来了，真是可笑啊！但既然是佛法机缘，我就痛加磨砺，希望将来可以回到原来的地方，这就不胜荣幸了。"

第二个故事是说苏东坡在杭州时，曾与朋友参寥子一起到西湖边上的寿星寺游历。苏东坡环视后对参寥子说："我生平从没有到这里来过，但眼前所见好像都曾经亲身经历过似的，从这里到忏堂，应有九十二级

阶梯。"叫人数后，果真如他所说。苏东坡对参寥子说道："我前世是山中的僧人，曾经就在这所寺院中。"此后，苏东坡便经常到这所佛寺中盘桓小憩。

第三个故事是说苏东坡总是喜欢穿僧衣，这可能也是前世因缘所致。宋哲宗曾经问内侍陈衍："苏轼朝服下面穿的是什么衣服？"陈衍说："是僧衣。"哲宗笑之。

那么这五戒和尚又是怎么成了苏东坡的呢？

据说，五戒和尚因一念之差，与寺庙附近美貌女子红莲相好，犯了奸淫之戒，被师兄明悟和尚用神通看破。明悟言语点拨，五戒羞愧难当，便坐化投胎去了。明悟预见五戒来世可能会谤佛谤僧，那就永无出头之日了。于是，他也赶紧坐化，紧追五戒投胎而去。到了这一世，五戒投胎成了苏东坡，明悟就是苏东坡的好友佛印和尚。苏东坡刚开始时不信佛法，醉心功名，但佛印一直不离不弃地追随左右，苦心劝化点悟于他。自身的亲身遭遇，加上佛印的不断劝化点悟，苏东坡终于醒悟，不但深信因果轮回之说，而且崇信佛法，也能潜心修行。

因犯色戒而坐化投胎，转世成了苏东坡，这个传说很多人都知道。苏东坡 1037 年出生，据传那五戒和尚正是那一年去世的。

这段故事若果属实，那么苏轼一生喜欢与僧道交往，且总是喜欢调笑和尚，以及临终前对佛法的领悟之语就都可理解了。

据说在五戒和尚坐化投胎转世的过程中，他的师兄明悟也就是后来的佛印就跟在他的后面，担心他再做坏事。他见五戒在投胎之途上曾因三个女子而三次驻足，明悟就说，这一世他还有三段情缘，但舍此之外再无其他纠结。这一世，苏轼果然先后就娶了三位妻子。他与妻子感情甚笃。除妻子外，倒真的再没有这位天下第一大才子的其他绯闻故事了。

农历七月的徐州，已见秋意萌动。

一个凉风习习的早晨，苏轼和弟弟苏辙以及彭城令颜复送梁焘学士回汶上老家。梁焘原是明州也就是今天宁波的通判，这次是在回乡途中路过徐州，知苏轼已到徐州任上，便在徐州盘桓了几日。

送走了梁焘之后，苏轼又与弟弟苏辙乘舟在汴泗之上游览了一圈。或是兄弟俩也讨论了即将到来的水患，使得有着抑郁气质的苏辙颇为伤感，面对打鱼者捧出的美酒也提不起兴致。"懒思久废诗，病肠不堪酒。"更有对哥哥率性文字的担忧："愿言弃城市，长竿夜独渔。"对官场的许多不确定充满担忧，希望着尽快逃离出来，就做一个持竿夜钓的渔翁。苏轼默然无语，深切地感受到苏

逍遥堂遗址

67

辙低沉的情绪。

接着苏轼还在快哉亭上以"快哉此风"为题组织了一次小型的笔会。酒税吴琯、教授舒焕以及被苏轼称为彭城"良人"的郑瑾等人积极参加。

苏轼就是在这个月里，还陪同弟弟苏辙游览了传说中的燕子楼。那时的燕子楼并不在现在的云龙公园里。

在这期间，彭城令颜复调赴京城做官，苏轼有诗相送。而且是一诗两用，同时将此诗送给了好友王巩。

来徐州的两个多月来，颜复给了苏轼很多帮助。可以说和苏轼整天厮守在一起，喝酒游玩也多是同席同行，这些都令初来乍到人地两疏的苏轼感到亲切。这次离徐赴京，苏轼在心里很是不舍。据诗中说，已经是热泪盈眶了。但诗里的第一句"彭城官居冷如水"，我却不知他因何有这个判定。他来的时候正是春暖花开的春天，写诗的时候也就是夏末秋初，不应该是说气候之冷，那或是说人事之冷了。是我徐州人薄待了老苏，还是他仅仅为渲染颜复的热情而造出的一个对比？我希望是后者。

逍遥堂后古木参天，夜半风雨声声入耳。

眼看已是七月尽，弟弟苏辙的行期渐渐提上日程。弟弟官职不如哥哥，但好歹也是个公务员。老世交顶头上司张方平也许不会说什么，但传到京城那些人的耳朵里，总是不太合适。

知弟弟要走，苏轼心里满是眷恋之情。

这对兄弟感情甚好。在苏轼二十六岁、苏辙二十三岁之前，他们兄弟一直生活学习在一起，又在同一年考中进士。但从做了官之后，宦游四方，身不由己，便是聚少离多了。按苏轼的说法，在此之前一共有三次分别。一别于郑州西门外。那是嘉祐六年（1061 年），苏轼赴凤翔签判任。二别于京城。治平二年（1065 年），苏辙出任大名府推官。三别

68

于京城。熙宁三年（1070 年）春，苏辙赴陈州学官任。七年之后的这次相聚眼看又到了分别的日子。

苏轼吩咐，取一张床来。在弟弟苏辙离开徐州之前的这段日子，他要每宿都和弟弟对床而眠。

只一个白天已不足以容纳兄弟的别情。

一支燃着的高烛隔着两兄弟。烛光昏黄。

弟弟说，你看这逍遥堂后的古木，多像东京怀远驿前面的那棵树呀！

哥哥说，还有这风雨声，也是这般地相像。

弟弟说，其实更像的是这堂内的情景——

哥哥说，是啊。高烛正燃，兄弟对眠，夜半说雨。

弟弟说，雨声渐急，若似赶人之鞭。

哥哥说，落叶渐稠，正像催命之鼓。

兄弟俩沉浸在三十年前京师怀远驿的那个雨夜。那时，这一对兄弟也是这般对床而眠。

——子瞻，还记得当时读的那首诗吗？"余辞郡符去，尔为外事牵。"

——当然记得。那是前朝韦苏州的诗"宁知风雪夜，复此对床眠"。

——"始话南池饮，更咏西楼篇。"

——"无将一会易，岁月坐推迁。"

好一个"宁知风雪夜，复此对床眠"！那是韦苏州写他和他的外甥风雨相别，和他两兄弟十几年前在京师的心绪情景何其相似！更没想到十几年后，此情此景竟在徐州再现。兄弟俩将这句诗喃喃地复述了好几遍。然后，便是沉默。

"子瞻，还记得那时的约定吗？"子由打破了沉默。

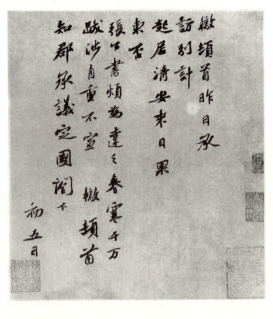

苏辙《见访帖》

苏轼似乎还在往事中沉浸，许久才答："功成早退，闲居求乐。可世事所逼，竟是退无可退。"

十几年间，苏轼开始为凤翔幕府，再后两次返京任职史馆。其后又外任杭州通判，复移守胶西密州。后又接旨往河间任职，尚未成行，又改知徐州。仕途中人，就是一片水中落叶，何去何从，自己真的无力把握。一念及此，苏轼顿觉满心苍凉。

有官可做，对很多人来说，是孜孜以求的事。记不得一个什么人说过，我就是想做官，哪怕不给钱哪怕我倒找钱都行，我只要那个众人仰望前呼后拥的感觉就死而无憾了。即便是那些张嘴就骂官、把官们恨得牙根儿痒痒的人中，也有相当一部分人属于特想做官而不得的。你看他骂得红眼，给他个官做做试试？他立马就会喜滋滋地把乌纱扣紧在头顶。骂官仇官只是因为他没能做上官，仅此而已。若是有朝一日媳妇熬成了婆，这类人会比他曾经痛骂的恶婆婆还要恶。但于苏轼兄弟而言，厌恶官场，在二十多岁刚入官场即生早退之意，则绝对与前者无关，甚至与"为赋新词强说愁"的矫情无关。一个说葡萄酸的人，要手里有一串葡萄才好说。他们是有资格说葡萄酸的人。但明知葡萄酸，想放手却又总是放不下手，这又是为何？或是"学成文武艺，货于帝王家"忠君爱国的传统羁绊。辛苦求学，寒窗苦读，为的什么？总不能只写几首闲诗吧。或是想着凭自己的满腹学识造福一方天下，当官不过是为自

70

己寻一个平台，也在青史上留个名字。或是一上船便的确身不由己。在苏轼后来的经历中有几次实质性的求"早退"的动作，也没有如意，其中悔不当初的苦楚非亲历者难以体会。

子由说，记得当年你在郑州西门留诗为别："夜雨何时听萧瑟？"今日可是正应那"何时"？

子瞻应说："亦知人生要有别，但恐岁月去飘忽。寒灯相对记畴昔，夜雨何时听萧瑟。"我自然是记得的。当时你送我百里之外而不肯回，我看你背影去，也是一时恍惚。

子由接着说，下面的句子想来你也是记着的。"君知此意不可忘，慎勿苦爱高官职。"

子瞻说，此意怎能忘，惜身不由己呀！

这兄弟俩，逍遥堂内对床夜话竟又是一个通宵。

他们谈了自己的父亲苏洵，谈了父亲的《名二子说》。那时候苏轼十二岁，苏辙九岁。父亲详细说明了他兄弟二人名字的由来——

> 轮辐盖轸，皆有职乎车，而轼独若无所为者。虽然，去轼则吾未见其为完车也。轼乎，吾惧汝之不外饰也。天下之车莫不由辙，而言车之功者，辙不与焉。虽然，车仆马毙而患亦不及辙。是辙者，善处乎祸福之间也。辙乎，吾知免矣。

老泉先生以为"轼"乃车前扶手，最为显眼，极易招祸，而"辙"则由车，无功无患，故长子名"轼"字"子瞻"，次子名"辙"字"子由"。希望各自瞻前顾后，动辄由之。殊不知嘉名并不定性，苏轼一生放浪形骸，从不瞻顾；苏辙则沉静冲雅，未尝由他。更倒霉的

71

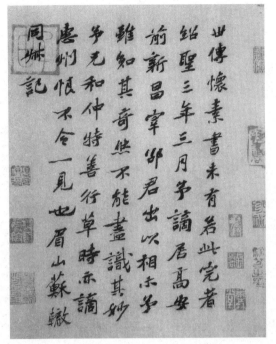

是，后来苏轼因"瞻"谪儋州，苏辙因"由"贬雷州，上苍着实和老苏开了个大玩笑。

和着淅沥的雨声，他们的心情愈加晦涩起来。

子瞻说，还记得我们从老家眉山初到京城时那个相者说的话吗？"一双学士眼，半个配军头，异日文章虽当知名，然有迁徙不测之祸。"或是天命如此。

子由说，一个相士的话倒也不必当真。但记着老父的要求，凡事三思而后行，言语诗文也要小心才是。

子瞻说，你是说要小心那个"牛目虎顾，视物如射"的家伙吗？

子由默以作答。这八个字是当时一位很有名的相者说王安石的。时称这是大贵之相。

子瞻说，他大贵，天下便大贱。囚首丧面之徒，何贵之有？父亲辨奸有道呀！

弟兄俩说的是父亲苏洵和王安石的一段过节。据说是王安石的儿子娶亲，邀请苏洵参加，苏洵不仅未去，还写了一篇《辨奸论》，锋芒直指后来当了宰相的王安石。其中从王安石的吃穿细节说起。

王安石是个怪人，不易与人相处，而且特别不注重自己的饮食仪表。据说他身上的一件衣服又脏又破，他夫人多次让他脱下洗洗，他都无动于衷。夫人没有办法，在他睡觉时安排人拿走那件衣服，另放了一件新衣服在那里。这王安石早上起来，穿上新衣服就走了，就像还是穿他那件旧衣服一样，竟一点也不觉奇怪。林语堂先生在《苏东坡传》讲了这样一个故事：有人告诉王安石的夫人，说她丈夫喜欢吃鹿肉丝，在吃饭时他不吃别的菜，只把那盘鹿肉丝吃光了。夫人问，你们把鹿肉丝摆在了什么地方？大家说，摆在他正前面。夫人说，你们下次把菜的位置调换一下就知道了。那一次，人们把鹿肉丝放得只是稍远一些。结果，大家明白，王安石只吃离他近的菜。桌子上照常摆着鹿肉丝，他竟完全不知道。

针对王安石在衣食方面的生活细节，苏洵在《辨奸论》里说："夫面垢不忘洗，衣垢不忘浣，此人之至情也。今也不然，衣臣虏之衣，食犬彘之食，囚首丧面而谈诗书，此岂其情也哉！凡事之不近人情者，鲜不为大奸慝。"苏洵得出的辨奸之法是：人若太与众不同，很少不成为奸佞之人的。说得或许有些过，但比较一下身边故事倒也不是没有道理。

兄弟俩絮絮叨叨说了许多，竟是没有一句争论，没有半处辩解。兄弟做到这个份儿上，也的确是古今第一兄弟。《宋史·苏辙传》评述得最为精到："进退出处，无不相同，患难之中，友爱弥笃，无少怨尤，近古罕见。"

二人同登进士第，共享荣耀。风雨飘摇之时，共担屈辱。苏辙心中的苏轼"抚我则兄，诲我则师"。苏轼心中的苏辙"岂独为吾弟，要是贤友

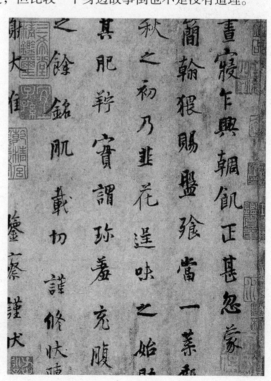

王安石书法

73

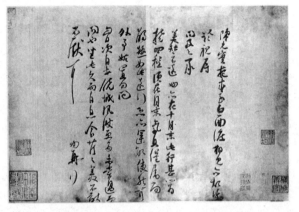

生"。手足之爱，平生一人。兄弟二人每到一处，总是先想到对方，甚至以聚散决去留，为厮守定行踪。一生所愿，竟是只求夜雨对床。

"人生到处知何似？应似飞鸿踏雪泥。泥上偶然留指爪，鸿飞那复计东西。"（苏轼作《和子由渑池怀旧》）兄弟俩逍遥堂雨夜对眠，又为古徐州成就一段佳话。

眼见天色已亮。苏轼说，子由，且把一切放下，这几日我再带你去几个有趣的去处。

八月四日：谁装饰了谁的梦

云龙山西坡靠下的地方，有一处隐士居住的房屋，柴门紧闭，只听见麻雀儿叽叽喳喳的喧嚣。略显凌厉的西风下，树叶落满了庭院，等待着打扫。一个人斜卧在夕阳的余晖里，像一匹瘦马伏于萧瑟秋草之上。

八月四日，苏轼与苏辙同游戏马台上的石经院。苏轼有诗题留，诗意主要是写景。其中说到山上有一眼井，很深，深到什么程度呢？你听听那辘轳声响多久就知道了。

从戏马台下来往南行不远，就是云龙山。九节山头蜿蜒起伏，长达三公里，因山出云气，蜿蜒如龙，《周易·乾卦》卦辞有"云从龙"之句，故名云龙山。云龙山算不得高，但在苏轼知徐州任上，这里成了他心仪的一个地方。倒也不全是因为山水，是因为山水之间有一个契合他超凡脱俗心思的人，这个人叫张天骥，字圣涂。这一次是苏轼的初访。

这一天，雨后初晴，风清爽，日明媚，小病后的苏轼自觉身体轻快了不少。出得城来，走在泥泞荒田的小道上，时不时要注意脚下那些雨后钻出土来透气的蚯蚓，村巷里的梨呀枣呀挂满了枝头。就在云龙山西坡靠下的地方，有一处隐士居住的房屋，柴门紧闭，只听见麻雀儿叽叽喳喳的喧嚣。略显凌厉的西风下，树叶落满了庭院，等

待着打扫。一个人斜卧在夕阳的余晖里，像一匹瘦马伏于萧瑟秋草之上。这个人看样子必是一位隐士了。

苏轼对这类的山野之人向来是心向往之，这次也不例外。他走上前去和山人攀谈，得知了这位山

张山人故居

人的生活简单而有趣。平时只有在需要互通有无的时候才到人多的集市上去，自家的院墙也只是做个样子，倒了也就倒了。他本是一个高人，常因丝竹之声吵了邻人。他脱身名利之外，潜心于自我修养。支撑着瘦弱的身躯亲自耕作，奉养着家里的百岁老人。以诗书作为润泽双颊的膏药，用米粥来讨得父母的欢心。房前屋后栽满了杞菊，又亲手一朵朵采下分放左右。不要看他和鸡狗亲昵地在一起，他实在是一个像董邵南一样的大慈大孝者呀！苏轼心生感慨，想自己的一生漂泊不定，后悔自己没有早作归计。家乡的山水虽不敢相忘，只怕到那时已经是白发如雪，纵有什么神奇的甘露羹也变不回去了。唉，不如就在这里随这山人开地种秫，和他喝两杯小酒自食其力吧。

这是苏轼第一次过云龙山访张天骥，同行者是即将离开徐州的弟弟苏辙。张天骥世外桃源式的生活再度勾起了兄弟俩的心事。

在这之后，我们还会看到苏轼与张天骥的更多交往。

云龙山西坡张山人故居

最早整理苏轼在徐州的诸多行踪时，我一直很奇怪，苏轼眼里的这位世外高人、我的本家——隐士张天骥，为何在史料上很难查到他除了和苏轼交往以外的其他行踪记载？后在读宋人笔记时意外地发现，我的这个想法在苏轼当朝就有不少人也这样想过。好在他们终于有机会在一次酒席上直接问微醺的苏轼，你在徐州期间说的那位高人我们怎么从来没有听说过呀？你这位文学界泰山北斗式的人物又是为他写诗又是为他作赋，还为人家老爹写墓志铭，这到底是怎样的一个人呀？据说，苏轼听到这样的问话，端着酒杯的手稍稍停了一下，继而一笑，轻轻说："唯一铺席耳。"众皆愕然。

这铺席在宋时就是指店铺，本意是店铺里的装饰。苏太守这里说所谓的张天骥张山人就是"一铺席耳"，可以理解为他就只是苏轼写文章的一个装饰和由头而已。我进一步理解为他仅仅是苏轼表达内心感情的一个载体而已。

文章若是一盘浆果，献于人前总要用个托盘，讲究些的盛梨的盘和端草莓的盘都是不一样的。这托盘用得得当，会为这浆果增色不少。

这次应该明白了。只是不知我的这位本家听到苏轼这话做何感想。要知道这张天骥倒也是个重情重义的人，后来苏轼被贬到黄州还是海南，这张天骥竟然不

苏轼《过云龙山人张天骥》

郊原雨初足，风日清且好。病守亦欣然，肩舆白门道。荒田咽蚕蚵，村巷悬梨枣。下有幽人居，闭门空雀噪。西风高正厉，落叶纷可扫。孤僮卧斜日，病马放秋草。墟里通有无，垣墙任摧倒。君家本冠盖，丝竹闹邻保。脱身声利中，道德自濯澡。躬耕抱羸疾，奉养百岁老。诗书膏吻颊，菽水媚翁妪。饥寒天随子，杞菊自撷芼。慈孝董邵南，鸡狗相乳抱。吾生如寄耳，归计失不早。故山岂敢忘，但恐迫华皓。从君学种秋，斗酒时相劳。

避风险，不顾路途风霜，千里迢迢前去探望。那一刻，苏轼或对"铺席"之言心生愧意。

当然，或是苏轼本也没有轻视张山人的意思，他只是就写文章论写文章。

老土私下认为，这张天骥就是云龙山西坡的一个普通农夫。人家就是正常地生活，因为收的庄稼总是不够吃，便跟着自己的老爹练习辟谷之术。啥叫辟谷？就是如何不吃不喝或者少吃少喝还能活着。练得瘦了吧唧，风大些都被吹得摇摇晃晃，看上去有些仙风道骨的意思，刚好吻合了苏轼心中的出世期待，便时时到他的茅草屋里喝喝闲酒。酒后说些胡话，人家老张听不懂自然也不在乎，这都让身心疲惫的苏轼感到无比的放松自由，想象着自己就真的像和一位高人隐士往来。如此，便没有误解了苏公，也没有小看了山人吧？

这一天，他自然也要写诗的。

八月十五，中秋。

中秋是个团圆的日子，但对于苏轼苏辙这样一对情感丰富而又敏感的兄弟，离别前的这个中秋挥不去的只有离愁。

1077 年中秋节，徐州的这轮月从此有了别样的风情。

逍遥堂前，一家人围桌而坐。桌子上放着几盘果碟，和一盘田叔通送来的他老婆亲手做的月饼。

旁边还摆着几张桌子，有一些苏轼的同僚和朋友以及他们的家眷。苏轼是个耐得住寂寞而又喜欢热闹的人。

苏轼对着弟弟苏辙说："都想不起多少年了，我们兄弟久别后同过中秋，今夜风清月朗，子由尽可开怀畅饮。"

子由笑看着兄长说："分别已有七年光景，但又似乎每次都与兄长同赏这一轮秋月。"

桌上的石夷庚说："那是当然，比如去年东武的那轮月。"

东武的那轮月，指的就是苏轼在去年密州过中秋时，写下的那阕千

78

古绝唱中秋词。这一阕词使那千年万年一般形象的朗月骤然生动无比。

"父亲，我敬叔叔一杯酒。"苏轼的长子苏迈站起身来，身后跟着的是他年初新娶的媳妇石氏。他们躬身施礼。苏轼颔首应允。苏辙端起了面前的酒杯，抿了一抿。

旁边桌上的寇昌朝说："在俺彭城吃酒自有俺彭城的规矩。晚辈的敬酒是要一饮而尽的。子由先生，小小酒杯莫非要养鱼种荷？"大家便笑着起哄要苏辙把那杯酒喝尽。苏辙笑着把酒喝了，然后把空的酒杯向大家示意，说："看看这里可养得下鱼儿？"众人又笑。这时苏迈两口子再次施礼欲行告退，被那寇三止住，说："按我徐州规矩，敬酒必不低两杯。苏家公子虽从京都来，入我彭城乡，也该随我彭城之俗吧。"苏迈不知进退，看着父亲。苏轼笑着替儿子打圆场说："寇三，这等规矩俺老苏怎么不曾听闻？莫不是你这徐州老户要欺负俺这几个外乡人不成？"寇三赶忙躬身说："昌朝不敢！这几个月来太守来徐州，当知我徐州人烈火性格，我正要请示太守，允我循汉高祖酒席待客旧例，治上一圈——"听寇昌朝说出这"治上一圈"，众人皆是茫然，不知这是如何饮酒之法，不过听来已是颇显恐怖。尤其是好酒无量的苏轼，他的兴致来了："寇三，你且把这'治一圈'细细讲来，看看可能治得了俺苏家兄弟？"寇昌朝慢慢倒了杯酒，端起来喝了。石夷庚笑着接话说："太守大人，要讲这徐州酒规矩，由这大酒量的寇三寇元弼来讲的确最

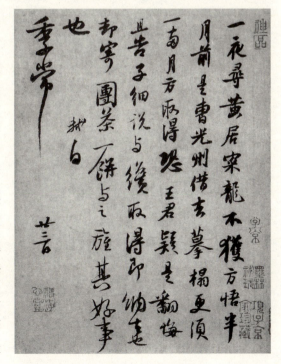

为合适——"寇三回头对着石夷庚说："石坦夫，我讲的这规矩不要说苏太守不明白，在座的徐州人也是糊涂。九百二十四年之后，有个叫徐州老土的家伙才规范了徐州'治一圈'的酒规矩，我这是严重的'剧透'呀！"九百多年后？徐州老土？剧透？这些话令在场的大家如堕雾中。石坦夫说："你这寇三原来如此时尚呀！"寇三说："不要说我时尚，看你家夫人那插着翠鸟羽毛的披巾，还有你家舞女小红的紫色裘皮围脖，看动物保护协会明天的微博吧，你小子要火了——"两个人打趣说着众人听不懂的酒话。稳重的田叔通站了起来，打断了寇、石二人的疯话，说："太守伯仲自四月来徐，我三人有幸接着，今日中秋，请容我三人满酒敬两位大人，也谅我徐州人直言快语之性情，若有得罪处，还望太守伯仲见谅——"苏轼和苏辙都站了起来。苏轼笑着说："这许多时日，承蒙各位关照，我苏轼谢过了。"苏辙也说："还望各位今后多多关照我这哥哥。只是不要让他过多饮酒才好。"说着和大家共饮了杯中酒。

又饮了一圈，小红等几位舞女出场。行过礼，便在月光之下翩翩起舞。大家醉眼蒙眬之中看过去，裙裾飘扬，恍若仙女下凡一般。

苏轼拿起一块切开的月饼递给弟弟苏辙，说："你看这徐州人家自蒸的月饼多么有趣啊。一层又一层，像是一年又一年岁月。中间有芝麻与糖杂在其间，香香甜甜，这该是心中岁月的样子。捏合在一起又大又圆，饰以花边，妆以月形。看看，这月缺月圆竟成一图，缺也不离圆呀！"苏辙拿起一角月饼，谢过哥哥，说："子瞻说得是，您也吃一角吧，把缺的都吃下，心里定会圆的。"

兄弟俩唠着闲话，这时两梆声响过，曲调陡转，一个叫盼盼的女子款款登场，轻启朱唇，慢开莺口，悠扬的歌声便漫融在如水的月色中——

明月几时有？把酒问青天。不知天上宫阙，今夕是何年？
我欲乘风归去，又恐琼楼玉宇，高处不胜寒。起舞弄清影，何似在人间。

这是苏轼在去年密州任上中秋之夜，怀想子由写下的《水调歌头》词。在这样的场合，唱这样的曲子真的再合适不过。看样子，田叔通这几位的确是风流倜傥不一般。

苏轼兄弟听得有些醉了。苏辙的眼里渐渐模糊起来，有一个两个晶莹的小月亮在眼角流转。

　　转朱阁，低绮户，照无眠。不应有恨，何事长向别时圆？人有悲欢离合，月有阴晴圆缺，此事古难全。但愿人长久，千里共婵娟。

唱到后来，众人禁不住击节相和。好酒和诗的寇元弼泪流满面，说此一阕中秋词，前人不见，后人也无。此情此景，千年不再有也。

苏轼听到一咏三叹的后两句也是两眼含泪，但又怕即将离开的弟弟过于伤感，便岔开了话题，问："这歌者何人？"众人说，此为徐州有

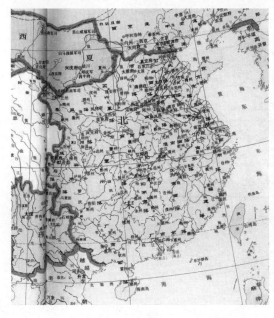

名官妓马盼盼也。苏轼说："哦，盼盼。彭城盼盼都不一般呀！"他心里想起了这片土地上另一个奇情女子。他此时尚未知晓，在随后不远的日子里，他和两位盼盼都展开了新的故事。

苏轼说："今日盼盼这曲《水调歌头》唱得好呀，为俺这词增色不少。不过，我是这词作

者，子由才是这词主人。不若大家举杯，恭请子由也作一词，再请盼盼来唱，大家以为如何?"

众人一致叫好。有人说，赶紧去取纸墨。苏轼在任杭州通判时收下的侍女王朝云答应了一声，说："我早就已经备下了。"从斑驳的树影下端起笔墨纸砚走向苏辙。这个只是粗识文墨的杭州小女子总是以她的聪慧响应着苏轼的率性。的确，这样的时候怎么会没有诗词呢？不然，头顶的那轮月在事后也会遗憾的。

磨墨铺纸，静默片刻后，苏辙一挥而就。

离别一何久，七度过中秋。去年东武今夕，明月不胜愁。岂意彭城山下，同泛清河古汴，船上载凉州。鼓吹助清赏，鸿雁起汀洲。

坐中客，翠羽帔，紫绮裘。素娥无赖，西去曾不为人留。今夜清尊对客，明夜孤帆水驿，依旧照离忧。但恐同王粲，相对永登楼。

《治河全书》（黄河全图 徐州段部分）
清康熙四十二年（1703）张鹏翮辑
天津图书馆编《天津图书馆藏清代舆图选》收录

忧郁的苏辙总是在乐处念忧。想到今天在这里热闹地举杯频频，明天就是一个人乘着小船在远方漂泊，悲凉渐从心头起。这样的离愁何时是个了？真的很担心，自己有一天也同那建安王粲一般，只能登上高楼远望家乡。

苏辙放下笔说："我是极不擅填词的，这次只为应子瞻之词，勉强为之，大家见笑了。"

众人说，子由先生亦是大家，出手自然不凡。也有人请教，这"船上"所载之"凉州"典出何处？莫不就是指水中之洲的孤冷？苏辙笑笑，看着苏轼。那意思是说，这是用典大家，他自然知道。苏轼说："葡萄美酒夜光杯，欲饮琵琶马上催。凉州词冷呀！"苏辙点了点头。苏轼接着又口吟了一首《阳关词》："暮云收尽溢清寒，银汉无声转玉盘。此生此夜不长好，明月明年何处看。"苏辙心里想，自己没有什么心思是这位亦师亦兄的子瞻所不能理解的了。但苏轼吟罢，忽觉此意过于伤感。他是一个不喜欢沉入伤感之中的人。他看着大家说：

"凉州词冷，葡萄酒暖。借子由笔意，我且来和上一曲《台城游》。"（《台城游》即指《水调歌头》）众人理纸顺笔，苏轼思忖片刻，

徐州段黄河图
年代 康熙四十二年（1703年）
尺寸 纵22.8厘米 横17厘米

马家山段黄河图
年代 康熙四十二年（1703年）
尺寸 纵22.8厘米 横17厘米

黑昌徐州交界段黄河图
年代 康熙四十二年（1703年）
尺寸 纵22.8厘米 横17厘米

先写下这样一段文字：

> 余去岁在东武，作《水调歌头》以寄子由。今年子由相
> 从彭门居百余日，过中秋而去，作此曲以别。余以其语过悲，
> 乃为和之，其意以不早退为戒，以退而相从之乐为慰云耳。

对这段话，我很怀疑是苏轼在弟弟走了以后，才在词的前面加上
的。这是因为"过中秋而去"的"而"字，若是在当时题写，似应改
为"过中秋即去"更为准确。或者这词根本就是在中秋之后回忆当时
场景而作。为叙述方便，我把这段序词也放在这里一起说了。

苏轼想到弟弟苏辙马上就要和自己分手，而且所写词里多有悲凉之
意，再次响应和弟弟早退的约定，并以退后的相从而乐来安慰弟弟。

朝云举烛，子由及众人旁观。那盼盼倒是对苏轼的点画运笔之法颇
为关注，纤指斜画，随苏公笔锋流转。

> 安石在东海，从事鬓惊秋。中年亲友难别，丝竹缓离愁。
> 一旦功成名遂，准拟东还海道，扶病入西州。雅志困轩冕，遗
> 恨寄沧州。
>
> 岁云暮，须早计，要褐裘。故乡归去千里，佳处辄迟留。
> 我醉歌时君和，醉倒须君扶我，唯酒可忘忧。一任刘玄德，相
> 对卧高楼。

这里的安石，可不是当时的大宋名相王安石。因为我曾听一个貌似
专家的人在评述这首词时有这个说法，后来也查到了这说法来自于一个
网站。这就闹笑话了。

安石，是东晋名臣谢安的字。他早年隐居会稽（今浙江绍兴），会
稽东面濒临大海，故称东海。他和著名的书法大家王羲之是好朋友，以
游山玩水、教育子弟为乐。多次拒绝朝廷的任命，直到四十多岁两鬓花

84

白才出来做官。任上政绩
突出，我们已知的以八万
兵力胜前秦百万雄师的特
别著名的"淝水之战"，
他就是那八万晋兵的总指
挥。这官虽是当得风生水
起，但这谢安念念不忘的
还是他的隐居之地东海。
可惜的是官身不由己，他

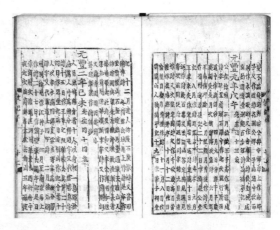

一直没有实现功成身退的意愿，直到六十多岁拖着病体还在为官家
忙碌。

　　苏轼的诗词特好用典。有些看似直白的句子或意境都有出处。理解
苏文，理解其用典出处极为重要。这可能是学问大的人都有的通病，只
是苦了我等一知半解者。就是这首看似简单的《水调歌头》，其中用典
至少四处。一是东海谢安典。二是"中年"王羲之典。"中年"两句来
自《晋书·王羲之传》："谢安尝谓羲之曰：'中年以来，伤于哀乐，与
亲友别，辄作数日恶。羲之曰：'年在桑榆，自然至此。顷正赖丝竹陶
写，恒恐儿辈觉，损其欢乐之趣。'"三是"唯酒"句典。语本《晋
书·顾荣传》："恒纵酒酣畅，谓友人张翰曰：唯酒可以忘忧，但无如
作病何耳。"四是玄德典。刘备刘玄德，大志向人。苏词好用典，理解
其中典故，便可更准确地读出其词背后的意义。

　　有一个时期，我曾尝试去把苏轼的诗词名篇，尤其是在徐州期间的
诗词译成白话，但后来知道这是一件很难做到，做到了也没有意义的
事。难做到一是说自己的学识不足，不足的还不是一点两点；二是说如
果把诗词的用典都说个明白，译出来的就不是诗词了，每一首诗词都变
成了一篇飘满旧书霉味、啰唆乏味的论文了。做了也没有意义是说，若
是把他这背后的话都说了明白，言下之意都理个清楚，那就不是苏轼的
诗文了，是把一道内涵丰富色香味俱全的中式大餐改成了肯德基快餐盒

的节奏。这样的节奏无疑是欠揍的节奏，所以我还是停下了自己的爪子。

所以，我在引用苏轼的诗词时一是直接引用，二是只说意境，绝不做那一句对一句的蠢事。

苏轼的这首词，前片是在响应苏辙与苏轼的"早退"之约，是说兄弟呀你别太伤感，早退的想法我心里明白得很。那谢安石就是我的警示牌呀。后片则是憧憬"早退"之后的美好，画面形象生动。穿着粗布衣裳的兄弟俩，酒醉之后摇摇晃晃地行走在田间小道，你扶我一把，我拉你一把。走累了，弟兄俩便相靠着睡在茅舍的竹篱旁，笑看那些志向高远者的高楼在夜色中被灯火渲染。

早一点从官场抽身而退，是兄弟俩的共识，也是苏辙临行这段时间内苏轼谈话的主题词。这期间，他在与泸州知州任师中以及定国之弟勤国等朋友的和诗中也总是表现出浓浓的归意。

其中《答任师中家汉公》（一题《奉和师中丈汉公兄见寄诗一首》）中写道：

> 先君昔未仕，杜门皇祐初。
> 道德无贫贱，风采照乡闾。
> 何尝疏小人，小人自阔疏。
> 出门无所诣，老史在郊墟。
> 门前万竿竹，堂上四库书。
> 高树红消梨，小池白芙蕖。
> 常呼赤脚婢，雨中撷园蔬。
> 矫矫任夫子，罢官还旧庐。
> 是时里中儿，始识长者车。
> 烹鸡酌白酒，相对欢有余。
> 有如庞德公，往还葛与徐。
> 妻子走堂下，主人竟谁欤。
> 我时年尚幼，作赋慕相如。

侍立看君谈，精悍实起予。

岁月曾几何，耆老逝不居。

史侯最先没，孤坟拱桑榓。

我亦涉万里，清血满襟祛。

漂流二十年，始悟万缘虚。

独喜任夫子，老佩刺史鱼。

威行乌白蛮，解辫请冠裾。

方当入奏事，清庙陈璠玙。

胡为厌轩冕，归意不少纡。

上蔡有良田，黄沙走清渠。

罢亚百顷稻，雍容十年储。

闲随李丞相，搏射鹿与猪。

苍鹰十斤重，猛犬如黄驴。

岂比陶渊明，穷苦自把锄。

我今四十二，衰发不满梳。

彭城古名郡，乏人偶见除。

头颅已可知，几何不樵渔。

会当相从去，芒鞋老菑畬。

念子瘴江边，怀抱向谁摅。

赖我同年友，相欢出同舆。

冰盘荐文鲔，玉罋倾浮蛆。

醉中忽思我，清诗缀琼琚。

知我少诙谐，教我时卷舒。

世事日反覆，翩如风中旗。

崔罗吊廷尉，秋扇悲婕妤。

升沉一何速，喜怒纷众狙。

作诗谢二子，我师宁与蘧。

畅想着有朝一日回到家乡做个自在的渔樵，过竹杖芒鞋随处自由的日子。这首和诗里还透露了苏轼的一些个人信息。"我今四十二，衰发不满梳"，年龄四十二岁，头发已经很稀疏了。

八月十六日，离别的日子终于到来。弟弟苏辙从四月二十一日陪伴兄长苏辙来徐上任，历经百余天，今日起启程赴南京（今商丘）留守通判任。苏轼将弟弟送出东门，又急急回身登上城头之上，眼看着弟弟苏辙乘坐的小船渐行渐远。

回到逍遥堂，苏轼一下子感觉到心里空荡荡的。他在第二天的《初别子由》诗里再次追忆兄弟深厚的感情，说子由"岂独为吾弟，要是贤友生""嗟予寡兄弟，四海一子由"。也说到了弟弟苏辙对他这个哥哥的担心，"常恐坦率性，放纵不自程"。细致记录了送走弟弟之后的心情，"昨日忽出门，孤舟转西城。归来北堂上，古屋空峥嵘"。有趣的是，他也希望苏辙不要陷入官场争斗，只管装聋作哑，甚至也不要太多注意老婆孩子那些琐事，也不要在乎那些文章虚名，把精力放在养生保健上就行了。

这真是劝人容易劝己难。当然，一场天灾忽至，我们的苏太守想装聋作哑也是做不到的。

八月二十一日，苏辙离开徐州的第五天。波涛汹涌的黄河水的前锋抵达徐州城下。

水来了，但尚未形成威胁。苏太守大约也没有更多地在意。

他还在约吕梁悬水村的仲伯达重九日赋诗。还安排人把东首的客房打扫干净，等待好友王巩的重九来访。

他的上司京东路提刑李清臣，就是那个家里有不少漂亮舞女修了快哉亭的李清臣调入京城任职。一个叫孔宗瀚的接任了他的职务。

曹州的刘贡父也离任曹州。苏轼给他写了一封信，多有恋恋不舍之意。

但他也并不是一无所为。在此期间，他命令百姓准备好铲挖装载土

88

石的畚锸等防洪工具，备好土石和刍茭等防洪用品，还对可能漏水的大堤缝隙进行堵塞。苏太守和城中的百姓认为这样或许就差不多了。

苏轼在后来的一首诗中记下了他当时的心态，一开始的时候他并没有对水灾预想到那么严重，只是看到原来清清的泗水开始变得浑浊才开始担心起来。

九月九日：他没有相约的大水来了

　　两道大堤正在抢筑，布衣百姓尚知拼死守护家园，你们却只顾自己逃命，羞也不羞？羞也不羞？！彭城乃大家之彭城，大家当全力救之。有力者已出力，有钱者也当出钱，既不出力又不出钱，你们羞也不羞？纵是逃到天边，终还是要归故土，到那时，你们羞也不羞？！

　　九月九日，重阳节，他等的客人都没有来，他不相约的黄河水已穿越城下。

　　夜半时分，苏轼被叫醒，他披了一件衣服便随人登上城墙查看水势。风雨中苏轼往城外看去，禁不住大惊失色。

　　有人来报，东门被大水堵住。

　　有人又报，西门被大水封堵。

　　有人再报，北门也被大水封堵。

　　又有小吏来报，城下水深已达二丈八尺九寸。

　　报，城外之水比城内平地高出一丈九寸。

　　按照后来好事者的算法，城外水深九十六米，城外之水高出城内三十六米。

　　徐州城，危在旦夕。

　　苏太守从惊慌之中稍稍稳定了一下情绪，采取了古今领导在这种情况下都会采用的办法：开会！召开班子扩大会，听取大家意见，谋取抗洪良方。一帮人絮絮叨叨，说，徐州这地有史以来多有水

患，哪次不是城破水入？不若早想撤退之法，保住人命要紧。也有人说，咱们这次早有防备，有以苏太守为首的州领导一班人的正确领导，我们一定能获得抗洪救灾的胜利。但问其具体救城法，却又是支支吾吾。一筹莫展之际，忽听门外喧哗。苏轼惊问何故，回说，百姓推举一人要见太守，献抗洪之方。苏轼赶紧请人，见一老者，已是须发皆白，但精神矍铄。

老者看到苏轼，便扑通一声跪了下来，说："太守呀！你们怎么也不能充孬种跑呀！你们当官的和那些富人有车有船往高处跑。这满城普通百姓拖家带口如何能逃？每次水患，都是官家先逃，水患不防，怎能不每次城破？城破之后，富人回来有钱再建家园，可我等百姓，辛苦积蓄全在城里，纵是未死水患，回来也不过是一个死呀！请苏太守明察呀！"苏轼赶紧伸手扶起老人，说："老人家，我也不想弃城而逃。但若无治洪良方，恐怕还是要命要紧呀！"老人仰头看着苏轼，说："太守，只要您愿守城，城便可不破。"苏轼赶紧催问："老人家有何良方，速速教我。"老人说："徐州城也不是逢水必破。天禧年间，曾经建过二堤。一是从小市门外，绝壤而南，稍偏西连接戏马台之麓；二是自新墙门外，绝壤而西，折以到城下南京门之北。这二堤成便可保徐州无恙。可惜由于多次水患过境，泥沙淤积，二堤眼下已经不在。只要筑起二堤，徐州可救也。"这时也有田叔通等官员附和说，天禧年间事倒是属实。

苏轼听说有救城之方，激动异常，拉着老者的手说："老人家，快随我去看那可筑堤坝处。"

外面风雨正猛，有人给苏轼披了一件蓑衣，有人递了一件斗笠，苏轼戴上，刚出门斗笠差点被风吹跑。

跌跌撞撞的苏太守看完地形，确定父老之法可行，当即安排力量抢修二堤。他自己则在工地来回查看。也不知跌了几回跤，一身衣服早已湿了个透，脸上身上都是泥浆。有家人劝他回去休息一下，他说大水围城，我怎能在家安眠？这时，有小吏来报，说城中富人吵着要出城逃生，现在都涌在城门口，眼看局势失控。

苏轼急往城门而去，城门前准备逃生的富人及其家眷和守城士兵吵成一片。苏轼心急，若是这些人弃城而逃，人心势必大乱。修堤之人必定也是一哄而散，则徐州城破无救也。

他登上城墙高处，大声疾呼。一会儿，有人认出这个戴着斗笠披着蓑衣的泥人就是那个写诗填词的苏太守。

苏轼说："我是苏轼苏子瞻。请你们抓紧退回去，想出城，门也没有！你们不是怕城破之后被水淹死吗？你们看着，我苏轼不逃，若是城破我苏轼自会和你们一起死。我身为太守不怕死，你们又有何惧？……"

看有人还在迟疑，苏轼又说："现在已有救城之法，两道大堤正在抢筑，布衣百姓尚知拼死守护家园，你们却只顾自己逃命，羞也不羞？羞也不羞？！彭城乃大家之彭城，大家当全力救之。有力者已出力，有钱者也当出钱，既不出力又不出钱，你们羞也不羞？纵是逃到天边，终还是要归故土，到那时，你们羞也不羞？！"

众人默然，也有人在下私语。没有性命，羞与不羞又有何用？苏轼听闻，大声说："我正告大家，现在城外之水已高于城中平地一丈九寸。不开城门，或可活命。开了城门，定无生机。再问大家，开是不开？开是不开？！""徐州非我眉山，但我苏轼今晚就在这城墙之上结庐而宿，誓与这徐州共存亡。大家要过，先从俺老苏身上跨过！"

利害陈述清楚，软劝硬唬，城门前的车马人等渐渐退去。苏轼长出了一口气，安排人赶紧给他就在城头搭一个芦苇庵子。洪水不除，俺老苏就一日不离。注意，从家里拿个带"苏"字的灯笼挂在这里，让全城的人都看着，苏徐州在此！

话音未落，又有人趋前报告说，筑堤工地人手严重不足。虽已动用五千人之众，但水涨速度远胜堤长速度，情势危急。苏轼说，动员富人家劳力尽出。有人说，即便如此，仍不敷使用。苏轼略一思忖，说，快带我去兵营一趟。有人提醒他，兵营禁卒，虽身体强壮，但依朝廷规矩，太守是无权调用的。若是朝廷追究，那是要降罪于您的。苏轼笑说，规矩我懂，但事在紧急，人命关天，若真罚，俺老苏愿受其罚。说罢，大踏步朝兵营走去。

来到兵营，说明缘由。禁卒首领看着一身泥水一脸着急的苏太守当即表示，一州之太守尚这般不避风险，咱这小兵蛋子有什么理由拒绝呢？全员出动，全员救灾！出发！

年轻力壮的禁卒的加入，使筑堤速度大幅提升。昼夜不息，终于成堤。

就在大堤修成的第二天，大水从城东南角进入，但遇堤而止。

原来可能透水的六个地方因为预先用成捆的柴草从城外堵塞而没有透水。水来之后，从里面再堵的已经没有什么作用。

城中原来十五个取土大坑已经积满了水，无法取土。苏轼便安排到城南亚父范增的坟东去集中取土。

从城中附城开始再筑长堤，牢固基础。最终形成长九百八十四丈、高一丈的大堤，比原来扩充了一倍。

调用公私船数百只，分缆城下，以降低风浪对大堤的冲击。

城南暂保安稳，苏轼即安排救援城外灾民。当时水患太厉害，一下子淹了千余里。活人的房屋、死人的坟墓都被冲得一塌糊涂。老弱病残的就被水直接冲走了，年轻力壮的虽然挣命跑了出来，但因为没有吃的又饿死在山冈和树木之上。苏轼便派城中水性好的人，撑着小船或抱着浮木，去救济这些躲在山顶或树木之上的人。能接回城里的就接回城里，接不回的就想法送去吃食，无数人因此获救。

在这期间，城墙上的那草庐一直都在，那写着苏字的红灯笼也一直亮着。大堤之上，那个蓑衣斗笠高挽裤管一身泥水的苏太守一直都在。

直至十月五日，水渐

云龙湖景区标志

93

徐州段黄河图
年代 康熙四十二年（1703年）
尺寸 纵22.8厘米 横17厘米

渐退去，徐州城得以保全。苏轼取得了抗洪救灾的完全胜利，也第一次在应对突发事件时展示了他干练果决敢于担当善于担当的行政能力。

他主持修的大堤在后来被称为"苏堤"，成了今天的苏堤路。从我现在的书房窗口可以看到苏堤路上来来往往的车辆。一段历史的创造居然是在应急之时。每至风雨夜，我走在苏堤路上都极端地希望对面来的那个人是蓑衣斗笠高挽裤管的苏子瞻。

苏轼在徐州的抗洪救城之德远不止于此。

洪水虽过，他担心临时修起的土堤无法应付以后的险情，趁着朝廷表彰，他又打报告要求皇帝拨些钱粮经费，以便把这些土堤改建成石堤，增强其御洪能力。但一直到第二个年头，他的报告若石沉大海，没有回音。在这期间，他还利用私人的关系，写信请朋友再托人帮忙疏通关节，请朝廷尽快批复。直到第二年的二月，朝廷的批复姗姗来迟，而且批赐的钱数不足以将土堤改为石堤，再加上考虑到要在汛期前完成工期，只能又改动方案，以木桩加固土堤。

朝廷批复的总钱数为"钱二千四百一十万，起夫四千二十三人，又以发常平钱六百三十四万，米一千八百余斛，募夫三千二十人"，改筑外小城。创设四处木岸。一在天王堂之西，一在彭城楼之下，一在上洪门之西北，一在大城之东南隅。连带城内的十五大坑也都尽数填平。

苏轼在这里就像一个真正的好官。有人喜欢那些所谓快刀斩乱麻、挽狂澜于既倒的官员，我却不喜欢。我认为真正的好官是那些根本就不让那些麻成乱麻、永远不使狂澜成既倒的官员。一个有作为的地方官，主要政绩不在于你救了多少次灾，唱了多少曲人定胜天的赞歌，而是那些看似无为却使得百姓生活安定的官。苏太守没有做那些"新官上任三把火"的蠢事，大水当前却勇于担当。水退之后，他居安思危想的是如何早做准备，免得来年百姓再有沦为鱼鳖之忧。他并不想再唱一曲风雨中人定胜天的赞歌。这需要有一颗真正的爱民之心。

向不喜欢求人的苏轼在请求朋友活动朝廷尽快批复救灾资金的信上，甚至可怜巴巴地说，帮帮忙吧！就算帮我个人的忙，行吗？今年不治，来年水患再来，我也要化作鱼鳖了。

获救的徐州百姓自然也记着了苏太守的好。据说城外的百姓赶着猪就来到了逍遥堂前，城里的富人们也出钱买来成片的猪肉吹吹打打地送过来。受到百姓认可的苏轼很高兴，兴致大发，亲自指导厨房制作了一味猪肉美食。他后来被贬黄州，看当时的黄州猪肉太贱，富者不屑吃，穷者不会做。他写了一首《食猪肉诗》，教给大家猪肉的做法。诗云："净洗铛，少着水，柴头罨烟焰不起。待他自熟莫催他，火候足时他自美。黄州好猪肉，价钱等泥土。富者不肯吃，贫者不解煮。早晨起来打一碗，饱得自家君莫管。"就是在徐州时积累的经验。猪肉太多，已容不得他慢慢炖煮，便改成了一大片一大片的长方形肉片，用油过后，与豆皮蔬菜等同煮，然后送往工地和兵营。一时间满城都是东坡把子肉香，这份香，一下就香了一千年，不曾半分消减。

苏堤路

公元 1078 年，苏轼太守领导的这次抗洪救灾的胜利，赢来的也不全是飘香的美酒和醇美的把子肉，还有大块的砖头和阴沟里的风。

显红岛却波亭

一是有人质疑这次抗洪救灾的规模大小甚至有无，说查遍史料，关于这次水灾的记载只存在于苏轼兄弟相关的文字里。也有人说，或真的有水灾，但也没有这么大，一切都是苏轼为邀功自圆其说，或是为私自调用兵营禁卒寻找理由。

史料皆无事，可能是那位作者手里史料有限。您到一本政治课本中自然查不到相关记载。《明朝那些事儿》和《甄嬛传》里也查不到。若是您能找到《宋史》《徐州府志》类或能看到，当然您要确保认识几个繁体字。再说，若是此事造假，您能想象当时离徐州很近的朝廷还能下诏通报表彰吗？何以多见苏轼文字记载？一句话：生动呀！是不是真的取得了那么大的成效？1078 年，也就是这次救灾的第二年夏天，黄河再次决口。但据民国本《江苏通志稿》记载："元丰元年，徐州守臣以立堤救水，城得不没。"功不仅在当年，在随后也发挥着作用，您说有用没用？

苏轼不是我老张家的亲戚，我似也没有太多的理由为他遮丑。但若是为了"语不惊人死不休"，就对所有大家形成共识的东西都加以反对，这样的确会死人的，作死的。

二是对他的救水方式提出质疑。危险当头，先让人撤退是第一位的，怎么能限制人员出城呢？再者，你是徐州知州呀，城外百姓也是你的百姓呀，为何只保城里居民而不问城外居民死活呢？说实在的，这样的质疑俺老土也曾有。但在根据史料描述这一段时，我似乎得到了另外一种解释。为何限制人员出城？我在前文中已经交代。为何不把城内城外居民纳入一揽子保护计划？我想有两方面原因。一是管不了。发水地流经地都不是在徐州境内，一个地方太守不可能对整个水系统一管理。二是来不及。徐州所辖几县，人口多集中在平原地带，大水突至，猝不及防。三是心存侥幸。大水自七月七日从黄河决口，到九月九日水穿城下，差不多两个月的时间。这么长的时间内难免有懈怠之心。但真实的情况究竟是怎样的，已经难以详知。我们已知的是，当时的朝廷进行了大张旗鼓的表彰。各类表彰通报有据可查，追责的东西倒没有见到，即使在他被拘于御史台的时候，连他的敌人也没有提及他的涉嫌失职渎职的内容。

　　还有，就是苏堤还在。就在我举目可及抬足即到的地方。

十月五日：大风刮走了大水

吕梁悬水村是个古老的村子。《庄子·达生篇》："孔子观于吕梁……悬水三十仞，流沫四十里，鱼鳖之所不能游也。"悬水村当以此得名。

十月二日，苏轼的顶头上司京东路按抚使等人上奏朝廷，恳请对苏轼防洪之功予以奖赏。

十月五日，黄河水渐退。

十月十三日，黄河水一支复入故道。苏轼很是高兴，拿起了多日未曾拿起的诗笔。

诗的名字叫作《河复》，叙中说，是供老百姓歌于道路上的。这首诗里免不了要有几句讨好朝廷的话。说我仁义圣明的君主呀，如同古代那个知名的尧帝，对百位有名的神灵都安排了职务，使他们各安其所。只有不知天高地厚的河神骄傲自大，不听管教。我们家君主一生气，就安排了风师之神去约束他，结果在澶州刮了一整天，便迫使河水归了故道。——这马屁拍得像真的一样，倒也符合民间演唱的特点。诗的最后，自然少不了的是苏轼式的美好展望。"楚人种麦满河淤，仰看浮槎栖古木。"徐州的老百姓在河滩的淤泥上种下小麦，抬起头就可以看到岸边的古树上还停着一只当年漂起来的小船——这景象才让人想起这里曾经发生过一场如此可怕的洪水。

在这个月里，苏轼向朝廷打了一个报告，称为防黄河水再侵徐州，建议朝廷拨款调人将临时土堤改成石堤。他在给京城的朋友刘贡父的信中，详细说了自己的想法，也做了很精确的工程预算，说是"百年之利也"，但并没有获得朝廷的批准。

他一方面向上争取政策，一方面勘察地形，进一步谋划当地的水利工程。听人说城东北的荆山可作防黄工程，他便和吴琯、王户曹一同去查看。看到山下多是乱石，并不适合做水库调节水位。顺便到附近的圣女山（桓山，现徐州城北洞山）游览一番。山有石室，如墓而无棺椁，有人说是春秋时宋司马桓魋墓。吴琯和王户曹都写了诗，苏轼也和了两首。但

吕梁孔子授徒处

这两首诗，远不及他在一年后再来此地时那篇《游桓山记》有名。

当时有一件事传到了苏轼这里，一个叫作妙善的画师为仁宗皇帝画了一幅写真（当时就叫"写真"呀），画得那是相当的真，苏轼写了一首诗赠给画师。这首诗称赞画师的技艺高超，更主要的却是向皇帝表达忠爱之情，希望朝廷不要忘了他这个"白发郎"。但有两句话却引得爱他的人担忧起来。前面的一句是"平生惯画龙凤质"，说妙善一生最拿手最习惯的就是为皇帝和皇后画像。偏偏后面又接上一句"迩来传写亦到我"，就是说后来轮到画我的时候怎样怎样。这似乎是有失臣礼的。有人不无担心地说，这若是让李定、舒亶知道，岂不是又要为苏公添一桩公案？

十月份的最后几天里，苏轼巡视吕梁悬水村，见到了那个屡次相约却因水未见的仲伯达，交代他要切实做好筑城固堤的工作。当然，和这样一位雅士见面，安排工作之余还是要写一首诗的。诗的名字叫作《答吕梁仲屯田》。诗里追述了刚刚过去的那场洪灾，再次表示若是还有洪水到，自己还会像汉时以身填堤的元尊一样，亲自去服劳役。也希望仲屯田履职到位，组织村民开采石头，加固堤坝，说只有这样才能在洪水临城之时谈笑自若。他承诺，达到这一目标后，他会敲锣打鼓高举酒杯为这位屯田员外郎请功的。

吕梁村景

吕梁悬水村是个古老的村子。《庄子·达生篇》："孔子观于吕梁……悬水三十仞，流沫四十里，鱼鳖之所不能游也。"悬水村当以此得名。据说那句著名的"子在川上曰，逝者如斯夫"中的"川"就是指的这里。现在叫作"倪园村"，在徐州东吕梁风景区内。2015年盛夏，我驱车造访悬水村，发现这里正在有计划地恢复古村风貌，而且已经初见规模。悬水村的古村名在村头标了出来，还做了几处孔子设坛讲学的雕塑。只是没看到苏轼来过的痕迹。我以为寻一处作为"苏公与仲屯田和诗处"用来纪念应是一件很好玩的事。村头有开采好的一堆堆石头放在那里，痕迹都是新的，我知道这已与苏轼交给仲屯田的使命无关了。

在去吕梁前后，苏轼得知八十四岁的刁景纯去世，写诗《哭刁景纯》。

十一月二十七日，苏轼得到一个不错的消息。在朝廷下发的一份追封表彰故去老臣的名单上，他看到了父亲苏洵的名字。

十二月初六：见着了《黄楼集》的编者

你说人家主人好酒好菜请你，你不去附和讨好人家也就罢了，何必还要这般讥讽人家最爱的MM？但苏轼说，这是米饭里的苍蝇，不让我吐出来，那怎么能行？

十二月初六。

朝廷下诏，自明年起，改年号为元丰。

皇上还是那个神宗赵顼，他在十年前上任，力挺王安石变法。这次改熙宁为元丰，取一个"元"字大约与秦始皇的"始"字一样，都有些谋求千秋万代的意思。只是很可惜，八年之后，他就抱憾而去，死时才三十八岁。

改年号是国家的一件大事，苏轼自然也要就此事向朝廷表达自己的祝贺之情。

苏轼这篇文字叫作《徐州贺改元表》。主题很明确：祝贺改元。表，是臣子写给皇帝的章、奏、表、议四类文字中的一类。刘勰在《文心雕龙·章表》里说："章以谢恩，奏以按劾，表以陈

情，议以执异。"可见，表的主要作用就是表达臣子对君主的忠诚和希望，是对皇帝抒情用的。苏轼写得自然也是饱含深情。

首先是大呼好。改得好，改得及时，改得具有重大的现实意义和深远的历史意义等等这些吧。

接着是谈体会。元丰元丰，就是希望今后年年都有好收成，今年正是头年。他对神宗皇帝提出了表扬，说您能想着老百姓，执政爱民，情为民所系都是很好的。丰收的年份才会家国富足，但是，但是你要知道只有持续不断地润及天下的德行才能实现年年丰收的目的。啥叫好的德行？就是要顺应天理民意，让百姓休养生息，这样才能达到预期的目的。我们这些做臣子的才能跟着您沾光。

结尾还喊了几句现在看来有些肉麻的口号。看样子都是正面的抒情，但他要说的是不要再听信那些所谓改革变法派的话了，那样会害民害国的。记不清在哪里看到这样一句话：不要听他说了些什么，而要看他想说些什么。苏轼在和官方的交往中，一直没有放弃宣传自己的政治观点。不论他在说什么和怎样去说。他想说的话，不说出来会死人的，"如食内有蝇，吐之乃已"。吃的食物里有一只苍蝇，不吐出来那的确是不可想象的。

"吐之乃已"的故事有很多，先讲一个。

一土豪请苏轼吃饭，酒席间土豪请出家养的侍姬歌舞助兴，而且一出来就是十几个。中间有一个叫媚儿的，舞跳得很有特点，脸盘长相倒是不错，但是身形却属于五大三粗之类。但据说这是土豪最喜欢的一个。土豪撺掇媚儿向苏轼求个歌词。那时谁要手里有苏轼专门写的歌词可是一件不容易的事。苏轼看了一眼那媚儿的形象，嘴角便带了一丝坏笑，说好啊，拿纸笔过来吧。那媚儿激动地忙不迭铺纸磨墨。旁边有朋友看出端倪，附在苏轼的耳朵上说，这媚儿可是土豪最爱，你笔下留情呀。苏轼笑笑，四句词已在纸上："舞袖蹁跹，影摇千尺龙蛇动；歌喉婉转，声撼半天风雨寒。"您听听，这臊死人真是不用草稿。"舞袖蹁跹"多美呀，可是这影子竟有千尺，动来动去恍若龙蛇。"歌喉婉转"

多好呀，可是这声音竟是在半空中传来惊得风起雨落。那媚儿当即就拉下了脸，土豪也是一脸尴尬。

您瞧瞧，这就是苏轼。你说人家主人好酒好菜请你，你不去附和讨好人家也就罢了，何必还要这般讥讽人家最爱的MM？但苏轼说，这是米饭里的苍蝇，不让我吐出来，那怎么能行？

十二月十六日，他给自己的表兄文同（与可）写了一封信，说了些大水的事。赞扬了表兄的道德文章，说差不多都赶上我苏子瞻了，呵呵。

读苏轼的文字，知他是个不需要谦虚的人。他的谦虚无论表现出怎样的卑恭，总让我觉得那是假的，是他和你闹着玩的。他的高傲才是真的，因为他配得上高傲。有的人也谦虚，他自己不信别人却都信了，他本来就是他谦虚的那样，甚至比谦虚那样还不堪的样子。

有的人也高傲，我看着就像看到一个上身穿着一件西装，脖子上打着一条领带，但却光着下身的猴子。猴子脸红不红看不出来，但转过去，你会发现那猴腚总是红的。高傲和谦虚不是谁想要就能要的。如苏轼，他不需要谦虚。因为，他配得上高傲。

年底前的这几天，他给范景山和宋寺丞各回了一封信。

苏颂（1020 年 12 月 10 日—1101年 6 月 18 日），字子容，汉族，原籍福建泉州同安县（今属厦门市）人。北宋杰出的天文学家、天文机械制造家、药物学家。

范景山应该是苏轼和苏辙都熟悉的一位朋友，我不知道和苏轼的那位老乡范景仁是不是有些关系。但这是一位老熟人应不为错。苏轼的回信中说，从密州之后就没有给对方写过信了。这封回信里，他简单描述了来徐州之后的工作生活情况。他说，一开始没有什么大事，但河水一来，我差点成了鱼。近来水量虽然已经减耗了不少，但明年怎么样，我真的很担心。他还提到了在南都的弟弟苏辙，工作也不甚如意，主要精力在研究养生之道。说自己也在找一些关于养生的典籍看看，觉得还是有些收获。希望他的这位朋友范景山能传授他一些养生之法。——那时若有今天的微信朋友圈，老苏就不用向朝范景山讨教了。

回另一位老朋友宋寺丞的信，则以诗的形式表达。也无外说旧日水情，述明日之忧。

天气已经颇显寒冷了，苏轼看到杭州朋友捎给他的小物件还是颇感温暖。

东西是他的本家苏颂从应天知府任上调入京城编修史册时捎过来的。先是捎到京师苏轼的老乡范镇家，后又转交到徐州苏轼手中。

苏颂是个不简单的人物。他是北宋杰出的天文学家、天文机械制造家、药物学家、政治家和诗人。这是一个全

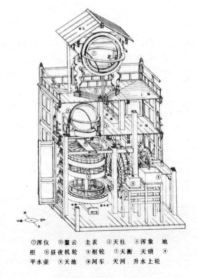

①浑仪 ②鳌云 ③圭表 ④天柱 ⑤浑象 ⑥地
柜 ⑦昼夜机轮 ⑧枢轮 ⑨天衡 天颂 ⑩
平水壶 ⑪天池 ⑫河车 天河 升水上轮

苏颂发明的天文钟

才。经史九流、百家之说，至于算法、地志、山经、本草、训诂、律吕等学，无所不通。他是世界上最古老的天文钟"水运仪象台"的发明者。是他开启了近代钟表擒纵器的先河。很难得的是这样一个自然科学奇才，在社会管理人文关怀上也是为人称道。一个成就斐然的科学家，同时还是一个爱岗敬业且政绩突出的官员和才华横溢的文学大家，这实在是很难得的事。这和现代的情形出入太大。若在现在，他肯定会落一个不务正业的评价。因为，现在官员大多只因他们的官职被记载。除了官职，很少有人知道他们还会做什么。当然，单一地就会做个好官，也是社会所必需的，可惜的是好多人到死也不明白或装作不明白，会做官和做一个好官是完全不同的两码事，就如像个人和是个人完全是两个不同的概念。

苏颂是个好官。他在任上救荒的政绩让人感动。能和他声气相通的必是他的同类。苏轼对苏颂大加赞扬。

熙宁年眼看就要过去，苏轼在徐州迎来了一次重要的会见。陈师道、陈师仲兄弟和苏轼第一次在徐州相见。

陈师道，字履常，一字无己，彭城人。少而好学苦志，十六岁时就拿着自己的文章去拜见当时的文学大家曾巩，曾巩一见之下以为奇才。元祐初年，苏轼、傅尧俞、孙觉荐其文行，起为徐州教授。苏轼来徐州，形成的徐州为中心的文学圈的中心就是苏轼、秦观和陈师道。

陈师仲，字传道，彭城人，陈师道之兄。他在苏轼文化的传播中更是一个功不可没的人物。就是他，在苏轼被打倒之后，冒着风险编辑出版了苏轼在密州和徐州期间的诗词集《超然集》和《黄楼集》。当书籍到达远在黄州劳动改造的苏轼手中，老苏感动得一把鼻涕一把泪，说没有比这更重的礼物了。

陈师仲《黄楼集》是第一本不是按律而是按时间为序编辑的诗词集，这种编序法得到了老苏的认可，也为后人编辑此类著作提供了范本。直至今天，老土父女撰写这本《黄楼观风》也要无限感念陈师仲的功绩。

我更加感动的是陈师仲在人走之后还在虔诚地一遍又一遍地把壶中的茶温热的那份心情。"茶凉了，我给您续上。"不是所有的人都能做到，也不是所有的人有这样的福气。陈师仲做到了，苏轼享受到了。

二陈自此和苏轼来往密切，多次就书法典籍等方面进行探讨。

在这几天里，他还会见了他的下属滕县令范纯粹。范纯粹请苏太守给他父亲的文集作序。苏轼欣然答应，因为范纯粹的父亲是那样大名鼎鼎。他就是那个"先天下之忧而忧，后天下之乐而乐"的作者范仲淹。他的另一个儿子范纯仁，也就是范纯粹的哥哥，后来成为大宋的宰相。

范纯粹应是一个标准的"官二代"，他的老爹范仲淹曾经是大宋名相。应该说他是一个不错的官二代。后人评价他"沉毅有干略"，他曾以激烈的言辞批评卖官之滥。更不错的是他有一颗爱民念旧之心。他后来到陕西做大官，神宗皇帝准备调用徐州大钱二十万缗帮助陕西。皇帝拨款本是好事，但善良的范纯粹却高兴不起来。他对同僚说："我们这里虽然急需用钱，可我怎忍心用我故地徐州人民的膏血？"立即打报告给皇帝："本路得钱诚然为一件好事，但从徐州运到边境，劳费太多了。"以极为恳切的言

范纯粹，时任滕县令

辞表示不能接受这笔来自徐州的拨款。他后来进朝做了大官，革除了不少苛政，深得苏轼认同。在徐期间，他和苏轼多有来往，很有些惺惺相惜的意思。

在这期间，王适和弟弟王遹来到徐州向苏轼求学。这兄弟俩都是苏轼很喜欢的学生。兄弟俩一辈子都没有做官。他们和苏家后来成了亲戚。王适娶了苏辙的次女为妻，成为苏轼的侄女婿。再后来王适的女儿"第十四小娘子"嫁给苏符。苏符乃苏迈之

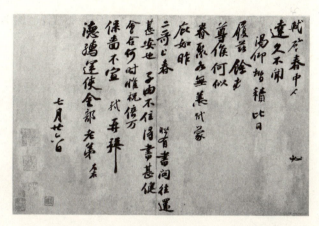

此《春中帖》是苏轼写给范纯粹（德孺）的信札。范纯粹是北宋著名政治家、文学家范仲淹的第四子。此信札的书写时间应为元丰末年，即元丰七八年间（1084—1085），苏轼年约五十岁左右。帖中"二哥"是指范纯仁（范仲淹次子）。此帖笔法自然流畅，寓巧于拙，仪态淳古，有浑厚凝重之韵致。虽有缺字、残损，仍不失为苏轼中年时期的上乘作品。

子，苏轼之孙。王适又成了他儿子的亲家。不过到那时，只活了三十四岁的王适已经故去。

苏轼的以孝顺母亲闻名的另一个学生郭用孚后来也受到提拔。

和苏轼一起抗洪救灾的小伙伴任钤辖去世，想着刚刚经历的一幕幕共同出生入死的情景，苏轼很是伤感。

另一个苏轼的小伙伴王安国的死讯也传到徐州。

喜忧参半正好可描述熙宁年末苏轼在徐州的时光。

《眉山集》刊发，立即成为畅销书。

这一年，还有一条值得一说的消息，就是《春渚纪闻》的作者何薳何子楚在这一年出生。他的笔记著作中记载了苏轼大量的故事。写这段话的时候，我在网上订购的这本书刚刚到货。

熙宁十年，苏轼在徐州度过了七个月十天的时光。有美好，也有惊惶，还有忧伤。

之美，比如夜雨对床；

之惊，比如水穿城下；

之忧，比如明年之患。

生活的站点，让你来不及细数其中的沧桑，就已经在你的眼前倏忽而过。

元丰元年卷

（1078 年　四十三岁）
元月一日——十二月三十一日

　　我不知道李家这小子是不是向他老子如实报告了苏轼对他的轻蔑，我知道的是一年之后，苏轼就被李定以诗案罪打入监牢，而且明显能看出他强烈想弄死苏轼的心思。说不定他在心里咬牙切齿，姓苏的，我叫你看看你们家彭祖这张脸到底有多长！

軾啓 新歲未獲

展慶 祝頌無窮 稍暖

起居何如 每 起造□

入城昨日得 公擇書

月末間到此

公而此時來必得之宿

畢工封示目不出無緣面

畫一罷旦夕附陳隆船

膏吉此中有一鑄銅匜

两收建州茶臼子並椎試末

適有閩中人便或令者過

乞軾之付去人專荷荷蒙

正月二十四日：
那该是多长的一张呆脸呀

俺老章所思自然与众不同，老苏知我也！再看到末一句"我愿学焉"，老章的嘴都咧成裤腰了，哈哈，这老苏，你要学俺？不敢当，不敢当。心里却乐成了一朵花。

元丰元年，公元 1078 年。

【正月】

东京汴梁传来消息，自本年起，徐州由原京东东路改属京东西路。苏轼的一批领导被调换。

王克臣任京东西路安抚使；

鲜于侁任京东路转运使；

李察任京东西路转运判官。

元月十八日。

去年十月二日的京东路安抚使要求表彰苏轼抗洪救城的请功报告得到批复。神宗皇帝颁布嘉奖令，对苏轼的抗洪之功予以表彰。

趁着皇帝高兴的时机，苏轼再次给朝廷打报告，为防止黄河水再侵徐州，申请拨款加固防堤。但考虑到去年十月修建石堤的报告没有批准，这次苏轼主动降低标准，说您同意用木桩加固一些也行，这样可以使工费减少一半。虽说这样不是长治久安之策，但也足以支持到河水复道。为了保证这次报告及时获批，苏轼给在京城里的朋友刘贡父写信，托他侄儿刘奉世帮助在朝廷面前说说好话。刘家叔侄很是帮忙，在朝廷面前详陈利害关系，终于促成朝廷批准了苏轼的"木岸方案"。这使得老苏长出了一口气。

元月二十四日。

五十岁的建州浦城人章粢（字质夫）写来了一封信，说他在公堂的旁边给自己建了一处房屋，取名"思堂"。他说，我准备一早一晚都到这里沉思。凡我要做的事都要三思而后行。请你为我这"思堂"写篇文字吧。

看到朋友的请托，苏轼笑了。哈哈，这老章真会开玩笑，我可是天下最不喜欢思虑权衡的人呀，你却让我来写思堂之记。遇到事，说明事已经发生了，哪里有时间去思考？没遇到事就思虑，思考未到之事又有什么意义？事情已经过去了，再去思虑更加无聊，因为已经过去了，你就是再有千般思虑又有何用？

总之，在老苏的眼里，整日思虑权衡是一件很累人且没有意义的事。但老友之托又不好拒绝，也罢，就把自己的真实想法说出来吧。

他说，我这一生都是如此，从不知应该思考什么。心里有话就脱口而出，说出来就得罪人，不说出来自己憋得难受。我认为宁可得罪人，也一定要说出来。君子对于善美的行为，就如同喜好美色；对于不善的行为，就如同厌恶腐臭。难道还要事到临头再去思考、判断事情的好坏，决定是远避还是参与吗？所以临到行义时又想到获利，那么所行的义肯定不会有结果；面对战斗时又想要偷生，那么打起仗来一定不会勇敢。我认为人生的穷困显达、获取丧失、死生祸福，都是命中注定的，思考不思考也都是那个样子。

他在文章中讲了一个旧时故事。

他说，我在年轻时曾遇见一位隐士高人。他就对我说："年轻人，如

苏轼怪石枯木图

112

果你想得道,就应该减少思虑和欲望。"我说:"思虑和欲望的危害,是一样的吗?"隐士说:"思虑比欲望还厉害。"庭院中有两个盆都装着水,隐士指着其中一个盆说:"这个盆下有个蚁洞。每天舀取一升水放上,哪个盆先干?"我说:"肯定是有蚁洞的先干。"思虑对人的残害,就是从不间断地蚕食。

隐者的一席话,使我得到了很大的启发,我一直按照他的话行事。况且无忧无虑的乐趣,真是不可名状。空虚而澄明,纯一而畅达,心安理得从不知疲倦,无时无刻不觉得宁静,就像没有饮酒而陶然大醉,没有闭眼而酣然沉睡。

写到这里,苏轼也意识到如果用这些话来为思堂作记,是有点显得那个了。这是砸场子的节奏呀!但苏轼就是苏轼,笔锋一转,便使一切圆满起来。

他说,尽管如此,其实思与不思各有各的道理。世间万物共生可以互不妨害,大道并行当然也可以互不悖逆。凭着章质夫的贤能,他所说的思,难道是世俗之辈狗苟蝇营的思虑吗?非也。《周易》说:"无思也,无为也。"从这方面说,我也愿意好好地向他学习。然后,署上年月日。

估计章质夫收到这篇《思堂记》,在情感反应上也会有一个如过山车大起大落的过程。先是看到苏轼说自己不善于思考却来作思堂之记时,微微一笑,觉得这是苏轼谦虚。但再往下看,这脸可就越拉越长了。思虑有这么多的危害呀!事前、事中、事后都无须思考。而且拿什么高人隐士来唬我,照您这么说,我这建个思堂是拉屎攥皮锤一起横劲呀。当然,这是我替老章说话。福建的老章应该是不知道这句徐州歇后语的。越看越气,就在要拍案而起的时候,忽然笑了。"以质夫之贤,其所谓思者,岂世俗之营营于思虑者乎?"呵呵,这话我喜欢听。俺老章所思自然与众不同,老苏知我也!再看到末一句"我愿学焉",老章的嘴都咧成裤腰了,哈哈,这老苏,你要学俺?不敢当,不敢当。心里却乐成了一朵花。

一些优秀的篇章，欲抑先扬、欲褒先贬之法都很常见，但那是有意谋划之法，这篇《思堂记》却不同。起承转合不留痕迹。这全在于苏轼的个人性格使然。这是一个本色演员，他演的就是他自己，他当然演得最像。

他真的是一个不喜欢前思后想的人。

朝廷当权派李定的儿子李某曾来到徐州，苏轼看在他老子的分儿上设宴招待。

这小子的老爹正红得发紫。当时的职务是召拜宝文阁待制、同知谏院，进知制诰，官御史中丞。他是王安石的学生，是个激进的改革派，也是个卓越的阴谋家。他的政治观点和苏轼分属两派。同时在私下里对苏轼也是非常羡慕嫉妒恨的那种。这样的小人，即便不屑于与其同伍，也最好是不要得罪他。所谓"宁得罪君子不得罪小人"嘛。

苏轼能宴请李定家的这位公子，大约也是基于不得罪李定这家伙考虑的。但显然他很快就忘了自己请客的初衷。

宴席开始之初，李家这小子很高兴。看到苏轼这宴席设得很够档次，酒店很排场，对应当下的徐州应是开元、汉泉或小南湖之类。酒宴不用说了，徐州菜咸乎乎辣乎乎黏糊糊黑乎乎风格彰显。陪客也都是徐州有头有脸的人物。最让他高兴的是还有十几个美女歌舞助兴。看样子是不醉不归的意思。

他觉得自己特有面子。但这小子若是知道苏轼的待客之道，

黄楼抗洪浮雕

114

他就不会那么高兴了。

史料记载，苏轼的待客之道很有意思。只有他不太当回事的接待，他才会搞得很张扬。上不上美女助兴更是一个标志性的安排。只有他认为无所谓的招待，才可能安排歌舞助兴。越不重视，安排的美女越多，越重视颜值。越不重视，这酒宴进行的时间越长，通宵达旦都有可能。若是遇到他敬重的人、他重视的接待，一切排场便都免了，更不会安排什么舞女歌伎助兴。可能就只是两个人，几碟小菜，一壶小酒，有时连小酒都没有，就是一壶清茗，躲在一个小饭馆的小房间里畅谈。这一切，李定家这小子根本不知道。他感受到的是这天下闻名的苏徐州对他老李家的敬服。

这个错误的判断使他产生了一个非分之想。他想让苏轼为他写一首诗或者写一幅字。

在当时，若能得子瞻一诗一画或一书法那是值得向全国吹牛的事。连皇宫里的太监们都知道，若是看到皇帝吃饭的时候还在看文字，不用说，那手里的文字一定是苏轼写来的。皇家尚且如此，民间对苏轼文章墨宝的推崇可想而知。估计李定家这小子也是和一帮哥们儿吹嘘了许久，看我小李子让那老苏给我写几篇诗文过来，让你们开开眼。这次看起来气氛不错，所以他张了口。

他咬文嚼字地拍了拍苏轼的马屁，然后说出了自己的要求。

这要是换个其他官员，也许求之不得。这正是讨好上司的大好机会，平常想送还可能送不上的。

这要是换了其他人，对人所求不愿响应，完全可以婉言或找个托词，让对方知难而退就行了。比如就说，今日酒好人俊，我们且喝酒听歌，改日再说。一改二改也就不了了之了。再或者，就直接说，我才疏学浅，不敢在你李家门前显摆，等我再练几年再来向您讨教吧。估计这样也就行了。

但这是别人的做法，苏轼不是那个别人。

他用他的方式拒绝。

李家小子说出自己的要求，苏轼听得明明白白，可他愣是装作没听见。他心里在想，你算个毛呀，就是你老爹那样在俺老苏眼里也不过一个老杂毛。我老苏为你写诗作文？你是不是昨天喝多了没醒酒呀！

但苏轼人家毕竟比我有文化，他这样想但没有说出来。

他旁顾左右而言他。喂喂，傅通判，你看今天这鱼烧得怎么样？喂喂，那个寇三，别只顾喝酒，今天咱们是限菜不限酒呀。喂喂，还有那叔通，你是不是把上次说的九百多年后那个徐州老土说的"治一圈"酒规矩给大家讲一讲啊……总之，他没有搭李公子的茬。

尴尬的李公子求字心切，竟然真以为苏轼没有听到，他提高了嗓门又说了一遍。

这一次，场上很静，苏轼没有可能再装作听不见了。

苏轼把端着的酒杯缓缓放下，微微一笑，他心里已经有了主意。

他对着李家小子说，今日苏某与李公子相会，有一个事想当面请教公子。李某说，哪里哪里，请您赐教。苏轼说，有人说，人每活过十二年人中就长一寸，这是真的吗？——人中，就是人体鼻下唇上的这一部分。李家小子蒙了，不知道这位苏大人怎么问这个问题。想了想说，惭愧，我真的未曾听过，还请苏大人指教。苏轼便说，这肯定不是真的。若是真的，那彭祖活到八百岁，该是多长的一张脸呀！哈哈哈……众人和李家小子也跟着笑，但转过神来，满场便立时鸦雀无声。人们被拒绝后很难堪的时候都会拉长脸。在徐州这地，往往把求人失败说成"长（读常音）脸了"。苏轼生造了这个人寿一纪、脸长一寸的故事，就是说，小子哎，给你一个大长脸吧！李家小子懂了，一脸尴尬到不能再尴尬的尴尬，脸红了一阵又一阵。其他的陪客也是一脸的无奈，想咱这苏大人你怎么就不想想，这是打人家的脸呀。这样得罪人，咱这酒菜不是白费了吗？好在陪舞的马盼机灵，说李公子您来自京城见多识广，指导我一下这刚学的《霓裳曲》好吗？才算把这事岔了过去。但这当众给人难堪的梁子应该不是那么容易挪过去的。

我不知道李家这小子是不是向他老子如实报告了苏轼对他的轻蔑，

116

我知道的是一年之后，苏轼就被李定以诗案罪打入监牢，而且明显能看出他强烈想弄死苏轼的心思。说不定他在心里咬牙切齿，姓苏的，我叫你看看你们家彭祖这张脸到底有多长！

苏轼率直得可爱，有时也率直得令人心疼。

看样子，章楶的"三思而后行"他根本就没打算学。

元月二十八日，苏轼给在吴兴的表兄文与可写了一封信。他这位以好竹画竹闻名天下的表兄最近的健康一直让他挂念。

徐州的官场上也发生了小小的变化。月初新到任的京东西路转运判官李察奉诏前往京师，苏轼有诗送行。诗中可以看出，李察是苏轼颇为敬畏而又对苏轼颇为宽容理解的老首长。在苏轼酒酣耳热口无遮拦的时候，一些他说的小人很讨厌他的时候，这位老首长却能包容他、理解他。

这次老首长或是调任京城，或是皇帝召见进京公干，这都不甚重要，重要的是苏轼为他赴京写的一诗一词。

诗的题目《送李公恕赴阙》，这是苏轼有名的送别诗。全诗二十四句，不算很长也不算太短。诗中深情回忆了和李公恕的交往过程，并对李公恕做了很真切的赞美，称老李是"君才有如切玉刀，见之凛凛寒生毛"，"立谈左右俱动色，一语径破千言牢"。这老李是不是真的如苏轼诗中所言这般伟岸，这首诗是不是真如所谓专家所言是苏轼写得最好的七言送别诗之一，我都并不在意。我喜欢的是最后两句所展示的豪放——"安能终老尘土下，俯仰随人如桔槔"。

这句诗里，有一个生僻词"桔槔"，我们先把它解决掉。

桔槔俗称"吊杆""称杆"，是一种原始的汲水工具。

再说细致一点，它是在一个竖立的架子上加上一根细长的杠杆，当中是支点，末端悬挂一个重物，前端悬挂水桶。一起一落，汲水可以省力。当人把水桶放入水中打满水以后，由于杠杆末端的重力作用，便能

117

轻易把水提拉至所需处。商代时在农业灌溉方面，就开始采用桔槔。春秋时期就已相当普遍，而且延续了几千年，是中国农村历代通用的旧式提水器具。

战国时庄周著《庄子》卷五《天运篇》中颜渊与师金有一段对话："且子独不见夫桔槔者乎？引之则俯，舍之则仰。"

知道何为桔槔，也就明白了苏轼这句话的意思。上面的这段对话就是其典出处。

我怎能安心终老于这尘土之下，像个桔槔一样随着他人的意思俯仰上下？

是对当时处境的不满意，饱含着政治抱负不能实现的愤懑之情。

因这一句诗，我们的成语词典里多了一个"俯仰由人"的词。这就是苏轼，发发牢骚都发得这么有品。

同一时间同一件事，他还写了一首《临江仙》词，就好像画了一幅画来交代当时的环境。天色阴沉，铅云浓重。座中的人已经半醉，门帘外的雪越积越多，真个是"凄风寒雨更骎骎"。在这样的氛围中送别，自会平添许多悲怆。

在读这首词时，我捎带知道了宋时的工休制度。里面用了"休务"这个词。休务就相当于今天的双休日。不过那时是十天一休。一般放在每旬之末，每月共休三天。这三天公休主要用于官员们整理个人卫生，洗洗澡理理发什么的。

除正常公休外，还有不少节假可以享受。岁节（新年元旦）、寒食和冬至这三个节都是七天小长假。

另外，圣节、上元、中元各三天，休务一天。春社、秋社、上巳、重午（端午）、重阳、立春、立夏、三伏、立秋、七夕、秋分、授衣、立冬，各放假一天。夏至、腊日，各放假三天。诸大祀，皆放假一日。

注意这里的"休务"和"放假"不是一回事。"放假"是指在京的官员免予朝参，"休务"是指各级官署停止办公。

除此之外，还有国忌假。那些由朝廷特定的本朝先帝、先后逝世纪念日都要放假。

有好事者做过统计，以上节假，加上旬假（每月三日，全年三十六日），宋代公务人员全年大概休假一百多天。

除了这些常规假期之外，根据具体情况，宋代官员还有上任假、探亲假、病假等名目繁多的假期。

宋朝还有很多好玩的事，以后有机会我们慢慢道来。

新年一上手的这个月里，他派人去了四川眉山老家一趟。

起因是去年底，朝廷郊祀，广施封赠，苏洵被追赠为"太常博士累赠都官员外郎"。也就是说，十二年前去世的父亲苏洵被追授了一个高级职称和荣誉称号。这样的好事，自然应该让地下的父亲尽快知道。苏轼便派人带着裱上黄缎的两轴文书专程前往父亲的墓地烧掉，以此祭奠父亲。这篇简短的题名为《祭老泉焚黄文》就是在这样的背景下写的，无外是以自己和弟弟苏辙兄弟俩的名义告知父亲这一消息。

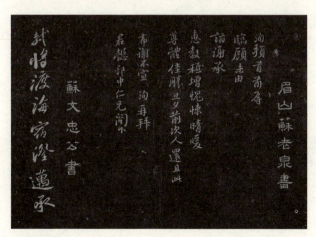

这里要说的是两件事。

第一，这是苏轼浩如烟海的大量诗文著作中七篇祭文中的一篇。只有七篇祭文可谓惜墨如金。

二是这文题里

的"老泉"二字借指苏洵不错，但老泉并不是许多人认为的苏洵的名号。您想想，儿子怎么可以直呼老子的名号呀？此处"老泉"实是指苏家先茔墓地。这一点苏辙的《再祭亡兄端明文》说得明明白白，它是"老垄在西，老泉之山。归骨其旁，自昔有言"之"老泉"。与苏轼同时代的叶梦得在其所著《石林燕语》中曾说："苏子瞻谪黄州，号东坡居士，东坡其所居地也；晚年又号老泉山人，以眉山先茔有老翁泉故云。"说得很明白，老泉是苏轼的号，而不是苏轼他爹的号。但奇怪的是，在南宋时就有人讹传苏洵号老泉。以后传播更广。我想这或是《三字经》流传太广的原因。那句"苏老泉，二十七，始发愤"真的是妇孺皆知。关于苏洵非老泉的辨正一直都有，明清民国乃至今天都有许多专门的文字。我只以一句证伪：您见过儿子直呼老子名号的吗？您或许说，您隔壁的叫葛什么亮的孩子就直接喊叫他爹的名字。我告诉你，那不是人揍的孩子，或是个揍坏的种，这种除外。

这个月苏轼还为张方平的儿子张恕的益斋题写了文字。

闰正月。

按照我国古历法，这一年有两个正月。

闰正月十七日，孙固同升任枢密院事，苏轼发去了一封贺信。

二十八日，苏轼熟悉的北宋有名的军火专家、中国古代第一部官方编纂的军事科学百科全书的主要作者曾公亮去世。

二月十日：小黄来信说我想认识您

你喜欢甜味，也不能就认定糖块就是人人都该喜欢的好东西。你和糖尿病患者分享一堆糖试试？看他不打断你狗腿！他指出了官吏之道，凡事要讲究个度，要知道守规矩，在岗尽责，不可恣意而为，要放得下荣辱。

【二月】

二月十日。

本来是给官家写的一个简要的工作汇报，不小心一下子就写成了书法的帖子。

帖子描述了自己防备水患的三个目标："水至而民不恐，水大至而民不溃，水既去而民益亲。"并说已经着手开展相应工作。关键是这书法，笔力未老，光彩照人。

二月十九日。

苏辙在齐州的老领导、苏轼的老伙计李常李公择从齐州知州调任淮南西路提刑，路过徐州，自然要到老伙计这里喝上几杯。

李常生于 1027 年，江西人。来徐州时五十刚出头。这是一个有意思有个性的人。这个人在苏轼和苏辙的文字里出现很多。他长得既矮且胖。苏轼时以"矮胖"称呼他，与苏轼的另一个朋友"短李"倒是相对。苏轼很喜欢给别人起外号，尤其是和他亲近的人。

说他有个性是因为他曾是王安石很喜欢的一个人。但在王安石主持变法之时，他在很多场合明确表态，认为其中的很多做法不妥。若是换了别人，依王安石的脾气早就把他赶走了。但王安石实在很喜欢这个小子，只是派身边的亲信私下里做李常的工作，可李常根本不领情，该怎么说还是怎么说。

他奏请设立的泉州、密州等地市舶司，是海上丝绸之路的缘起。

他主编的《元祐会计录》是中国第一部全面的财政会计学专著。

他喜好读书藏书。他是全国最大的家庭图书馆"李氏山房"的主人，据说藏书达到两万多册。

他和苏轼有太多的契合处，这使他们自然地成为至交。在任高官期间多次努力提拔苏轼。虽然，总是以失败告终。

这几天，张天骥来约了苏太守几次，请苏轼去他的新居一叙。苏轼便约了石夷庚、寇三等几个人趁着初春暖暖的阳光往张山人的新居而来。得到消息的山人已在山下小路口候着。

张山人在云龙山坡的老房子因为地势较低在去年的那场大水中已完全被毁，虽有隐士之称，但总要有个栖身之地，张山人便在故居的东面、地势稍高的地方又搭了几间茅屋。墙是石头垒的，顶是茅草敷的，一个小院用秫秸和树枝粗粗地围着。院门卧着一只懒洋洋的小狗，院内有几只散放的芦花鸡踱着细碎的步子寻食。这幅景象，让苏轼的心一下子宁静起来。

苏轼笑说，贺喜山人新堂落成！

山人答，太守玩笑了，我这怎好称堂？

苏轼说，山人居处自然是世间高堂。

一行人就在院内坐定，谈起山人的故居已成废墟，想到那场大水，禁不住又是唏嘘再三，都有些劫后余生的意思。眼看午饭时间到了，山人着人到山下沽来一壶农家自酿的莲花泉酒，抓了把干的山枣和花生，以助几个人的聊兴。有人提议，与太守同游，总要有诗助兴才好，便玩起了分韵赋诗的游戏。苏轼得了个"山中"字。

其　一

鱼龙随水落，猿鹤喜君还。

旧隐丘墟外，新堂紫翠间。

野麋驯杖履，幽桂出榛菅。

洒扫门前路，山公亦爱山。

其　二

万木锁云龙，天留与戴公。

路迷山向背，人在瀼西东。

荞麦余春雪，樱桃落晚风。

入城都不记，归路醉眠中。

本月的另一场有趣的聚会是在通判傅裼家中。同去的有将官梁交。考虑到梁交随后就要领兵去应天府，这应该是同事间的送行酒。席间傅裼谈到了他那个著名的发明家外曾祖父燕肃发明的莲花漏。

莲花漏，是古代计时器的一种。在唐朝就有类似的计时工具，但不够精确。到宋仁宗朝时，龙图阁待制燕肃造了莲花漏。莲花漏就是浮漏，用两个放水壶，一个受水壶，再用两根叫“渴乌”的细管，利用虹吸原理，把放水壶中的水逐步放到受水壶中，使受水壶中水平面高度保持恒定。相等时间内受水壶的水流速度恒定，据以测定时间。燕肃莲花漏的箭壶上有一块铜制荷叶，叶中支一片莲花。而上端饰有莲蓬的刻箭从莲花心中穿出，因此得名莲花漏。燕肃在朝廷接纳采用莲花漏后，他每到一处做官，便把莲花漏的制作和使用方法刻在石碑上，以方便人民使用。另外，他还著有《莲花漏法》一卷详细记录漏刻的运作。其后朝廷下令司天台考于钟鼓楼下，让“州郡试用（莲花漏），以候昏晓”。景祐三年（1036 年），经过实践验证，燕肃的刻漏制作简单、计时准确且设计精巧。有人称其“秒忽无差”。宋仁宗

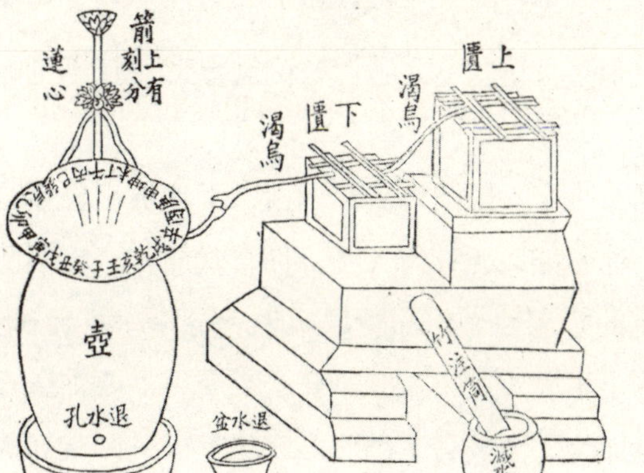

颁令全国使用莲花漏。

但奇怪的是在徐州只用瞎子卫朴所造的莲花漏。这种"漏"不守规则且任意而为，有壶而无箭。因为自己视力不好而认为天下人的视力都荒废了，还要安排专门的人看守，等到水满时再去倒掉，好多人都感到这是很搞笑的设计。

或许是基因的作用，这傅祥很喜欢外曾祖父的莲花漏，而且计划对徐州现用的莲花漏进行改动。趁着酒兴，他恭请苏太守看在他外曾祖父的面子上为他改动的莲花漏作铭。苏轼欣然同意。

这篇铭文字数不多，是我喜欢的文字之一。铭曰：

> 人之所信者，手足耳目也，目识多寡，手知重轻。然人未有以手量而目计者，必付之于度量与权衡。岂不自信而信物，盖以为无意无我，然后得万物之情。故天地之寒暑，日月之晦明，昆仑旁薄于三十八万七千里之外，而不能逃于三尺之箭、五斗之瓶。虽疾雷霆风雨雪昼晦，而迟速有度，不加亏赢。使凡为吏者，如瓶之受水不过其量，如水之浮箭不失其平，如箭之升降也，视时之上下，降不为辱，升不为荣，则民将靡然心服，而寄我以死生矣。

我理解的是天空飘来五个大字：凡事守规矩。我感佩的是苏公能在一篇关于一件器物的说明中生发出这么意味深长的观点，而且不见丝毫牵强。

其中的道理值得遵循。一个人眼睛能看出多少，手能掂出轻重，但那是你自己的多少轻重，你不能以此权衡天下。你喜欢甜味，也不能就认定糖块是人人都该喜欢的好东西。你和糖尿病患者分享一堆糖试试？看他不打断你狗腿？他指出了官吏之道，凡事要讲究个度，要知道守规矩，在岗尽责，不可恣意而为，要放得下荣辱。官场上的升降就如那钟表的指针升降一样，都是职务要求，与荣辱无关。只有这样，老百姓才能与你同心同德，生死与共。这样的观点似乎很多人需要知道。

以小见大，由此及彼，自物而人，由表入里，苏轼的笔力令人折服。我在整理苏轼在徐州的相关资料时，常常犯这样的错误，看个题目，以为是可以略过的一件事，再读文字，大吃一惊，觉得差点把老辈积攒的金银元宝当作废品卖给收垃圾的了。这是怎样的罪过呀！

送梁交外任是喝酒的主题。有好友好酒自然不能没有好诗。苏轼写下的这首《与梁左藏会饮傅国博家》有几句很有意思。他称赞了梁交的文武全才之后说起自己来，"彭城老守本虚名，识字劣能欺项籍"。说我啊也就是虚名在外，识字的能力嘛，也不过只能够欺负一下只满足于识字记个人名有勇无谋的项羽而已。这自然是玩笑话，但几个月后，他可真是正儿八经地欺负了项羽一把，而且居然没看到项羽有任何不服气的记录。这是后话，我们随后再细说。

苏轼开放的思维，天马行空的笔法令人叹服。"试教长笛傍耳根，一声吹裂阶前石"，一声长笛响过，阶前长石硬是应声而裂。人家能想到"裂帛"就已觉不得了了，他这儿一出手就是"裂石"。还有就是他文字造景的能力，真是达到了得心应手的境界。"红旆朝开猛士噪，翠帷暮卷佳人出。"早上是红旗劲开猛士如云相随的威武，晚上是翠帷轻卷佳人如花相拥的时光。这日子，醉也就醉吧，随他啼鸟任他落花，我且于寂寂春中醉卧东堂。

因苏轼竭心尽力地争取，朝廷赐给的钱粮均已到位，他迅速着手对徐州外小城进行改建加固，建成了第四条用木桩加固的堤岸。

相应的表彰还在继续。在洪水"环浸城腹"之际，苏轼一面组织军民自救，一面还祈求佛祖神灵护佑。当时在乾明寺祈祷的时候，苏轼对寺里的大和尚真寂大师许愿说，咱们约定，以十天为期，如果能做到"水退城完"，我就向朝廷打报告，给你授予荣誉称号。没想到随后的日子，水头大涨之势果然就平静了下来。虽然之后有一段日子还是阴雨不断，但水退和城市完好的目标的确已经达到。苏轼遵守前言，真的向朝廷打报告，要求给和尚和寺庙以荣誉，虽然真寂和尚在等待中已经故去，朝廷还是追赐他为灵慧大师，同时给庙中之塔命名为灵慧之塔。可惜我不知这灵慧之塔现在在徐州的什么地方了，否则我也会去烧炷高香的。考虑到是在抗洪保城的紧张关头，塔和寺应该是在徐州城内或离徐州城不远的地方。

送走了将官梁交，又迎来了从应天府过来的京东西路提刑孙子思来徐州视察工作。

老的京东东路的提刑孔宗翰则调任陕州任知州。苏轼有诗送行。诗中有"使君来自古徐州，声振河潼殷关右。十里长亭闻鼓角，一川秀色明花柳"的句子。

本月文字上的往来包括与当时的国子监教授黄庭坚的诗词唱和和与表兄文同与的书信。

这位黄教授是苏轼生活中的一个重要人物。仅在徐州期间，他与苏轼单单书信往来有据可查的就有五次之多。

黄庭坚，字鲁直，号山谷道人，晚号涪翁，洪州分宁（今江西修水县）人，北宋著名文学家、书法家，为盛极一时的江西诗派开山之祖，与杜甫、陈师道和陈与义素有"一祖三宗"（黄庭坚为其中一宗）之称。与张耒、晁补之、秦观都游学于苏轼门下，合称为"苏门四学士"。生前与苏轼齐名，世称"苏黄"。

著有《山谷词》，且黄庭坚书法亦能独树一格，为"宋四

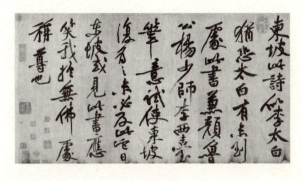

黄庭坚书法

家"之一。

就在这一年二月，黄庭坚给苏轼写了一封信，表达了希望结识的意思，同时附了两首古韵诗请苏轼指正。苏轼多少有些惊讶，有些不敢当的意思。他和了两首诗。

这一年的秋天，苏轼写了一封信，很清晰地回顾了他们的交往。

他说，我第一次欣赏您的诗文，是在孙莘老家，当时不觉耸肩惊讶，认为这不是当代人能够写出来的文章。孙莘老说："这个人，了解他的人还不多，你可以给他宣扬一下。"我笑着回答："这人必定如纯金美玉一般，就算他不去接触别人，别人也会主动接近他，哪里用我去宣扬呢？"看他的文章来揣度他的为人，必定是看轻身外之物，注重自身品德之人。这以后我与李公择在济南相会，见到了更多您的诗文，对您的为人有了更加详尽的了解，知道您风度超然脱俗，与众不同，且品格超拔，不受世俗的羁绊，不愁得不到当今君子的赏识。不像我这样放浪形骸，与世俗格格不入，交不到好的朋友。

这里的孙莘老就是孙觉（莘老），是黄庭坚的岳父。李公择也就是李常，是黄庭坚的舅父。这二人都是苏轼的好友。这样的关系使黄庭坚在苏轼面前难免有些晚辈见长辈的拘谨。何况苏轼当时那么大的名头，

黄庭坚绘画

127

黄鲁直执弟子礼也是可以理解的。可苏轼不这样认为，他是很敬重黄庭坚的人品和文品的，在他心里，黄鲁直更像他平起平坐的朋友。

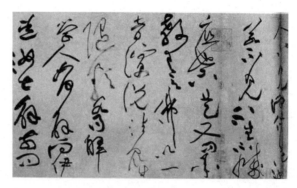

黄庭坚书法

就在这个春天里，香荠、蕨菜、青蒿、茵陈、甘菊等各类新鲜的菜蔬陆续摆上餐桌。喜爱生活的苏轼专门为这些春菜写了一首诗。黄庭坚看到后马上次其韵写了一首诗，这是黄庭坚次苏轼诗韵的第一次。苏轼的诗的后半部又动了思乡之情，说还是我们四川的春菜更加丰富。早就没见眉山菘葛还是个小事，吃不到苦笋江豚的滋味可真是难熬呀！明年老子就向朝廷报告不干了，我不能等到牙齿落尽头发掉光再回去呀。黄庭坚在次韵诗中回应道："公如端为苦笋归，明日青衫诚可脱。"先生您要是为吃苦笋辞官回家，俺小黄真心脱了小褂跟你走！据说，这和诗传到苏轼手里，看到这句不禁大笑，对家人说："我本来不愿意做官，因为黄鲁直的苦笋硬差也不得不干下去了。"

苏轼的《春菜》和黄鲁直的次韵诗简直就是一份艺术味满满的春

黄庭坚《致景道十七使君书》

菜菜谱。若是有心人发掘，定是一件雅事。

给表兄文同的信里，则为表兄的未得大用而慨叹。

本月的文字里还有一篇值得一说，那就是写给徐州人郑仅（字彦能）的《送郑户曹》。这

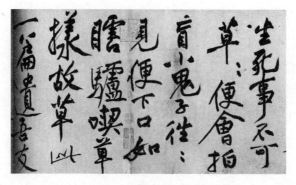

黄庭坚书法

个郑仅是苏轼来徐州后结交的一个好朋友，是个进士出身，文字功底很是不错。原来似乎也是有些钱财，但由于乐善好施，喜欢交朋友，一来二去便把自己搞穷了。郑仅也是个"苏粉"。家里穷得捉襟见肘，童子羸弱，马匹老瘦，但依然乐意随苏轼饮酒论文。苏轼对他评价很高，将他比作陋巷中自得其乐的颜回。苏轼没有看错，这郑仅先是做了大名府户曹参军，就是州级的分管户籍、赋税、仓库的官员，后来又做了冠氏、福昌两地的知县，升至吏部侍郎，还做过徐州的知州，成为苏轼的后任。最后以显谟阁直学士、通议大夫退休。苏轼写这首诗给他的时候，他三十一岁，刚入公职，即将上任。

当然这不是专门说这首诗的全部理由。这里不得不说的是后人因这首小诗对苏轼的评价。

如张道说："东坡博通群籍，故下语精切。每有却肖故实，供其驱使。如送郑户曹，则用郑姓故事。嘲张子野买妾，则通首用张姓故事。（正如）周益公所云'初若豪迈天成，其实关键甚密'者也。"

赵翼更是叹服，说"坡公熟于庄、列、诸子及汉、魏、晋、唐诸史，故随所遇，辄有典故，以供其援引"。这绝非是临时翻检书籍能做到的。如《送郑户曹》诗，引用的故事都是郑姓故事。做到这些，自然要博览群书，才能左右逢源。他感叹道，可以想象坡公读书，真有过目不忘之资，安得不叹为天人也。

引经据典，信手拈来，而且合适到不能再合适，精到到不能再精到，的确，坡公天人也！

这个月里他在给宋寺丞的一封回信里，对他到任快一年的徐州做了评价。他在信中说，自汉朝以来，彭城一直号称重要之地，现今朝廷也采用了这个虚名，其实根本不是这样，轻易地就把这里交给我管理。我自到彭城以来，夏旱秋涝，接着又发生大水横流之灾，各类瘟疫也纷然冒出，公私都有的烦心事也是接踵而至，老百姓对政府管理不善的抱怨也一定传到了您的耳朵里——总之是不太满意的样子。

春日时短，倏忽而过。

三月二十六日：
石潭里赤龙和白虎打了起来

回了宿州刘泾教授的诗，传来梁交巳从应天府返回的消息。趁着笔墨，又有诗成。"城西忽报故人来，急扫风轩炊饭麦。"朝云、朝云，赶紧把客厅上下打扫，速速安排厨下做一顿新麦仁糊涂粥，有客人来了——

【三月】

三月二十六日，他在和表兄文同的另外一封信上为黄河决口依然未被堵住而忧心忡忡。

一方面为洪水可能再来而忧，另一方面春旱的迹象已经很明显。

这时一个很有些故事的人来到了徐州。苏轼喜欢这些有故事的人。

这个人这时的名字叫王迥，字子高。他的故事在朋友圈里传得很广。说他曾在梦中游历一个叫作芙蓉城的地方，见到了周瑶英、周芳卿等美女。刚好他到徐州来，苏轼便向他求证此事真假，他表示千真万确。苏轼便为这王迥赋了一首《芙蓉城》诗。诗中以细腻的笔触描绘了王迥亲历的鬼仙故事，使人恍若亲临其境。人仙缠绵，相思不断。这首诗传出去之后，江湖上原来对王迥故事半信半疑的人这下子全部信以为真。后来，苏轼的另一个很有名的学生秦观秦少游说，看到这首《芙蓉城》的墨迹，不知道是苏公在醉时写的还是在太虚之中所书。

朱陈村外景

131

这个王迥更有意思，因爱死了苏轼这首诗里的一句"仙风锵然韵流铃，蓬蓬形开如酒醒"，竟跑到派出所改了名字。自此，这个人改名王蓬，易字子开。"苏粉"的生活当真有趣。

三月，考虑到闰月的因素应是四月天气，正是春播春种时分。苏轼来到萧县朱陈村和杏花村向农家做春播动员。

苏轼在《陈季常所蓄朱陈村嫁娶图》上自己注明说，朱陈村在徐州萧县。而《大清一统志》上则说朱陈村在丰县东南。当代有黄新铭先生的考证文字认定，唐代白居易诗里的那个朱陈村应该就是今天的宿州夹沟镇草场村。而白诗中的"徐州古丰县，有村曰朱陈"的"古丰县"实际并不和唐时的丰县一致，所以才有"古"的说法。黄先生对苏轼诗中的朱陈村为何出现自注为"在萧县"也做了推测。他认为有三种可能。

第一种可能，草场村（唐代名朱陈村）或许一度属过萧县。

第二种可能，苏轼为视察"石炭"，曾到过萧县的孤山、白土，南望朱陈与萧县近在咫尺，因而误作是萧地。

第三种可能，苏轼说的朱陈村，或是萧县山区另有其地。

而苏轼后人、苏学研究学者苏肇平先生主编的《萧县文献》中，苏肇平、黄世华先生均有白居易、苏轼诗中的朱陈村就是现在的萧县白土镇朱圩子村和陈村的详细考证。拜读苏先生等的文章后，我个人据两点更加倾向于苏、黄二先生的论证。一是苏轼曾在诗中自注"朱陈村在萧县"，白纸黑字言之凿凿；二是白居易诗中的朱陈村应是山区景象，而丰县则为平原地区。

我没有做过这方面的考证功课。在萧县、在丰县、在宿州或都有其可能，我乐于见到的是某日误入一地，村头赫然立一石碑，上面大书几个鲜红的大字"苏轼劝农处"，左右杏花灿然，我也就认作此处了。

种子是种下去了，但天久不落雨，以致勃土扛烟，在路上行走一会儿，满嘴都是尘土。

苏轼往城东二十里外的石潭祈雨，作清词，又作了一首《起伏龙行》。

苏轼听彭城的父老说，这个石潭很神奇，它与泗水都是相通的，水量的增加和减少、水质的清澈和浑浊都和泗水的变化完全一样。还时不时能看到河里的鱼在潭水里游动。它更神奇的地方是如果放个虎头在潭中，可以引来雷雨，大概是取龙虎相斗的意思。

苏轼在《起伏龙行》中的语言很是有趣。他的目标是赶紧下雨。怎么才能下雨呢？这龙虎要打起来。整个文章中他都在竭力挑拨这老虎和龙尽快打起来。

对话的主角是那条可能蛰伏在水中的龙。

他说，龙啊，你知道南山那只雪毛虎有多厉害吗？即便是死了只剩下颅骨和雪白如霜的牙齿，人家依然是大小毛虫的老祖宗——请将不如激将嘛。

他接着说，现在都旱成这个熊样子了，在路上走路都是一嘴的黄土。这个神奇的水潭就在城东很近的地方，我就不信有您这样的神物在这里，还有谁敢来欺侮——除了那雪毛虎，你是不是怕它了？它欺负我们倒无所谓，它这是看不起你呀！

他再次给这条可能带来甘露的赤龙鼓劲。他说你上靠着山石岩窦，下面通过清河连同水府。目光如电可以吓走金蛇，鼻呼口吸便可成云化雾，你也是玉帝正式派遣的天神，你是有职责在身的一条龙呀！你看你现在的样子，揣着宝物却在那里睡懒觉，满腹的雷霆却装聋作哑就是不出声，龙啊龙，你信不信我到玉帝神禹那儿告你不履职？

越说越激动，苏轼板起了长脸，下了最后通牒：就是明天，赤龙白虎必须打上一仗，直须打到黄河倒卷雨落下为止。执行没有借口，否则，哼哼——

最好玩的是到了最后，苏轼又换了笑脸，说，你也不要怪我喜欢看你们两雄争斗，我不是那幸灾乐祸的人。我呀，这的确是有事才麻烦你们赶紧发怒打一架吧。

这般祈雨，这般求人办事，真是一个睿智有趣的苏徐州！

我若是那赤龙白虎，也须服了这太守，打就打吧。

那青龙白虎打没打架倒没有确切的记载，有记载的是那雨真的就下了下来。想必这架终于还是干上了。

想想这真是我大徐州之福，有了这么神奇的一个太守。水大了，他到寺里祷告，说十天之内你必须把这水停了。那水竟真的在第六天的时候远城而去。天旱了，他到潭前祈雨，说你明天就要给我弄来雨，而且要那大雨。明天，就是明天，不得有误！牛叉吧？天大的牛叉！但是但是可但是，呵呵，这雨竟然真的就下了，而且的确下得沟满壕平。

久旱逢甘霖，好啊！农家乐，太守亦乐。

按徐州老话，苏轼是个讲究人，吐口唾沫砸个坑。看这次雨下得很满意，一夜间满城又都是生机，想着自己唠叨的那龙虎相斗，这次该去道个谢。

这一去谢雨，又成就了数首名篇。

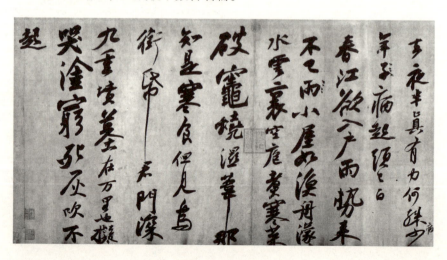

苏轼《寒食帖》

三月：谢雨途中的一串珍珠

姑娘们很想多看一眼这位闻名天下的大才子、这位无所不能的苏太守，但女儿家特有的羞涩又使她们欲近还远，挤到后面的想往前挤，站到最前面又想后移，挤挤插插把好好的拖地长裙都踩坏了。

祈而有应是一件让人高兴的事，石潭的赤龙给了苏轼大大的面子，一场透雨过罢，春天的气息扑面而来。暖暖的阳光下，志得意满的苏轼出得城来，颇有点春风得意马蹄疾的意思。

这样的时候是适合写诗作词的。简短而又音韵清新的《浣溪沙》是苏轼的所爱。

五首《浣溪沙》若一个红绳系着的五颗珍珠璀璨夺目。徐州城东这一条平常的土道，注定变得年轻不老起来。若是今天徐州出城往东的一条大道能被命名为"浣溪沙大道"或"东坡谢雨路"，该是一件多么雅致的事情。使这些令人悦目赏心的珍珠在千年之后有一个可以附着的所在该有多好！

我们且先来把这些珍珠，一枚枚放在掌心。

> 照日深红暖见鱼。连溪绿暗晚藏乌。黄童白叟聚睢盱。
>
> 麋鹿逢人虽未惯，猿猱闻鼓不须呼。归家说与采桑姑。

这大约是写谢雨石潭边的情景。或是晨间或是傍晚，太阳光落在水里变成了一片深红，一尾尾的鱼儿在这片深红里自在地游着，看过去暖洋洋地令人心醉。和石潭相连的小溪被溪旁的树木映成了一片深绿，在深绿之处想必藏着晚宿的鸟儿。石潭边围满了黄毛的小子和白发的老翁，一张张脸上洋溢着喜悦和期待，眸子里都闪着莹莹的光。那些山中的麋鹿一下子看到这么多人还有些不习惯，林间跳跃的猿猱听到鼓声就不要跟着起哄了。太守的谢雨仪式真的很有趣，想必那些到场的人回到家里都要向家里的妇女显摆一番，那水，那溪，那鱼，那鸟，那麋鹿，那猿猱，那长脸的苏太守，啧啧——

这是一幅色彩饱满、情节生动的图画。真希望有一位丹青妙手能复活当时的情景。

深红的潭，深绿的溪。游走的鱼，静栖的鸟。慌慌的麋鹿，嘻嘻的猿猱。白发的老者，黄毛的孩童，还有画外笑眯眯的村姑。好一个田园风光美。

难得的是苏轼那么深切地感受到他人的快乐，想到他们回家后会兴奋地向家里那些因为避讳不能来观看谢雨仪式的妇女去谝一谝他们看到的情景，苏轼的心里一如暖阳漫浸。

无一句说谢雨，谢雨之境尽出，喜雨之情尽现。

神奇的苏太守谢雨得雨，无疑已经在民间引起轰动。他的谢雨之行，更是迅速传遍左村右庄。

按照规矩，妇女们无法亲临谢雨仪式的现场，但苏轼引燃的惊喜已经早已使这些女士们亢奋起来。

第二首《浣溪沙》应是谢雨路上的记录。

姐、姐，娘、娘，苏太守已经下山了！一个绾着两个发髻的男孩急急地推开篱笆门，朝屋里大叫。

孩子的娘先跑了出来，朝远处看，果然一群人正从官道走来。她回头看自己的三个闺女还没有出来。

"三丫呀，快出来呀，苏太守真的来了——"

屋内正是一阵忙乱，跨出门外的脚齐刷刷收回，又齐齐地跑向那个装了胭脂粉的化妆盒。苏太守来了，怎能素面以对呀！姊妹三个急急地快描黛眉，速点红腮，三两下理了云鬓，快些再快些，免得太守擦肩过。

出得门了，村头已是三五成群。来了，来了！姑娘们很想多看一眼这位闻名天下的大才子、这位无所不能的苏太守，但女儿家特有的羞涩又使她们欲近还远，挤到后面的想往前挤，站到最前面又想后移，挤挤插插把好好的拖地长裙都踩坏了。

镜头拉开去，苏轼看到庄里的人扶老携幼都聚集在土地祠前，看样子摆满了祭品也在敬神谢雨，也有儿童牵了棉纸做的风筝在嬉戏玩耍，这一会儿都把目光投向路过的苏太守，让苏轼感到相当的亲切和满满当当的自得。一回头，看到路边有一醉酒的老头正在夕阳里睡得香甜。苏轼感觉幸福如琼浆玉露沁入肺腑。

> 旋抹红妆看使君。三三五五棘篱门。相挨踏破蒨罗裙。
> 老幼扶携收麦社，乌鸢翔舞赛神村。道逢醉叟卧黄昏。

这第三颗珍珠应是缀在道边的村庄里。苏轼或从轿子里走下，信步走向热情满满的村巷。

> 麻叶层层苘叶光。谁家煮茧一村香。隔篱娇语络丝娘。
> 垂白杖藜抬醉眼，捋青捣麨软饥肠。问言豆叶几时黄。

苘，音读请，是一种植物。老徐州人才懂得。其皮沤制晒干后可用来搓制麻绳或编织用。苏轼看到的景象就是扒下来的苘皮一缕缕晾在篱笆墙上的情景。苏轼的观察是细腻的，用"苘"字音也是标准的徐州发音。我不太懂的是，那时一村煮茧香，说明种桑养蚕已是普遍，不知这习俗为何到了如今竟全不见踪影？

苘麻

这首词可说是色香味俱全。晾晒的一层层苘皮在阳光下泛着亮白的光，浓浓的茧香直入鼻孔。苏太守深吸了一口气，禁不住打问，这是谁家煮茧的香味呀？隔着篱笆的养蚕女子娇羞作答。巷口转角处，一块石碾旁，一个须发皆白拄着藜杖的老人听到声音醉眼惺忪地张望来人，又抓起石臼里的木槌捣了几下。苏轼凑近看了看，原来是把新麦捋来捣成麦仁，用来填饱肚子。苏轼不知道在千年之后的徐州乡下，将上一把青麦，捣上半碗新麦仁，用来煮一锅香喷喷的麦仁粥，已经是一件尝鲜的雅事，但在那时麦子没熟就食，还是说明生活的艰难。苏轼看着老人问，老人家，豆子要到啥时候才能成熟呀？他或是想如果豆子熟了，老百姓就不会挨饿了。

就是这末一句，上面是一种解释，说是苏轼在问老人，关心百姓的疾苦。我通观这五首《浣溪沙》词，无不洋溢着喜悦和趣味，就是这首词的其他语句也是多温馨有趣之语。这时忽然的伤感，似乎与整个语境都不相符。所以，我设想的不是苏轼在问，而是那个醉眼惺忪的白胡子老头被忽然出现的一大群人惊醒，忽然抬头问了一句，苏太守，您说这田里的豆

黄楼前牌坊

叶啥时候黄呀？看似无厘头，却正是应了前面的"醉"字，这才是标准的家常话呀。一句话逗得大家哈哈大笑。旁边有人笑语，三大爷呀，这是苏太守啊！你要是问他这《浣溪沙》要写多少字还差不多。苏轼也笑，但他还是从这无厘头的问话中，感受到了田园的淳朴和百姓的期待。有这一问，画面就活了，这一组镜头就生动起来了。

农民，一句"几时豆叶黄"就够了。开口说豆叶的人，离土地不会太远。

第四颗珍珠应该还是在路边的村庄里。只不过这是另外一座村庄。

村头枣树下，一个顶着方巾穿着蓝花印染小褂的村妇肩膀上落满了细碎的枣花，她在细心地整理着篮子里满满的刚从地里挖来的春菜，以及一小把在雨后的山坡捡来的地角皮。村南村北到处都响着摇车缲丝的声音。靠着官道的大柳树下，一个穿着粗布衣的老汉在叫卖刚摘来的顶着黄花碎刺的大黄瓜。或是宿酒之力，或是路长之故，或是这田园风光太过宁静，总之是真想躺下睡上一觉。看看日头尚高，路途还远，口里觉得干渴起来，想着有一碗凉茶该有多好。不用愁，走近村里，随便地敲开一户人家，都会有凉茶奉上。

人困马乏的苏太守，在一户农家的院外轻叩门环，老乡老乡，我是你们的苏太守，谢雨路过，可否讨一杯水喝？于是，那柴门吱吱呀呀地打开，说，太守呀，您是不是作诗作得傻了，那树下的黄瓜解渴不是更好？太守说，公款吃喝不对呀，办公费能省就省啊。村民说，果然是个好太守。于是各家柴门次第开，一碗碗凉茶捧出来。哈哈，这真是极有趣的事。

苏轼说，我送一首《浣溪沙》抵我的这几碗凉茶钱吧——

簌簌衣巾落枣花。村南村北响缲车。牛衣古柳卖黄瓜。

酒困路长唯欲睡，日高人渴漫思茶。敲门试问野人家。

139

第五颗珍珠随手得来。

几碗凉茶入口，但觉神清气爽。

软软的小草刚刚被雨水洗过，欣欣然地向上张望。雨过之后路上露出了一层薄薄的沙子，马走在上面如踏轻纱，了无尘埃。举头看去，这思绪又渐次走远，我什么时候也能收拾成农家耦耕的样子？

暖暖的阳光照着桑麻，饱满的光色好像水泼过一般，清新而鲜活。柔柔的风儿吹来，带来蒿艾的气味，饱满而醇厚。我原来真的应该就是这里的人啊！

> 软草平莎过雨新。轻沙走马路无尘。何时收拾耦耕身？
> 日暖桑麻光似泼，风来蒿艾气如薰。使君元是此中人。

苏轼真的有别于人间官场的一般俗物。他一生颠沛流离，身躯虽都在世间游走，但即便是最得意的时候，他的出世之念一刻也没有停止。身不由己，心亦不由己，这份苦闷便更加不堪。

月底。在徐州盘桓多日的李公择离开徐州。苏轼赋《蝶恋花》《别李公择》一诗一词。

李常李公择是苏轼的好朋友，好到了什么程度，苏轼在一首诗中定位说是仅次于弟弟子由的老朋友。他们都是因为对新法有看法而从京师外任的，政治观点也颇相近。去年的时候，他在济南为官，曾来徐州和苏轼共度过一个月左右的时间。今年这次是因他调任淮南西路提点刑狱公事，在前往办公地安徽寿春的路上再次和苏轼相见。

苏轼在徐州期间至少有十首（篇）诗文是和李公择有关的。在徐州期间他们欢宴甚多。同登云龙山拜会张天骥作诗相戏，傅褐家醉酒而归又被苏轼以诗详记。

在《蝶恋花》别词中，苏轼描绘了他们当时分别时的情景。

寂寞的园林里，花儿悄然飘落，柳树老了，已不是原来青青的样子。樱桃过了，已不见当时的嫣红。落日倒是还有几分情谊，扯来了青山作天边的横帔。

送行的路走到了尽头，你挥手踏上河边的小船。我眼见船家解去缆绳掉转舵向，任那夜色渐暗，一豆灯火渐行渐远，我的魂魄也好像被人招了去。老伙计呀，"我思君处君思我"，我想你的这会儿你定是也在想我吧？

在这期间，应扬州人杜介之约，为其熙熙堂作诗。诗中有"崎岖世路最先回"句。当时的杜介已经告老还乡，苏轼多有羡慕之意。他的弟弟苏辙也在同一时间内有诗给杜介，更直接地表达了类似的心情。"卜筑城中移傍就，休心便作广陵人。"

来徐州的前一天在宿县和苏轼兄弟相谈甚欢的刘泾教授寄来了诗，据说这刘泾教授"好为险怪之文"，大概就是多有故弄玄虚之语。我没有看到刘泾给苏轼寄来一首怎样的诗，但从苏轼的回诗中，可以看出苏轼对刘泾教授的来诗并不看好。他在诗的开头就说"吟诗莫作秋虫声，天公怪汝钩物情，使汝未老华发生"。因为是朋友，他说得很不客气，吟诗不要像秋天的小虫那般唧唧嘹嘹，要大气一些，不然老天都会怪你矫揉做作的样子，让你年纪不老就长一头白头发，看你还卖不卖味？

我极其喜欢"吟诗莫作秋虫声"这句，其实何止是吟诗，做人也要努力不做秋虫样。大气、阳光一直是苏公所求，也是他展示给后人的形象，这样的形象让人爱得愉悦。

有人看了我译白的苏轼诗文，说，您译得不对，中学语文教材上不是这样说的。我答，那是您以为的"不对"我看我的都是对的。人说，那是标准答案呀。我笑说，标准答案只在苏公处，不译才是标准，我译

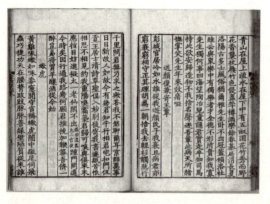

我便为标准。又问，何以你的为对？答，鲁迅评价《红楼梦》说"经学家看见《易》，道学家看见淫，才子看见缠绵，革命家看见排满，流言家看见宫闱秘事"……我是老土，我看到的是我懂的。再说，我便答"吟诗莫作秋虫声"，然后闭嘴。因为我以为，不作秋虫声和不听秋虫声一样是必须的。哈哈，是不是又伤人了？

苏轼是个比我会安慰人的人，他凌厉的语言不像我辈这么尖刻。诗的最后，他邀请刘泾到徐州一叙。说，老刘啊，抓紧弄个小船到徐州来玩吧，别弄太大的船，弄个像一片树叶那样轻盈的最好，这样会快一些。我睡觉中都期待着邮差来报告你的行程消息。我这里莼羹羊酪这些好吃的东西你就不用想了，管你一顿饱饭压住你的饥肠辘辘还是没有问题的，呵呵。

回了宿州刘泾教授的诗，传来梁交已从应天府返回的消息。趁着笔墨，又有诗成。"城西忽报故人来，急扫风轩炊饭麦。"朝云、朝云，赶紧把客厅打扫一下，速速安排厨下做一顿新麦仁糊涂粥，有客人来了——

四月九日：大麦小麦都是丰收的样子

现在我派专人去请画，你可不能关着门久久不给呀。不然的话，从今天开始我就到处乱画，画完就署上你的名字。还可以拿你曾写给我的绝句去告你，就说你要过我的二百五十四绢。呵呵。

【四月】

四月九日，苏轼手书了鲜于侁的《九诵》，并写下了读后感。

这鲜于侁字子骏，是苏轼很喜欢，也很喜欢苏轼的朋友。职务上此时为京东东路的转运使。

这是一个有个性的人。他是唐剑南节度使鲜于叔明的后代。性庄重，学习刻苦。他的诗看似平淡，实是深粹，对《楚辞》尤为擅长。苏轼读了他的《九诵》，认为近于屈原、宋玉水准，自己已不能企及。

他的为人和官声更是具有特色。王安石住在金陵，名声很大，有士大夫期望他任宰相。鲜于侁讨厌他以激烈的言辞取得君主的信任和重用，对人说："此人如果被重用，必定把天下搞坏搞乱。"

他曾向皇帝上书直说："值得忧患的事有一，值得叹息的事有二，其他悖逆治理国家大体而人民抱怨的，不能一一列举。"很明显是专指

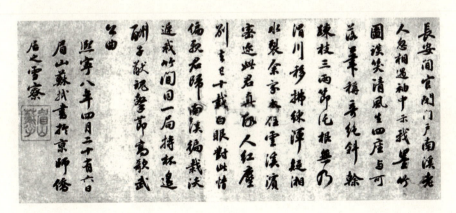

王安石。王安石大怒，便极力诋毁陷害他。

王安石强推青苗法的时候，鲜于侁所辖范围充分考虑百姓需求，坚决不做强制百姓借青苗钱的事。王安石派人督查，鲜于侁说："青苗法规定，愿意借的就借，百姓不愿借，怎能强迫？"弄得强势的王安石只能暗自骂娘。

黄河在澶渊决口，议论者找种种理由不想去堵塞，鲜于侁说："如果放纵大河水入，百姓就成为鱼了。"作《议河窬》呈上，神宗接受。后来两路合成一路，鲜于侁任转运使。

王安石、吕惠卿当政，正直务实求稳的人大多不被容纳。鲜于侁上奏："我有荐举的权力，但当朝者不是贤才，我感到羞耻。"所以凡是他所荐举的如刘挚、李常、苏轼、苏辙、刘攽、范祖禹等人，都是正直又不合时宜的人。

也就是在此后的下一个年头，苏轼从湖州入狱，亲戚朋友都和他断绝交往。路过扬州，鲜于侁前去见他，台吏不让他见。有人说："你和苏轼相知很久，那些往来的书信应该烧掉不要留下，否则将会获罪。"鲜于侁说："欺骗君主，辜负朋友，我不忍心这样做。如果因为忠义也要担罪，那是我所情愿的。"结果这话真的被人举报。他因此受到苏轼诗案的牵累，被调岗降职。

苏轼一生有不少这样不离不弃的朋友。这是人生的幸事。

当然，这时候苏轼还不可能知道他一年之后的那个诗案，也无法提前知道他这位朋友说的那一段感人的话。他现在正在细读鲜于侁的《新堂夜坐》，并和诗两首。

和诗第一首中的"繁华真一梦，寂寞两荣朽"和"应怜船上人，坐

稳不知漏"是我所留意的，先生莫非已对后事隐隐不安？

四月十六日，题跋于杨文公书后。

四月二十五日：
据说曹村决口得以堵塞

有一个不好的消息传来，曾经竭力推荐苏轼兄弟的66岁的曹县人李师中病逝。苏轼很是难过，甚至有"不复处世意"，痛哭不已，有挽词祭李师中。

表兄文同又有信和诗寄来，苏轼回信和诗，希望能得到表兄的画竹图。

文同，字与可，号笑笑居士。北宋时著名画家和诗人，以画竹闻名天下。和苏轼来往密切，而且说话非常亲昵。据说苏轼的这位表兄一开始连他自己都不知道他画的竹子已经在市面上很贵重了，求画的人脚连脚挤在他的门前，他很是感到厌烦，便把画竹的白绢扔到地上，说我就用它做袜子了！后来他写信给苏轼说，我已经告诉来求画的其他文士，我们画墨竹这一流派的技法已全部传到徐州太守苏东坡那里去了，你们找他去要吧。做

文同（1018—1079），字与可，号笑笑居士、笑笑先生，人称石室先生。北宋梓州梓潼郡永泰县（今属四川绵阳市盐亭县）人。著名画家、诗人。他与苏轼是表兄弟，以学名世，擅诗文书画，深为文彦博、司马光等人赞许，尤受其从表弟苏轼敬重。

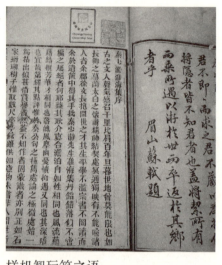

袜子的材料也都转移到你那里了。在这信的末尾，文同又说，我打算用一段鹅溪绢，画出寒竹万尺长。苏轼笑答，画万尺寒竹，用一段鹅溪绢怎么能够呢？那起码需要二百五十匹绢呀。你是不是懒得动笔，只想问我讨要白绢呀？文与可说，有二百五十匹绢我还画什么画，直接回家养老就算了。表兄弟俩的书信往来中，很多这样机智玩笑之语。

这次苏轼写给文同的信主题是向这位表兄讨画，但这口气可不像讨。他在信中说，我近来在相识的朋友那里看到你画给他们的墨竹，为何我只有一竿勾着色的偃竹？且不说我给你写《字说》的润笔，只看我到处给你的画作记作赞，在你手下充当你画画的小伙计的分儿上，你也剩几张给我吧？现在我派专人去请画，你可不要久久关着门不给呀。不然的话，我从今天开始就到处乱画，画完就署上你的名字。还可以拿你曾写给我的绝句去告你，就说你要过我的二百五十匹绢，呵呵。

向人讨画，这般讨法，想不给都难。尤其信末的"呵呵"两字真是有趣，苏轼当时的神态跃然纸上。有小朋友说，"呵呵"二字是这几年在网络聊天时才流行的。小

文同竹画

146

朋友，您太高看今天的网络了，差不多一千年前的北宋徐州太守苏轼先生早就这般用了，而且在和朋友的信中使用频繁。是不是很值得"呵呵"一下？

文同竹画题字

　　这个月，苏轼在徐州的另一阕著名的《浣溪沙》词问世。

　　惭愧今年二麦丰。千畦细浪舞晴空。化工馀力染天红。
　　归去山公应倒载，阑街拍手笑儿童。甚时名作锦熏笼。

　　整篇词还算好理解。

　　"惭愧"是"难得"的意思。冬春大旱之下，大麦小麦居然还得以丰收，的确可称得上难得。化工，理解为神功造化就行了。很难得今年大麦小麦丰收在望，千畦麦田在晴空下卷起细浪，犹似起舞蹁跹，万能的上苍啊，在造就这般奇妙的景致后，居然还有余力把这瑞香花染得如此妖艳鲜红。

　　后半阕用了一个晋代山简"日夕倒载归，酩酊无所知"而被儿童嘲笑的典故。我们且理解成高兴得喝多了，东倒西歪的回家路上被玩耍的孩子嬉笑就行了。末一句，又是问话，和前几天谢雨道上那句"问言豆叶几时黄"有异曲同工之妙。你这朵瑞锦花呀，啥时候又改名叫作"锦熏笼"啦？说的是花，想说的是问花时的心情。问的啥花？是瑞锦花改成了锦熏笼，还是锦熏笼改成了瑞锦花？这其实一点都不重要。我曾看有人想去替那花儿回答，去考证这花儿到底啥时候改了名，我提醒他说，您洗洗睡吧。

五月四日：秦观来了，苏小妹不在

这伙计可是苏轼朋友圈的活跃人物。他刚刚离开徐州不久。走到淮上的时候见到了秦观，交流之下他觉得姓秦的这小子是个人才，有必要让老苏认识一下。而准备赴京考试的秦观，正想路过徐州时拜见苏轼，听说李常和苏轼是老伙计，喜出望外，立求李常写了个条子，这便信心满满地来了。

【五月】

五月四日。

青年节，九百多年前的苏太守当然不知道有这个节日。但他在这一天的确有过节的心情。

这一天，朝廷下发文件，表彰苏轼去年修筑堤坝保卫徐州抗洪救灾的功劳。苏轼安排人将诏书刻在了石头上，专门写了一篇文字。随后苏轼给皇帝写了感谢信。政府也发了表彰通报，苏轼也写了文字表示感谢。

相关的内容我已在前文中一并说到，这里就不再赘述。

这是苏轼的仕途生涯中，接到的不多的来自官方的表彰通报之一。他最常见的还是降迁的通知。

这事当然可以证明，以苏轼的智慧做个干练的官员是没有什么问题的。只是他的文学之名太过耀眼罢了。

秦少游像

五月八日，苏轼的上级机关领导又发生

148

了变动。王克臣改知瀛州。贾昌衡接替了他的职务，为京东西路安抚使。贾昌衡刚刚上任就上奏皇帝，推荐苏轼到京城皇帝身边任职。

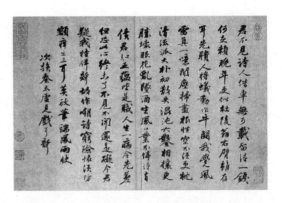

苏轼与秦观诗稿

京东西路提刑孙颀也调任湖北转运使。苏轼的弟弟苏辙有诗赠他。

或是五六月间，苏轼接待了在他一生的朋友中很著名也很重要的一位——秦观秦少游。

在徐州，说起这个人，稍识几个字的人会告诉你，他呀，不就是苏东坡的那个妹夫嘛。然后，他们如数家珍般向你讲述他怎么追求超级有才的苏小妹，如何在洞房之夜还接受苏小妹的诸多考试等等故事。当我告诉他们说，苏轼根本就没有一个叫作苏小妹的妹妹。更绝对些说，他根本就没有任何一个妹妹。倒是曾经有一个姐姐，但在他还没有出四川的时候就已经死了。讲故事的人听到我这个话，一般就会对我研究苏轼的能力表示强烈怀疑，他们一般用一个字来表达：扯！

好像的确有些扯。

显红岛上景色

我在一张清朝同治年间的徐州府衙图上就看到在府衙的西北角的确有一座"苏姑墓"明明白白地标在那里。若说没有这个苏小妹，那墓中是谁？

徐州古黄河里有一个小岛，叫作显红岛。就是说苏小妹当年帮助哥哥抗洪，见恶浪不退，毅然投身镇水，最后穿着红衣的遗体漂起来的地方。若说是没有这小妹，这显红岛又从何来？

还有关于苏轼是个大长脸的考证就来源于苏轼和他这位高额头的妹妹相互取笑的故事。妹妹笑哥哥的脸长，长到"去年一滴相思泪，今年才流到腮边"。哥哥说妹妹的额头凸出，凸出到"莲步未离香阁下，额头已到画堂前"。若无小妹，这个能和苏轼肆无忌惮开玩笑的女子又是何方神圣？

但若说是真有这个聪慧无比的苏小妹，若说是当年抗洪还有这样一个悲壮的故事，那么即便苏轼不说，当时的许多文人名士自然会有记载，但事实是没有丁点关于苏小妹的记载。

或许是喜欢苏轼的人们希望他在有了一个老成持重的弟弟之外再有个活泼调皮的妹妹，这样他的生活会更加有趣，便给他生造了一个小妹。或许。

但在没有更加坚实的证据之前，我信其无。

苏小妹不存在，那么秦观来徐州求亲之说当也可以归入一个"扯"字。

但秦观的确来了。向苏轼求学来了。这是真的。

那时的秦观一点名气都没有，而那时的苏轼正如日中天。苏轼，也不是想见就能见。

但秦观顺利地见到了苏轼，而且受到了热情的接待。这都是因为他的兜里揣着一个人的推荐信，这个人叫李常李公择。这伙计可是苏轼朋友圈的活跃人物，他刚刚离开徐州不久。走到淮上的时候见到了秦观，交流之下他觉得姓秦的这小子是个人才，有必要让老苏认识一下。而准备赴京考试的秦观，正想在路过徐州时拜见苏轼，正苦于无人引荐，听说李常和苏轼是老伙计，喜出望外，立求李常写了个条子，这便信心满满地来了。

作为"苏门四学士"的重要人物，秦观和苏轼的首次相见，史书上还有另外一个版本。熙宁七年，也就是在此前三年，苏轼将要经过淮扬。听到消息的秦观便在一座亭子的墙壁上仿照苏轼的写作风格写了一首诗。苏轼果然看到了，觉得很奇怪。后来到了他的老朋友孙莘老家里，孙莘老拿出了几首秦少游的诗词推荐给苏轼看。苏轼一眼就看出这是亭子里写诗的那小子的文笔，很是高兴，便开始了交往。这个版本很有戏剧性，但许多更有权威的文献证明，他们的第一次相见就是在徐州的逍遥堂。

一见之下，苏轼就对这个风姿绰约、执礼甚恭的高邮帅小伙甚是喜爱。再读秦观奉上的几首诗，禁不住连声叫好。相处数日，更是对秦观之学识人品高度评价，称之为"杰士"。可惜秦观急着赴京赶考，进京之前还要到南都拜见苏辙。苏轼和秦观依依相别。他们二十二年不离不弃的交情自此开始。

秦观去考试，苏轼写了一首诗送他。诗中说推荐秦观的李常和孙莘老都是慧眼识英雄，秦观必定会一鸣惊人的。

秦观就在这时写下了那首著名的《别子瞻》，请理解我，我要在这里把原文一字不漏地抄下来：

> 人生异趣各有求，系风捕影只怀忧。
>
> 我独不愿万户侯，唯愿一识苏徐州。
>
> 徐州英伟非人力，世有高名擅区域。
>
> 珠树三株讵可攀，玉海千寻真莫测。
>
> 一昨秋风动远情，便忆鲈鱼访洞庭。
>
> 芝兰不独庭中秀，松柏仍当雪后青。
>
> 故人持节过乡县，教以东来偿所愿。
>
> 天上麒麟昔漫闻，河东鸳鸯今才见。
>
> 不将俗物碍天真，北斗已南能几人。
>
> 八砖学士风标远，五马使君恩意新。
>
> 黄尘冥冥日月换，中有盈虚亦何算。
>
> 据龟食蛤暂相从，请结后期游汗漫。

徐州顺红岛
"水月摇红榭"

"我独不愿万户侯，唯愿一识苏徐州"是这首诗最亮眼的句子。我喜欢在引用这句话时，把"我"字改为"生"字，因为这似乎不是秦观秦少游一个人的想法，我也有。只不过我似乎不曾遇到这样的选择机会。

秦观的情感是真实的。这个高傲的帅小伙，真心地折服于苏徐州的文采和人品。

他认为苏轼的伟岸已超过了人力所能达到的极限。他是那神话中结满珍珠的大树只能令人仰望，他是一片深不可测的大海只能令人叹服。他以芝兰的高贵独秀庭中，也以松柏的顽强傲立雪后。天上的麒麟只是听人说过，人间的凤凰我可是今天亲眼见到。绝不让一切俗物妨碍自己的天真，在北斗之南的满天星辰里，这样的人物又有几人？不问万般艰难，我愿意追随先生直到天涯海角。

秦观的诗也是多用典故，几乎达到了一句一典的地步。比如"八砖学士""五马使君""据龟食蛤"等等，后面都跟着"在那很久很久之

前……"的许多故事。我们要知道的是，秦观把能想到的最具高度的词语都献给了苏轼，珠树、大海、芝兰、松柏、北斗、麒麟、凤凰——这的确都不是人间的物件了！由此可见，秦观对苏轼的敬仰之情已如那江水滔滔不绝呀！我读这首诗，能想见到秦观当时的心情。那是一个无名小卒面对文坛泰山北斗时自然的反应。我在写这一节时也是难掩激动，找一张纸来，把秦太虚的这首《别子瞻》抄了两遍才得以继续下面的文字。

秦观在这首诗里说明了他是拿着苏轼朋友的介绍信来的，见到苏轼也了了他的夙愿。这也说明这是他们的第一次相见。若是老相识，自然就不用别人再来引荐了。

了解后来历史的人再来读这首诗，发现这秦观真的把今后的一切看得清清楚楚。红尘冥冥之中的盈虚怎么算都行，可你怎么只想到"食蛤"之苦、"汗漫"之远呢？苏轼后来之颠沛流离，秦观莫非已朦胧中看到几分？抑或是冥冥之中早就注定。

在之后的二十二年岁月里，秦观因苏轼兄弟的推荐而有过短暂的辉煌日子，但更多的时候是因苏轼的牵累和他对苏轼的不离不弃而郁郁不得志。他是苏轼四大弟子中做官最小的，但却是在修理苏轼的历次运动中受处罚最重的。他离苏轼这颗北斗越近，他就更深切地体会高处不胜寒的况味。苏轼被贬雷州的时候，他也被贬到距雷州不远的地方。他跑去偷偷地见苏轼，两个人真的体会了一把吃蛤蜊充饥的艰难。苏轼说，你赶紧走吧，要是让那些人知道你来看我，一定不会轻饶于你。秦观凄然一笑说，老师放心，我已将生死置之度外，我把自己的挽词都写好了。苏轼的老泪当时就下来了，说，小秦呀，我原来以为你年轻，还不会去琢磨生死的道理。你怎么这也学我呀，我也是给自己写了好几次的墓志铭呢。真的天涯海角，真的据龟食蛤，这师徒俩似在演绎在徐州初次相见就定下的剧本。

"据龟食蛤暂相从，请结后期游汗漫。"下一次抄来给某人表忠心的时候，务必改一下词。比如"吃香喝辣都相从，风景又好又不远"

153

就没有太大问题了。而且，要注意了，言语的力量真的是不得了。多说好话吧，多做好梦吧，要是真的应验了呢？

秦观真诚的感情也得到了苏轼真诚的响应。在苏门弟子中，秦观是他最喜欢的一个。他甚至放下老脸，向他的政敌王安石郑重推荐秦观。秦观早逝时，他两三天粒米未进，痛苦难当。——这是后话了，我们姑且打住。

六月五日：打不倒的王元之

那王汾也不含糊，看苏轼这么看重他的先人，当即安排人把这些文字刻在了墓碑的背面。这一下，老爷子的墓地立马就成了旅游胜地。

【六月】

六月五日。

苏轼撰写王元之画像赞，寄给在兖州做官的王元之的曾孙王汾。王汾把这些文字刻在他曾祖父的墓碑背面。

王元之，名禹偁，出生在离徐州很近的山东菏泽，是北宋早期的散文家和诗人。做过不小的官，因为耿直敢说敢讲而三次被打倒。但他依然遵循心里的真理行事，自己专门写了《三黜赋》记录自己被罢官的事，不是检讨认错，而是郑重申明"屈于身兮不屈其道，任百谪而何亏；吾当守正直兮佩仁义，期终身以行之"。你可以把老子的身体打倒，但你打不倒老子追求的真理，就是你再贬我一百次官，对我而言也没有什么损失。我当坚守我的正直，弘扬我的仁义，你要是一定要问个时间，我告诉你：到死为止。

这是一个文章尤其是散文深情有趣，而做人棱角分明不好通融的人物。这样的人物，自然是老苏喜欢的。他称赞这倔老头说，"以雄文直道独立当世"，"耿然如秋霜夏日，不可狎玩"，都绝对不是过誉之词。尤其是这后面一句，说这老头凛凛然就像秋天的冰霜、夏天的

王禹偁（954—1001），字元之，济州巨野（今山东菏泽市巨野县）人。北宋白体诗人、散文家、史学家。

155

日头，不是你可以任意在手里把玩的。这句话，立即令一些人产生了联想：你不是说当今朝廷是不容秋天的夏日吧？你不是说俺李定、舒亶之类是把玩秋霜不知好歹的东西吧？还有，你说那时候"方是时，朝廷清明，无大奸慝"，这意思是不是说现在朝廷不清明，有大奸臣？谁是狐狸豺狼？谁是"斗筲穿窬之流"？谁是"众邪"？谁是"鄙夫"？你个苏子瞻，给人写个墓碑你也不忘讥讽人，你不骂人能死啊？好好好，等到时候一到，我叫你就享受一下你的"一时之屈，万世之伸"吧！

苏轼没想那么多，也不管那么多。当王汾把他老爷爷的碑文给他看过之后，他想到曾经在苏州虎丘寺看到过王元之的画像，触动了他心里的某根神经，他很快就写了这篇赞。那王汾也不含糊，看苏轼这么看重他的先人，当即安排人把这些文字刻在了墓碑的背面。这一下，老爷子的墓地立马就成了旅游胜地。

或许有人提醒苏轼，但苏轼一笑置之。他说，不那样写，还是苏轼吗？

在这个六月里，苏轼还是对可能再至的大水有着不少的担心。他本来希望能在水没来的时候修个石头大堤，但没有获得批准。后来又退了一大步，说实在不行您给点钱，我用木桩加固一下也行，可是直到上个月拨的钱粮才到位，还有一个不小的缺口不说，关键是这工期也很紧张了。若是再来一场去年一样的洪水，可能就没有那样幸运了。失望之下，他想到干脆调走算了，离开徐州这个是非之地为好。当听说浙江某地有个空缺之后，他写信请他的表兄文与可帮助活动一下，看能不能调过去，哪怕这市级干部不要，弄个县处级也比在这提心吊胆的好。当然还有另一个想法，就是尽可能地远离京城，远离那些是非人物。后来发生的事证明，他的担心不无道理。

七月二十三日：范仲淹的儿子小范修了衙门

这样的诗纵是在对文化人相对开明的大宋，被追究的指数仍属较高。你一个堂堂太守，居然说现在有模有样的台上人物都是那些狗尾巴花，这是有些犯众怒自寻死的节奏。

【七月】

七月十五日。

苏轼应他的老乡请求，为家乡眉州的远景楼作记。

苏轼写这篇文字时，他家乡眉州的远景楼刚刚开始建设。当时眉州太守黎希声是苏轼父亲苏洵的老朋友，也是一位官声不错的官员。苏轼在这篇以"远景楼"为题目的文章里，并没有多少文字来说这个远景楼。他重点说了当地的民风习俗和对黎太守政绩的赞美，又一次表达回归故里的渴望。

范纯粹（1046—1117），字德孺，北宋官员。范仲淹第四子，出生于邓州（今河南省邓州市）。以荫入仕，性沉毅，有干略。

或有人说，他没见过这个远景楼，怎么可能把远景楼写得很详细呢？这您就是不了解那些文学大家了。他们只要想写，纵是远隔万里，一样写得如在眼前。《岳阳楼记》读过吧？"衔远山，吞长江，浩浩汤汤，横无际涯"，每登岳阳楼，都为这文字叫绝，觉得这简直就是为岳阳楼定制的。可您知道吗，作者范仲淹根本就没去过这个岳阳楼。苏轼当然也有这样的能力，他在任何时候不论是怎样的缘由，他都只说他想说的话。于他而言，所谓文章的做法之类都可以忽略，他只听从于自己内心的召唤。

157

七月二十二日。

苏轼为滕县县令范纯粹作《滕县公堂记》。

前文说到范纯粹是《岳阳楼记》的作者范仲淹的儿子，在此之前他也做到府一级的官员，被称为赞善大夫。后来因故被贬为滕县县令，成了苏轼的部下。

在徐期间，他和苏轼多有交往。上次请苏轼为他父亲的文集写序，苏轼欣然命笔，这次他把几十年没有整修的公堂修葺一新，希望苏轼能写些文字。

按照常理，修一个办公场所，犯不着如此大张旗鼓。按现在的观点，官员在任期间修建办公场所是一件在官民方面都不被看好的事。因为修好了也不是自己的，却落一个奢侈浪费、追求享受的恶名，所以中国古代就有"官不修衙"的说法。稳重的范纯粹当然深知这些道理，但他还是把一个岌岌可危摇摇欲坠的官衙修整得高大明亮，而且似乎并不怕别人说三道四，修好后还请他的上级题字作文。这不是官二代的任性，他这样做，其实自有他的道理。

苏轼肯定了他的修衙之举。

他在这篇文章里的几个观点很有意思。首先，他认为君子是以自己的才干出来为天下做事，天下

范纯粹书法

158

给其适当供养也是应该的。他说，如果一个人做官时吃的饮食比自己家里的差，住的官屋赶不上家里的老房，役使的人不如家里的僮仆听话，如果他自己感到安慰也就罢了，不然他何必要抛家舍业出来做官？难道真有人厌恶安逸和追求劳苦？第二，他说这官衙是从上一任那里接过来的，也是要传给下一任的，并不是为自己谋私利。第三，他算了经济账。他说小的毛病本来花费很少的钱就可以修好，硬撑着不修，直到快要倒了再修，这时就可能要花上比原来多得多的钱。

那么眼前这种即使马上就要腐朽了倒塌了也不敢动一根椽子的局面是怎么形成的呢？就是那些不顾实际的所谓"务为俭陋"闹的。大家都不敢去做一下哪怕是很必需的土木之功。该做的也不做，以此来博取自己清正廉洁的名声就好。

接着他表扬了范纯粹县长，说你以为范县长修官衙是为自己吗？错，他要担一个奢侈浪费的恶名，但却一点没有为自己的意思。首先这县衙的确不修不行了。五十二年的老房子了，再不修就塌了。他为政府的工作人员修了一百一十六间高大明亮的宿舍，但自己的寝室却一间都没有修建。也就是说，完全是一个敢担当、无私利的典型。

对于世人可能的评论，苏轼想到了。他用三国时徐邈的一个故事来说明大可不必想这么多。他说，那时候毛孝先、崔季珪管事，喜欢那些清素之士，很多人就把自己的奥迪改成了奥拓，可徐邈依然坐他的桑塔纳，这时就有很多人批评徐邈太奢侈，写匿名信说老徐肯定是个贪官；等到后来奢靡风起，人家将奥拓都换成了宝马，可徐邈还是坐他的桑塔纳，这时又有人骂他太吝啬装穷，冷嘲热讽说他沽名钓誉。徐邈本来没有任何变化，变化的只是社会评价他的标准。苏轼最后得出一个结论：一个君子，他心里的标准只有一个，而所谓社会的标准是两个以上的。怎么办？答案便是自然的。实事求是，听从自己内心道德的指引。

把奥迪锁入仓库，再用公款买奥拓，虽说又多花了一份奥拓的钱，可名声有了，合算。若是把奥迪减价卖给自己的小舅子，那是既买了名声又赚了钱。你若是认为这辆奥迪虽是旧了些，卖也卖不到一辆奥拓的钱，再加上上牌保险七七八八的，就是算经济账也是浪费的，干脆自己凑合用吧。这样你就想想徐邈吧，上令不行，你到底想弄啥子来？

哈哈，读历史真的很有趣。难怪那谁老是让他的亲密战友读《郭嘉传》和《范晔传》。"世间的道理与事情，都在古人的书中说尽。"编了《四库全书》的纪晓岚说的这句话，真是太有道理了。

公务员考试加一门史学考试，是不是要比考那些到底有几个圆圈几个三角形有用？我想答案是肯定的。

听苏公的话，我对滕县县长高调修官衙已经没有多少意见了。但此事若放现在，我倒是要说，咱现在的衙门五十年内的确没有多少再修的必要。

官不修衙的古话自有它的道理。苏轼完成这篇文字的时候，范县长已接到调走的命令，但他还是交代他的继任者要把这篇文章刻在石头上立起来。

看官，您要注意了。您能猜到这新任滕县县令的来历吗？他就是大名鼎鼎的王安石的同母弟弟王安上。这个人在一年之后的"乌台诗案"中以一个我颇感惊讶的形象出现。

黄庭坚书法

吕梁仲屯田写来了一首诗，苏轼次韵和之。诗中有两句关于暑去秋来的情景描述让人喜欢。"清风卷地收残暑，素月流天扫积阴"，文法大气自然，对仗工整流

160

畅，极尽当时天气之态，尤其一卷、一收、一扫，妙极！

这几天，苏轼给黄庭坚回了一封信，盛赞黄庭坚的诗，称其"超轶绝尘独立万物之表"，并寄去了次韵黄庭坚《古韵》二首。

这两首诗里的第一首首句"嘉谷卧风雨，稂莠登我场"，被后来的"乌台诗案"专案组作为罪证呈上，认为他这是明显地讽刺当今朝廷小人当道而君子饱受委屈。好的庄稼卧倒在风雨中无人问津，

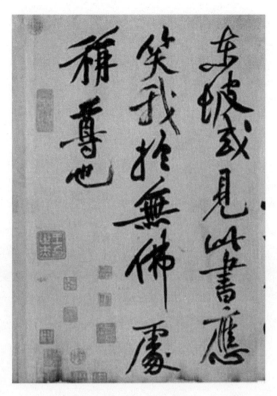

《寒食帖》黄庭坚题字

那些混在庄稼里的稗草却粉墨登场。最后一句"纷纷不足愠，悄悄徒自伤"更是借《诗经》中"忧心悄悄，愠于群小"的典故，讥讽当时进用之人都是小人。

当然，这首诗的主题是赞美黄庭坚的诗文。他说黄庭坚就是那大器晚成的鲜果蟠桃，虽是一千年开花一千年结果，但终究有个美好的期待。与此相对，他认为自己就是一个苦涩的李子，全因一无所用而得以苟且活命。这也是针对黄庭坚来诗中所说纵然有一天以桃李的形象被放在盘子里，可终究不是初时的滋味，免不了会因不可口被弃于道旁，虽对自己的才能充满信心，但仍然担心自己不被大用的忐忑心情而说。

这样的诗纵是在对文化相对开明的大宋，被追究的指数仍属较高。你一个堂堂市级干部，居然说现在有模有样的台上人物都是那些狗尾巴

徐州黄楼铜牛

花，这是有些犯众怒自寻死的节奏。

梁交改任莫州知州，苏轼赋诗词送行。欧育接任了他的职务。和梁交是好朋友了，他除了依例要赞美这位将官的威武远超古人之外，在诗的最后语调忽然调皮起来。他说我这个彭城老太守看着你远离心里戚戚然不好受，因为我不太容易能听到你家雪儿唱歌啦！雪儿，是唐朝李密的歌姬，才情过人，来家里的客人当时只要能拿出华丽的文章，交到她手中，她就能立即演唱出来。苏轼在梁交家里宴乐之时，也见到不少聪慧美丽的女子，所以才有这般说法。——老梁呀，我不是想你呀，是怕见不着你家的小美女呀！

胡允文去世，苏轼写祭文悼念。胡的儿子胡公达回家守丧，苏轼写诗送他。

赵屼（音物）经过南都（商丘）赴永嘉任通判。在南都的苏辙有诗相送，苏轼次韵。这首诗几乎达到了句句用典的地步。纪昀曾经评价说：句句深到这个样子，已经不是学习追慕古人了，他分明就是一个古人啦！——不知道这是表扬还是批评呢？

在洛阳帮助司马光编撰《资治通鉴》的范祖禹写来一首诗，苏轼回诗答之。

范祖禹是苏轼的老乡，一个很有口才的人，被苏轼称为"讲官第一人"。因为范祖禹在司马光那里工作，他想，自己写的诗或许司马光也能看到，所以这首诗里的牢骚也是显而易见。

　　大约是范祖禹的来诗中把苏轼与两位曾经在徐州做官、声名不错的唐朝时的张建封和李光弼相比，苏轼回曰：我州下面的一个县里出过汉高祖刘邦，在这里谁还记得名气小得多的张和李呢？项羽的遗迹都已经成了尘埃，只有一座黄楼面临泗水。现在徐州的太守啊又老又寒酸，游侠之气没有去掉又多了腐儒的酸气。但我还是比那个白门楼殒命穷途末路的吕布要强许多，因为我没有像他那样没有气节地去投降曹阿瞒。

　　这首诗后来也被列入"诗案"重要罪证，定性为以张李自比，讥讽朝廷大臣。苏轼自以为很是高明，他里面用了三国吕布在下邳白门楼被曹操破城，欲投降曹操但被曹操所杀的典故，隐讽当朝重要人物吕惠卿、曾布追随王安石，终究干不成大事。在徐州写诗，用徐州这地方的人物典故自然而然，而且吕布的故事尽人皆知，似乎没有问题。但实话实说，我倒以为这次说老苏骂人真是没有冤枉他，他知道他的老朋友司马光会读到这首诗，他想别人不懂，这司马光会懂的。吕布者，吕惠卿、曾布也。一取姓一取名，合起来就是那个三姓家奴，真是妙极！这等于是点名道姓地骂呀，吕、曾之流怎会善罢甘休。幸亏当时王安石已罢相去了南京，否则，纵是他真的"宰相肚里能撑船"，你把他比成奸相曹操，他也不会一笑了之。

　　苏轼答范祖禹诗的时间，按《苏轼年谱》里的排列似在元丰元年七月间，我在读这首诗的时候，一度想把它调整到八月十二日之后。理由是诗中说到了黄楼以及项羽的遗迹也化为尘埃的事。黄楼是八月十二日才正式建成。这个时候说"唯有黄楼临泗水"是不是早了一些？但后来想想，建黄楼不是一夜之功，七月份的时候，黄楼应是已初见规模，其时，项羽的霸王楼可能早就扒掉了。这时候说"黄楼临泗水"之类，也不能说没有可能，最后还是尊重孔凡礼先生的排序，把这首诗的写作时间放在了七月。

八月九日：老王家的柔奴我也喜欢

王巩笑笑，请出了柔奴歌舞一曲，说这就是灵丹了。苏轼很是感动，问柔奴："岭南应该不怎么样吧？"柔奴答："此心安处，便是吾乡。"

【八月】

八月九日，苏轼把次韵黄庭坚《古风》的诗抄写了一遍，寄给王巩。

在这里，我要用一些笔墨说一下这个王巩王定国。

王巩，字定国，自号清虚先生，山东莘县人，真宗宰相王旦之孙，仁宗工部尚书王素之子，神宗参知政事张安道之女婿。很标准的官宦子弟。但文采风流却不是浪得虚名。他是《甲申杂记》《闻见近录》的作者，差不多比苏轼小十岁。王安石变法时，曾经上书表达自己的不同看法，所以虽有冯京等人竭力推荐，但终不为王安石所用。

他自幼聪慧，饱读诗书，工诗属文，善画擅书。生性耿直，视富贵荣华如粪土，无意仕途，行走奢华，只喜广交文朋诗友。

苏轼在徐州期间，这个王定国多次来到徐州，

王巩像

164

徐州云龙山西坡"东坡石床"旁醉石亭

两人谈诗论画，饮酒宴游。这位前丞相的孙子出手奢华，虽是来寻苏轼这个地方大官游玩，但他却自己带来整船的美酒加美女，啥时候把酒喝完啥时候再回去。他和苏轼之间感情亲密，说话诗文都没有忌讳。当十个月后的"乌台诗案"事发，王巩是苏轼的朋友里受连累最重的。罪名是和苏轼交往甚密，诗文往来中有不少涉及政治问题，而且当苏轼已经被投入狱中，这家伙仍然拒不交出他手里的苏轼的诗文，差点导致杀身之祸。后来被贬至宾州，也就是今天的广西宾阳，去做个收酒税的小吏。弄得苏轼后来很是内疚，觉得自己连累王巩太多，都不好意思再和王巩联系。

王巩是个很有意思的人。他并没有因为苏轼在诗案中交代了太多和他的交往使他身受连累而怪罪苏轼。相反，在苏轼忐忑不安地向他表达歉疚之意时，他反过来安慰苏轼。作为知根知底的朋友，他理解苏轼，哪怕苏轼已经伤害到了自己。记得看到一句类似心灵鸡汤之类的话，说啥是朋友，就是你明明看到他向你开枪，你依然相信他只是枪走火的人。王巩可称为苏轼这样的朋友。当然，苏轼本无意向王巩和朋友们开枪的，那时他的手被别人拿着。王巩说，老苏，我没事。我现在正研究如何炼制长生之丹呢。一句话说得流放黄州的老苏眼泪汪汪，他激动的是王定国还是那个王定国，老伙计还是那个老伙计。他在信中说，老弟，宾州的金沙如果不是太贵，你能不能送我十两？历经风雨，还是那个老味。

有意思的人总是有有意思的人相伴。王巩身边就有这样一个人，她是一位叫作柔奴的歌女。柔奴，是不是一个特有琼瑶味的名字？的确，这是一位蕙质兰心、重情重义的好女子。她在王巩因受苏轼案牵连流放岭南宾州，无一人愿意追随而去的时候，主动要求陪王巩去宾州。在宾州差不多五年的时间里，她悉心照料王巩的生活。每当王巩心情不悦之时，她便为王巩唱歌分忧。后来苏轼见到从宾州回来的王巩全无居于蛮荒之地的憔悴，看上去反而是红光满面，更加精壮，特向王巩请教保养之法。王巩笑笑，请出了柔奴歌舞一曲，说这就是我的灵丹了。苏轼很是感动，问柔奴："岭南风土应是不怎么样吧？"柔奴笑答："此心安处，便是吾乡。"

定风波·赞柔奴

　　王定国歌儿曰柔奴，姓宇文氏，眉目娟丽，善应对，家世住京师。定国南迁归，余问柔：广南风土应是不好？柔对曰：此心安处，便是吾乡。因为缀词云。

　　常羡人间琢玉郎，天应乞与点酥娘。自作清歌传皓齿，风起，雪飞炎海变清凉。

　　万里归来年愈少，微笑，笑时犹带岭梅香。试问岭南应不好？却道：此心安处是吾乡。

"此心安处，便是吾乡。"苏轼听了这话想是也已泪水盈眶，不然不会有那阕著名的《定风波》。我现在写到这里，也是万千感慨齐集心头。聚光灯下，辉煌之中，不乏百千追随者。终场锣后，暗影台下，免不了形单影只。亲友都已散去，何况一己红颜？安居时，有红袖添香，是一种福。流浪时，有知己伴唱，是一种命，不是每个人都有的好命。柔奴的心在她的爱人身上，爱人就是她的故乡。王巩的故乡就是柔奴，爱人在，故乡

苏轼雕像

166

就在。有柔奴这样的爱人相伴，世间随处都是故乡。

苏轼想得更多，或许这一刻想到从杭州一见即一生追随的王朝云，或许他只是在想，柔奴一女子，尚知心安之妙，我这般终日蝇营狗苟，又有什么意义？一语点醒梦中人，人自当随遇而安。"此心安处，便是吾乡"，信乎哉！这无关爱情。

这一节说的是苏轼后话，现在的事是苏轼写了一首诗给他的朋友王定国。他们在之后的日子里，在徐州这个地儿还有许多他们交往的有趣的故事，那时我们再叙。

当然，柔奴会和他同来。

八月十二日：霸王项羽家的老楼被强拆

苏轼笑说，你们尽管去拆，霸王的工作我已做通。热爱家乡的项羽，为家乡人民贡献些力量一定是他自己乐意见到的。说不定他会在你们每人门前拴一匹乌骓马谢你们呢。众人都笑说，那敢情好，反正是你苏太守让拆的，霸王要找也去找你吧。

八月十二日，对于苏轼来讲是个很令他高兴的日子。

这一天，黄楼落成。他的第一个孙子苏箪在徐州出生。

黄楼是一座怎样的楼？

我已经记不清几次在黄楼下流连。只在楼下流连，一是因为我印象中的黄楼一直被两把大锁锁着，二是我自己知道自己的斤两，凭我是没有资格登上黄楼的，强登，便是僭越。我在不同的季节里，从不同的角度眺望黄楼，只是想努力地去还原当时那个激动人心的胜景，可是真的拿起笔来，我依然不知从何说起。

现在，我必须放下手中的笔，再去看一眼黄楼。

徐州黄楼远望

古黄河边。也是那时黄楼初成的季节。秋阳之下的黄楼在城内许多高楼的映衬下已经显不出它曾经的巍峨。三五成群的老人在楼前的空地上晨练，有形似的太极，更多的是不知名的比画。自身带的播音器挂在铁牛角上，各自嗷嗷嚎嚎地释放着声嘶力竭的音乐。走近些，可以看出他们对我这个脖子上挂着相机的半大老头很不理解的目光。这里有啥可拍的？"湖山共唱黄楼赋，天地

徐州黄楼前的镇河铜牛和老人

同怀苏子功""治水安民佳话永彰贤太守，吟诗作赋文光长耀古彭城"的楹联分挂在依然紧闭的大门两旁。再走近一些，去仰望这座楼，我的心绪忽然低落下来。想起了苏轼那句词"异时对，黄楼夜景，为余浩叹"。九百多年之后，真的有人在此感叹，却不知道这叹落何处。楼的北侧就着黄河，这里尚保留着黄楼应有的开阔。我从庆云桥上转到河的对岸，再向南张望这座名楼，张望这座名楼所昭示的意义，张望我差不多十年里对它所标识的一切不停地抚摸。我想，我还是不应该过早地走出九百多年前的那个大宋徐州，我在堆满古籍的案头一次又一次地翻检。

去年那场大水退后，苏轼心里的石头并没有落地。他约了一场确定无关风花雪月无关诗词歌赋的宴会。他请的主角是那些在抗洪救城的战斗中为他提出重要建议的彭城父老，他要感谢他们的提醒。家有老人是一宝，城有父老是一幸。父老们说着赞颂这位有勇有谋的苏太守的话。一个说，徐州城多灾多难，在这之前哪一次洪水都是穿城而过，只有这一次是个例外。又一个说，太守灵慧塔祈祷有功，十日之约，六日水退，这是佛祖佑我徐州佑我太守，佛法无边呀！苏轼说，谢父老助我，谢佛祖保佑。我想再请教父老的是若保徐州长治久安，可再有妙计相告？父老七嘴八舌，有一句话苏轼听了进去，五行之中，能克水者，土也。土为黄色，若筑一座黄楼在城外河边，当可永防水患。

黄楼一角

筑黄楼以防水患，现在的人们不要因为苏太守的迷信而窃笑。且不说世间的许多玄妙我们已知的少而又少，知道而又的确如此的更是屈指可数。迷信和完全的不信其实是一样的浅薄，我们笑的时候或许正被历史和后人所笑。不说这些了，我们就从历史来看历史。在宋朝，大旱祈雨、大雨祈止都是地方官员职务范围内的事，朝廷甚至专门下发了一套规范的祈祷程序。当然，这不止于宋。在有些全国性的灾害和特别奇异的天象面前，有时皇家还要正儿八经地下发"罪己诏"，向老天检讨自己的过失，祈求上天放过黎民苍生。在古人的心里，天地人神都是息息相通的。他们相信，土能克水。他们希望，永绝水患。于是他们有了修一座黄楼以镇水的念头。这真的很正常。

苏轼第二天就安排了专业人员讨论这个事情，比如方位、比如结构，等等，最后决定在城墙的东北邻近东门的位置建造黄楼。主要的原因是这里"当水之冲，府库在焉"，也就说是正迎着水头的地方，它的背后不远就是一州之象征的府衙所在地。在这里建楼，象征意义很是明显。还有一个原因，苏轼也考虑到了，这里地形狭长，以后也不太适宜再建造瓮城之类，所以并不影响整个城市的功能提升。地址选定了，图纸通过了，但建筑材料哪里来？向皇帝打报告要钱？难。向老百姓募集？苏轼不愿。逍遥堂上转圈犯难的苏太守，一抬头看见了府衙里的霸王楼，心里有了主意，重瞳霸王，俺老苏要得罪了！

霸王楼是霸王项羽西楚故宫的正殿，当时的项羽以风卷残云之势剿灭六国后，携天下财富定都徐州。就在现在的彭城1号大兴土木，造了一大批富丽堂皇的宫殿。楚汉相争，项羽兵败垓下，改朝换代，西楚宫殿也是几易其主。这里成了历代府衙的所在地。但奇怪的是，府衙里其他房屋可以随便使用，唯有这正殿霸王楼一直铁锁把门。因为据说曾有一名胆大的地方官员搬到这里办公生活，可在夜半时分，忽有一大汉披甲持戟怒目而视。官员惊问："你是何人？"那人怒曰："俺乃西楚霸王项羽。我的楼你也敢住?!"官员壮着胆子，细看了一下，此人果然眼睛里有两个瞳仁，应是项羽无疑。这时那项羽哇呀呀大叫起来，把那官员吓得从梦中惊醒，一身冷汗，越想越怕。赶紧爬起来，呼唤家人仆役，快快快，赶紧搬家，这霸王项羽咱们如何惹得？自此，徐州历代官员都不会冒着与霸王结下梁子的危险去用霸王楼了。这样霸王楼就一直空着。

项羽（前232—前202），项氏，芈姓，名籍，字羽，楚国下相（今江苏宿迁）人，楚国名将项燕之孙。他是中国军事思想"兵形势"代表人物（兵家四势：兵形势、兵权谋、兵阴阳、兵技巧）的军事家，也是以个人武力出众而闻名的武将。后有"羽之神勇，千古无二"的评价。

无人居住的房屋毁损更快，既无人整修也无人使用，这楼就一直在那里百无一用地放着。苏轼来到徐州的时候，所住的逍遥堂就在霸王楼的西南面，房屋要低矮得多。但或是苏轼也听到了霸王深夜索楼的故事，或是那时的霸王楼根本就不具备居住条件，反正那楼一直这样放着。这次修黄楼正缺材料，拆了这霸王楼，正可解黄楼待建之急。

　　苏轼很是有些激动，但在付诸实施的时候还是遭到了些小小的非议。有人说，这霸王的房子住都不让住，若是去拆楼，无异于虎口拔牙呀。若是这力拔山兮气盖世的西楚霸王夜里再来讨个说法，那该如何是好？苏轼笑说，你们尽管去拆，霸王的工作我已做通。热爱家乡的项羽，为家乡人民贡献些力量一定是他自己乐意见到的。说不定他会在你们每人门前拴一匹乌骓马谢你们呢！众人都笑说，那敢情好，反正是你苏太守让拆的，霸王要找也去找你吧。不知是苏轼真的道出了多情霸王热爱家乡的心思，还是苏轼这颗文曲星的强势令霸王也不敢轻举妄动，反正并没有看到项羽因拆迁上访的记录。

其实这里面可能还有个因素，就是在宋时文职官员的地位要远远高于武官，以至于好多武官都要偷偷自学写诗词歌赋的本事，再大的武官见到文官都会礼让三分。在这样的大背景下，打打杀杀的霸王在苏轼眼里远没有那么可怕。

您说苏轼迷信鬼神吗？拆霸王楼这事完全是个大大咧咧的无神论者所为。

就这样，黄楼在苏轼的一力主持下终于在今天建成。

今儿个太守高兴。

他高兴地给长孙取名苏箪。苏箪是苏轼六个孙子中的第一个。苏轼兄弟名都有一个"车"字旁。苏轼的子辈名都有一个"辶"旁。他的孙子辈名都有一个"竹"字头。箪、符、箕、篱、筌、筹等。这第一个孙子又名"楚老"。楚字倒可理解为楚地出生，这"老"字便不知是何意了。正如后来王朝云在黄州给苏轼生的一个儿子苏遁，又名"干儿"一样不好理解。他在给朋友的信中说起得了个孙子的事，很是高兴。和朋友说小家伙生下来很是硕重，看样子将来是个扶犁把锄的料。这个陪伴了苏轼十五年的孙子，学习上很是用功，并没有如他爷爷说的那般成为一个耕田的农夫。他成人后出任过驻金的大使，后官至礼部尚书，特赠左中奉大夫，累封眉山开国伯。他倒是实现了他祖父荣归故里的愿望。他一生相当长的一段时光都是在老家四川工作生活。

这一天，苏轼还高兴地给自己的学生秦观以及弟弟苏辙和表兄文同等人写信，告知黄楼已经建成的消息，并约请他们写赋作画。他想在九月初九重阳日搞一个像模像样的落成典礼。他在给表兄的信中说，我计划着由你们来撰赋，我来书写，然后刻在石碑上。你写赋的时候，可不要在文章中太过分地赞美我呀，否则，我自己怎么好意思把它书写出来呢！——不要太多的赞美，但赞美是必需的。可以看得出来，苏轼对于抗洪和修建黄楼之功都是很自得的。他当时还没有意识到，即将到来的黄楼聚会会对他有着更为深远的意义。

173

八月：燕子楼在，佳人没了

好几次想拿起金钿插鬓髻，好几次欲将罗衫披柔肩，可手未动退意已生。罢了罢了，穿又给谁看，戴又给谁瞧？没有悦己者，花容为谁妍？

燕子楼冬景

或许就是在此期间，苏轼在一个风清月朗的夜晚，忽然很想去燕子楼走走。

燕子楼的故事，老土已在《燕子楼的风花雪月》一文中说尽。这是唐朝徐州节度使张愔为其爱妾关盼盼专门建造，因其飞檐挑角，状如飞燕，再加年年春天多有燕子在此栖息，所以就起了这样一个名字。

为盼盼而建的燕子楼，自然为盼盼所住。住在燕子楼的盼盼因受到白居易"风袅牡丹枝"的称赞，美誉度鹊起。张愔也因此面上有光。

燕子楼关盼盼石雕像

但好景不长，两年后张愔竟一命呜呼，偌大的张家倾刻作鸟兽散，连张愔的尸体也被拉到河南洛阳邙山安葬。原来张愔养着的那些娇妻美妾没了生活来源，另寻他处。独这在张愔生前万般宠爱的盼盼与一老仆空守燕子楼。

这样的贞妇形象在当时得到赞扬和肯定是必然的。若是盼盼也和大家一样离开，也就没有了后续的故事，甚至没有了文化意义上的燕子楼。

偏偏盼盼选择了坚守，坚守也就罢了，守至油尽灯干，不过贞妇表上添上一行。但偏偏这盼盼是个知性多情又多才的女人，她把心中的凄清守望写成了三百多首诗，这些诗传了出去，再加她坚守的生活实态，使她一直处在文人们关注之中。但是这种关注也就罢了，偏偏在关注她的众多粉丝中有一个张仲素（字绘之），偏偏这个张仲素又见着那个曾有一面之缘的白居易，于是她凄清寂寞但尚算安静的生活便再一次被打断。

白居易（772—846），字乐天，号香山居士，又号醉吟先生，祖籍太原，到其曾祖父时迁居下邽，生于河南新郑。是唐代伟大的现实主义诗人，唐代三大诗人之一。白居易与元稹共同倡导新乐府运动，世称"元白"，与刘禹锡并称"刘白"。

十年或十一年后，曾在张愔手下任职多年的司勋员外郎诗人张仲素，忽然造访在京城的白居易。白居易或在当年的那场酒宴上就认识了张仲素，此时见老家徐州来人，自然设酒款待。酒酣耳热之际，免不了叙些旧人旧事，就这样很自然地说起了张愔，说起了盼盼。两人都是诗人，也免不了论起诗来，老兄最近有什么大作、老弟又有何新咏之类。由是引发了白居易在第二天写就的那三首《燕子楼》诗及那首著名的绝句。

张仲素出示了疑似关盼盼的三首诗。

一

楼上残灯伴晓霜，独眠人起合欢床。

相思一夜情多少？地角天涯不是长。

二

北邙松柏锁愁烟，燕子楼中思悄然。

自埋剑履歌尘散，红袖香消已十年。

三

适看鸿雁洛阳回，又睹玄禽逼社来。

瑶瑟玉箫无意绪，任从蛛网任从灰。

——无外乎相思旧人、寂寞无着的意思。白居易看到老家来人吟咏三首《燕子楼》诗，诗中人物又都是旧相识，自然颇多感慨。在酒醒以后的第二天，他取过了昨日记下的张仲素的诗笺，再一次品味张仲素昨日吟咏的那三首《燕子楼》诗。

"瑶瑟玉箫无意绪，任从蛛网任从灰。"

往事如烟，思绪飘然。老白自己仿佛就化作了一只在燕子楼上常住的老飞燕，感同身受盼盼那失去爱人之后的孤独凄清。偌大的合欢床上一个孤独的身影罩在清冷的月光里，窗帘也挂满了寒霜，手触在被子上如触着一地冰凌，凉意直达心底。一盏昏黄的油灯结着灯花忽明忽暗。

燕子楼夜景

真不想拂这卧床呀。一声慨叹，心怨这样的寂寞秋夜是不是只为我一人拖长？好容易睡下，梦里也是清冷。天亮了，看日头也如月光。坐在梳妆台前，不忍看镜中落寞人影，懒梳洗，忘化妆，金钿已淡暗无光，罗衫已华

176

色消退。好几次想拿起金钿插鬟髻，好几次欲将罗衫披柔肩，可手未动退意已生。罢了罢了，穿又给谁看，戴又给谁瞧？没有悦己者，花容为谁妍？一楼孤寂，连着腮边的两行清泪。床头边放着一件木箱，知道那里放着当年欢舞时的霓裳羽衣。可如今任锁儿生锈，也不想打开。十年了，任岁月把那曾有的梦冰封雪藏。这情景令白居易感到透彻的寒冷，一个激灵将自己的思绪从燕子楼收回。一个是袅若牡丹快舞欢唱的盼盼，一个是面如枯槁以泪作妆的盼盼，在他的心里叠合闪动。人世沧桑呀！想到昨天张仲素说，在张愔的墓边看到当年的白杨已经长成了房柱粗细，岁月如轮，一切可成齑粉，怎么叫当年的红粉不成青灰呢？

白居易将张仲素拿来的这三首诗把读再三，任思绪漫洇，慨叹放声：好吧，我且和上三首，和仲素诗，和盼盼意。

他沾墨挥毫，任感叹集于笔端铺洒纸上。

满床明月满帘霜，被冷灯残拂卧床。
燕子楼中霜月夜，秋来只为一人长。

钿晕罗衫色似烟，几回欲着几潸然。
自从不舞《霓裳曲》，叠在空箱十一年。

今春有客洛阳回，曾到尚书墓上来。
见说白杨堪作柱，争教红粉不成灰。

徐州燕子楼白居易诗碑

诗罢，白居易静坐案前，舒缓自己心中的感伤。恰在此时，张仲素叩门而入，看看案上新墨未干的和诗，大为激动。

"先生和诗这是高看绘之啊！不，不，这是敬重盼盼呀！唉，张愔有此红颜，当含笑于九泉呀。想当年，张愔风流倜傥，家财万贯，不惜抛千金，采买了许多美人，习歌练舞。又精中选优，挑了四五个人留在身边，到现在总算有一个对他如此痴情忠贞……"

老张絮叨之际，老白又将那诗序加写在诗前。或是张仲素一番感慨又引发了老白的喟叹，是啊，人生匆匆，生不带来死不带去，荣华也罢，富贵也罢，钱也罢，权也罢，色也罢，两手一松，便都任由雨打风吹去。他没有应语，却取过那诗笺，在和诗的后面，又用小字添了几句话。后来人说，就是这几句话如夺命飞刀，生生要了盼盼的命！

白居易在和张仲素三首《燕子楼》诗后，借着张仲素对张愔的感慨，在纸上又写了这样四句话：

　　　　黄金不惜买蛾眉，拣得如花三四枝。
　　　　歌舞教成心力尽，一朝身去不相随。

是说张愔不惜重金买美人，精挑细选留下了四五个，费尽心力教她们歌教她们舞，终使她们秀外慧中，然而自己一朝撒手西去，也未见有谁紧紧相随。

这便是被后人多加责难的夺命绝句。据说关盼盼从张仲素那里读到这几句话，当即泪如雨下。

盼盼的理解是白居易在嘲讽她：既然如此爱张愔，张愔去了，为何不一同随他去呢？直白些地说，去死吧！

这样的打击是沉重的。不仅是内容重大事关生死，而且执斧打击者是自己尊敬的大诗人。

这份沉重当然还来自于自己的一腔真情被误解。她说："张公离世，我早就想以死相随，可又怕因此让我夫担着逼妾殉情的恶名，这才苟活至今，这生不如死的滋味谁人能知？没想到还是为人所误。"盼盼凄然一笑，也取笔在素笺上依老白的原韵写下了一首七言绝句：

自守空楼敛恨眉，形同春后牡丹枝。
舍人不会人深意，讶道泉台不相随。

守在这空空的燕子楼，整日间愁眉不展，我早如春日花谢后的牡丹枝，也不过就是有个样子，行尸走肉一般。心已随爱去，形如枯槁，容似残花，真个是生不如死。可您老先生根本不能体会我对夫君的一腔深情，却在这里惊叹我没有和张公同赴黄泉。写罢掷笔案上，又已是泣不成声。

张仲素去后不久，关盼盼抑郁而死。

这是一个令人伤感的故事。

苏轼之前，燕子楼的故事已经流传，但苏轼来了，以他如水的文字为燕子楼作了一次内外彻底的洗濯，使燕子楼在历经一百八十年之后立时焕然一新，而且在我的心中一直就保持着这样的清新。

苏轼并不是一个耽于公务的人，我说是他的才力使他不必整天坐在大堂里纠结，他清晰地知道上苍赋予他的使命并不是一个小官吏或大官僚，那只是他在人间舞台上的一个龙套而已。藏于他心中的是一颗清灵超脱的诗心，他带给这个世界的职责是为这茫茫的红尘洒下清露，是为红尘遮掩的众生灵魂给予抚慰，他的笔锋所及尘垢落尽，留下的是清新、是沉醉、是爽朗、是无须日月清风的明快和超然。在徐州不到两年的时间里，他竟然留下了三百多篇（首）诗词文赋，详细地记述着他的诗意生活。

这一天，该是一个秋意渐重的夜晚，在逍遥堂上静坐的苏轼，或是饮了几杯薄酒之后，或是庭院里的落叶引发了他的思古幽情，或是盼盼的幽魂在沉寂了许久之后实在耐不住对这位文豪的敬仰而在冥冥之中相邀，总之，这一刻苏太守决定把这一个夜晚无折扣地交给燕子楼。

我想象当时的燕子楼就如今天在知春岛上见到的燕子楼形象。

苏轼轻推开边门，从一道小径踱步而入。或许，他当时还低低地招呼了一声：盼盼，老苏来了。

燕子楼沐在银色的月光中，泛着清冷之光，恰似满地的寒霜。苏轼走在院子里，忽地想起前朝李白的那首思乡曲。

一阵风吹过，竟如细水满溢，温润而清爽，沁人肺腑。这样的情景真的是韵味无限。苏轼恍若梦中。

池塘里偶有鱼儿跳跃，圆圆的即将枯黄的荷叶上便滚下那大小露珠，这一份寂寞中的雅致，可惜无人看见。楼里楼外，仿佛盼盼在处处，而处处不见盼盼。

好静谧的梦呀，可这时三更鼓响令人悚然一惊，一片被惊落的树叶落地竟然声若炸雷。这沉静原来结构得是如此缜密，打碎它竟是这般惊心动魄。

梦醒来，一双睡眼四顾茫然。走下卧榻，几步就把小园行遍，可那个童话般的梦却遍寻无处。此时此景，苏轼已是别有一番滋味在心头。这位来自四川眉山的天涯客忽然感到了浓浓的倦意，这园中的小径哪一条可以通往故乡的山林？世事如云烟，想起燕子楼也曾有舞姿卓越、歌声婉转、佳人梳妆，可现在即便于梦中求盼盼一见也不可得，只有那年年去了复返的燕子绕梁飞。楼如此，人如是，你方唱罢我登场，来来往往，分不清哪些在

燕子楼春色

180

梦中，哪些已梦醒，徒留些旧欢新怨绕心头。呵呵，看这眼前楼空，想我身后之事，今晚我在燕子楼慨叹佳人不在燕子楼空，换一个时空，人们也会在我造的黄楼前去感叹我的是是非非。

未及天明，苏轼已踅身返回逍遥堂，在那里借着晨曦，铺开宣纸：

永 遇 乐

彭城夜宿燕子楼，梦盼盼，因作此词。

明月如霜，好风如水，清景无限。曲港跳鱼，圆荷泻露，寂寞无人见。纨如三鼓，铿然一叶，黯黯梦云惊断。夜茫茫、重寻无处，觉来小园行遍。

天涯倦客，山中归路，望断故园心眼。燕子楼空，佳人何在？空锁楼中燕。古今如梦，何曾梦觉，但有旧欢新怨。异时对、黄楼夜景，为余浩叹。

在我读过的为数不少的燕子楼诗词中，苏轼的这首词其实是最不直接说盼盼的。老土以为他不过是借燕子楼借盼盼来抒写自己的感叹。他梦中的盼盼，只是标识他坎坷经历的一个符号。文中提及的"黄楼"也是苏轼人生中的一个重要标志物。林语堂就曾把苏轼的这一时期称为"黄楼时期"，视为苏轼为文为官的鼎盛时期。抗洪救灾成功，朝廷嘉奖，百姓称赞，建一座黄楼纪念又有四方文人学士来贺。这样春风得意马蹄疾的时候，苏轼却夜宿燕子楼，就是要寻一份喧嚣之中的冷静，让自己在红尘中业已疲倦的灵魂得以稍息。他说是梦，其实这更是一种达者的清醒。"燕子楼空，佳人何在？"真想约一回老苏，给当下的伙计们上上课。"风裒牡丹花"又如何？

曲港跳鱼处

181

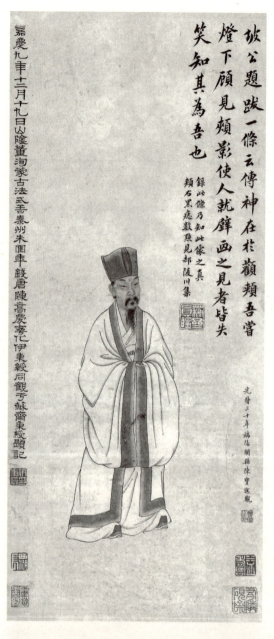

坡公题跋一条云传神在於顴頰吾嘗
灯下顾见頰影使人就壁画之见者皆失
笑知其为吾也

録此條乃知此像之真
頰石黑痣數點見郫陵川集

嘉慶九年十二月十九日以陵董淘蒙古法武善泰州朱圃丰䮾唐陳高翥峯汜伊秉綬同觀于蘇齋東綬題記

光緒三十年端陽閏蘇陳寶琛觀

甚至还不如那来来去去的飞燕更久长。且享受这如霜好月，如水好风，看鱼跳，听蛙鸣。人生又何尝不是那荷叶上的一点露珠，衬着绿叶，映着日月，流光溢彩，顾盼生辉，可微微的风点滴的雨轻轻地动，那露珠便会滑落于池塘，混同于一池碧水。水不会记住你曾有的辉煌，或汽蒸于无形，化作云飘忽不定，或化作雨落于泥潭。也没有谁记住你在圆荷上的光鲜，把自己太当回事，累积的只是无限的烦扰。

我坐在燕子楼的旧址小亭边西望，看着眼前车来人往的十字路口，听着车鸣人喧，看着红绿灯跳闪，我已无法体会"统如三鼓，铿然一叶"的感觉。喧闹之下，宁静已成奢望。写下这些文字期间，我记不清多少个夜晚在知春岛上的燕子楼下（重建于1985年）流连，我没有梦见盼盼的资质和愿望，我想体会的是那月、水、曲港、圆荷、跳鱼、泻露的意境，想以此去更近地体会苏公不一般的情怀。

八月十五日：他的星座是摩羯

他不知道这是他这一生最后一次在徐州过中秋了。在随后的黄州岁月里，他无数次地怀念徐州的中秋朗月。

八月十三日，书《表忠观碑》。

于苏轼而言，他就是把自己褒奖杭州的开创者吴越王钱镠的一段文字又抄写了一遍，因为杭州方面等着用它刻字立碑。他没有想到的是，这段碑文被后人奉为法书。其书法意义甚至比其内容更加为后人重视。

其实，即便是在当时，这幅楷书碑文一出也同样引起了轰动。作为宋朝苏、黄、米、蔡四家之首的苏轼的书法水平已得大家公认。虽然他自己说自己的书法"我书意造本无法，点画信手烦推求"，也就是随便写写，根本懒得去推敲探求一笔一画的来历，但没有对古法的长期浸淫，绝不可能达到如此随心所欲的地步。看似无法处处法，点画信手真功夫。据说，王安石先是见到苏轼的碑文文字内容，就连声叫好。等到看到碑文，更是由衷称赞，说是"三王世家"风韵。

此碑文书法颇近颜真卿《东方画赞》，风格以清雄二字概括，成为苏轼书碑的代表作之一。

后来这碑也如苏轼的人生一般荣辱相杂、跌宕起伏。在全国清算元祐党人的运动中，这块立在杭州钱王祠的石碑多次被迁移被毁损，也多次被有心人珍藏和保存。1977 年，杭州钱王祠旧址辟

183

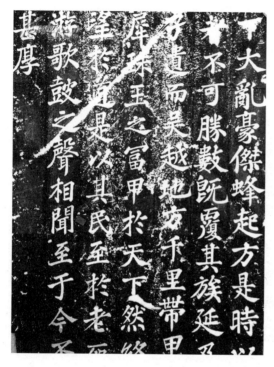

苏轼书《表忠观碑》

为聚景园。祠中石碑大部分遭到毁损，表忠观碑再次遇难，宋碑佚失。只剩下明刻的三块碑石，后被移入杭州碑林。2003 年，钱王祠重建，表忠观碑复又从杭州碑林移至钱王祠内。千年之后，似乎又回到它的原点。

这些自然是苏轼所无法预见的。他有的是对自己的自信。他说："吾虽不善书，晓书莫如我。"我不太会写字，但懂写字的好些都不如我。这份自得自是一般书者无法比拟的。苏轼于楷书尤擅大字，所书碑版颇有颜鲁公气势，巍峨雄浑且不失灵动遒健之姿。书法，须有文化的支撑。否则，纵是写到与古人毕肖，也不过就是一个描摹者，是古代的一个石匠和木匠都能做的事。

如苏轼般既文采灿然，又随便一写都被书家奉为至宝者，古今又有几人？

八月十五日。

苏轼在徐州度过的第二个中秋。当然，他不知道的是这也是他这一生最后一次在徐州过中秋了。

在随后的黄州岁月里，他无数次地怀念徐州的中秋朗月。

去年的时候，他的弟弟苏辙和他同过中秋。那段对床夜语的日子让他心生感慨。

他写了咏中秋月的诗寄给在南都（今商丘）的弟弟苏辙。苏辙也有中秋诗给他，他又再和苏辙诗。苏轼兄弟来来往往的这几首诗，被后人高度评价。南宋词人刘克庄先生的《后村先生大全集》上说："前人中秋之作多矣，至此一洗万古而空之，诗既高妙，行书又妙绝一世。诸家所收坡帖，皆在下风。"真是没有最好，只有更好。刚说完苏轼的《表忠观碑》如何奇绝，这里有人又说，坡仙的中秋咏月寄子由帖似乎更高。

苏轼的《中秋月寄子由》三首以及《中秋见月和子由》，这四首中秋诗，都是颇感意外地伤感。去年的此时，苏轼还在说子由的诗太过悲伤，今年他的伤悲不输子由。

"六年逢此月，五年照离别。"六年间只有一次是兄弟俩一起看月。现在演唱的依然是他们去年分别时的那首曲子，但满座的人听来都是一片凄咽。回来在北堂坐下，眼见着寒光罩着露叶，他有心再和一首去年的曲子，又怕触及了旧景更加伤悲。

子由在寄给哥哥的诗中，回顾了兄弟俩在徐州的那段美好时光。逍遥堂对坐、百步洪观涛、燕子楼踌躇、戏马台畅饮、古汴泗泛舟，他再次提到了那场大水，感叹着"城头看月应更好，河流深出今生草"。他说，老哥呀，你那里躲过了一场大水，城里居民的子孙免了成为鱼食之灾，应该且歌且舞为您宽心才是。我是越来越贫穷了，都羞于抬头看那青天明月。现在公务缠身，犹如飞鹤进了笼子不能脱身，不敢想象在去年的此时此刻我还是彭城的座上客。

也许是弟弟诗中的伤感触及了苏轼那根易感的神经，他心里的那份忧伤和弟弟声声相应。但读了弟弟的诗，他还是希望这个世界更加阳光一些。这是一个不喜欢黑暗的心灵。

他的和诗中又展示了他独有的大气和豪迈。"明月未出群山高，瑞光千丈生白毫。一杯未尽银阙涌，乱云脱坏如崩涛。"月出之情景如在眼前。这分明就是又一个版本的大江东去。是谁为天公把眸子洗濯得这般清亮，应该费去了不少的天河之水吧？这好像就是"把酒问青天"的续篇。堂前的月色更加清好，带露的草丛里虫鸣咽咽。卷起门帘推开

185

房门寂无一人，只有放在窗前摇篮的楚老兀自咿呀。——简直就是电影的分镜头，完全是一幅安静恬美的乡居图。在南都的老弟呀，不要在因贫而羞了，人生短暂，试想一下这对月题诗的能有几人？随他去吧，明天的太阳照样出来。回首再看，我恍然就是误入瑶台的过客。

写下，封好，寄给南都的老弟。

八月十八日，给他的堂兄苏子明写了一封信，并将中秋的三首诗一并寄去。信里表达了长不归家的思念之情。

同一天，张方平的妻子马氏去世，苏辙有祭文。

这个月里，徐州被设成了附近三个郡的举人考点。孙顾和顿起都是考官。苏轼免不了要陪同他们在徐州的景点走上一走。有与顿起、孙勉等考官一同泛舟游玩的诗。

张方平（1007—1091），字安道，号乐全居士，谥文定，北宋应天府南京（今河南商丘）人。

王巩从南都苏辙那里回来，再次路过徐州，向苏轼展示了张方平的近作《乐全堂杂咏》。苏轼在书卷的后面题了诗，在后来的诗案中也被评定为语多讽刺。大意是说向张方平这样正能量的文章已经不多了，现在听到的如虫嘶雀鸣的声音太多了。说他都想把耳朵堵起来，免得听到生气。还说到自己原来也是怀有远大的理想，现在看来再说这些也没有什么用了，等等，就是抱怨一下自己的不得志罢了。

这次见面，王巩敲定到时会参加九月九日的黄楼聚会。因为苏辙在送他离开南都往徐州来时的诗中写道："黄楼适已就，白酒行亦熟。登高畅远情，戏马有前蹰。"苏轼和王巩又商量了九月九日黄楼庆典的相关细节，约写的几篇文字还要写信派人去催要。

苏轼的生日换算成公历是 1 月 8 日，按照星座学的说法，他属于摩羯座的性格。笔者老土与苏公同为摩羯座，我个人认为无止境地追求完美是这个星座的人最突出的个性特质。

各位不要以为老土又在瞎扯，您知道吗，现在很流行的星座说，在苏轼那个时期其实早就流行。

林语堂先生在其《苏东坡传》中说苏轼是天蝎座应是有误的。还有的资料说是射手座，可能也是忽略了阴阳历的原因。

苏轼是摩羯座，这是他自己说的。只不过由于当时译名尚未统一，摩羯常常被写成"磨蝎""磨羯""磨竭"等等。在宋朝，摩羯座和今天的处女座一样是一个经常被黑的星座。

苏轼学问庞杂，对星座也是颇有研究。他通过唐代韩愈一首《三星行》诗"我生之辰，月宿南斗。牛奋其角，箕张其口。牛不见服箱，斗不挹酒浆。箕独有神灵，无时停簸扬"，推算出韩愈也是摩羯座。

他曾不止一次发感慨：我与唐朝的韩愈都是摩羯座，同病相怜，命格不好，注定一生多谤誉。苏轼《东坡志林·命分》："退之（即韩愈）诗云：我生之辰，月宿直斗。乃知退之磨蝎为身宫，而仆乃以磨蝎为命，平生多得谤誉，殆是同病也！"他说自己一生受人谤誉，这都是命。

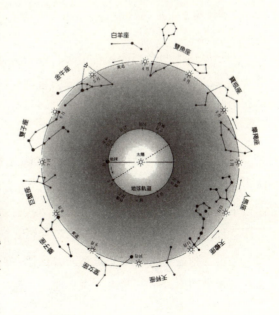

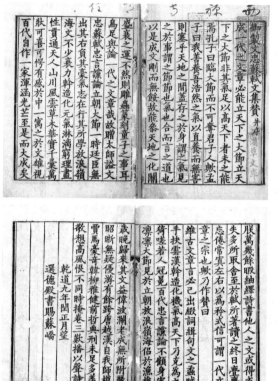

宋孝宗为《苏轼文集》作序

苏轼拿星座自黑也黑人。苏轼的朋友马梦得也是摩羯座，苏大学士便故意嘲弄他："马梦得与仆同岁月生，少仆八日，是岁生者，无富贵人，而仆与梦得为穷之冠；即吾二人而观之，当推梦得为首。"取笑马梦得的命理比他还要倒霉。当然这不是幸灾乐祸，这是朋友间的玩笑话，也有相当的自嘲在里面。

我看过一张宋代的星座图，详细而又深邃，不知一些自以为时髦的小朋友看后做何感想。

关于摩羯座的命理解释有很多，我个人认为完美主义和理想主义是其最显著的特点。凡事都追求完美，虽殚精竭虑而不放弃。这一点，于苏轼而言，倒是有几分相合。

苏轼曾这样谈写作："某平生无快意事，唯作文章，意之所到，则笔力曲折无不尽意，自谓世间乐事，无逾此者。"意思是说，我苏某人认为平生没有多少让我感觉很爽的事，唯有写文章。只要有写作的意识，则笔力曲折没有词不达意的时候。我自认为世间的乐事，没有超过写作这件事的。——即便写文章达到他这样的水平，他对出自自己笔下的文字仍是精益求精。南宋时有人看到他一首小诗的手稿，其中的一个字竟是来来回回改了三四遍。作文如此，做人自然也不会相去太远。

188

九月九日：全国文代会在黄楼召开

他的文字啊，就好像用方盘大斛盛着的珍珠，一下子倒出来，宛若珠贝晶莹，照灿磊落。捧在手里你会感觉到烫手的温度，放在眼前你会感到炫目的光芒。众人排着队，争先向前获取，唯恐自己抢到手的不够多啊。

【九月】

九月九日的盛会就要来了。

晨起，薄雾绕高楼。

弟弟苏辙的《黄楼赋》已经写来。苏轼甚是喜爱。他展开一幅丝绢，一字字誊写上去：

熙宁十年秋七月乙丑，河决于澶渊，东流入巨野，北溢于济南，溢于泗。八月戊戌，水及彭城下，余兄子瞻适为彭城守。水未至，使民具畚锸，畜土石，积刍茭，完窒隙穴，以为水备。故水至而民不恐。自戊戌至九月戊申，水及城下者二丈八尺，塞东西北门，水皆自城际山。雨昼夜不止，子瞻衣制履屦，庐于城上，调急夫发禁卒以

黄楼一角

从事，令民无得窃出避水，以身帅之，与城存亡。故水大至而民不溃。方水之淫也，汗漫千余里，漂庐舍，败冢墓，老弱蔽川而下，壮者狂走无所得食，槁死于丘陵林木之上。子瞻使习水者浮舟楫载糗饵以济之，得脱者无数。水既涸，朝廷方塞澶渊，未暇及徐。子瞻曰："澶渊诚塞，徐则无害，塞不塞天也，不可使徐人重被其患。"乃请增筑徐城，相水之冲，以木堤捍之，水虽复至，不能以病徐也。故水既去，而民益亲。于是即城之东门为大楼焉，垩以黄土，曰："土实胜水。"徐人相劝成之。辙方从事于宋，将登黄楼，览观山川，吊水之遗迹，乃作黄楼之赋。其辞曰：子瞻与客游于黄楼之上，客仰而望俯而叹曰："噫嘻！殆哉！在汉元光，河决瓠子，腾蹙巨野，衍溢淮泗，梁楚受害二十余岁。下者为污泽，上者为沮洳。民为鱼鳖，郡县无所。天子封祀太山，徜徉东方，哀民之无辜，流死不藏，使公卿负薪，以塞宣房。瓠子之歌，至今伤之。嗟唯此

镇水铜牛

邦，俯仰千载，河东倾而南泄，蹈汉世之遗害。包原隰而为一，窥吾墉之摧败。吕梁龃龉，横绝乎其前，四山连属，合围乎其

190

外。水洄洑而不进，环孤城以为海。舞鱼龙于隍壑，阅帆樯于睥睨。方飘风之迅发，震鞞鼓之惊骇。诚蚁穴之不救，分阆阖之横溃。幸冬日之既迫，水泉缩以自退。栖流槎于乔木，遗枯蚌于水裔。听澶渊之功，非天意吾谁赖。今我与公，冠冕裳衣，设几布筵，斗酒相属，饮酣乐作，开口而笑，夫岂偶然也哉？"子瞻曰："今夫安于乐者，不知乐之为乐也，必涉于害者而后知之。吾尝与子凭兹栖而四顾，览天宇之宏大，缭青山以为城，引长河而为带。平皋衍其如席，桑麻蔚乎旌旌。画阡陌之从横，分园庐之向背。放田渔于江浦，散牛羊于烟际。清风时起，微云霾霎。山川开阖，苍莽千里。东望则连山参差，与水背驰。群石倾奔，绝流而西。百步涌波，舟楫纷披。鱼鳖颠沛，没人所嬉。声崩震雷，城堞为危。南望则戏马之台，巨佛之峰，岿乎特起，下窥城中，楼观翱翔，巍峨相重。激水既平，渺莽浮空。骈洲接浦，下与淮通。西望则山断为玦，伤心极目，麦熟乔秀，离离满隙，飞鸿群往，白鸟孤没，横烟澹澹，俯见落日。北望则泗水淡漫，古汴入焉，汇为涛渊，蛟龙所蟠，古木蔽空，乌鸟号呼，贾客连樯，联络城隅。送夕阳之西尽，导明月之东出。金钲涌于青嶂，阴氛为之辟易。窥人寰而直上，委余彩于沙碛。激飞楹而入户，使人体寒而战栗。息汹汹于群动，听川流之荡潏。可以起舞相命，一饮千

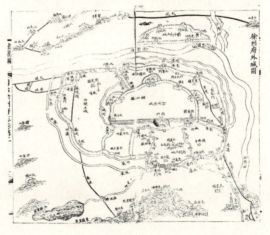

清·徐州外城图

石，遗弃忧患，超然自得。且子独不见夫昔之居此者乎？前则项籍、刘戊，后则光弼、建封。战马成群，猛士成林。振臂长啸，风动云兴。朱阁青楼，舞女歌童。势穷力竭，化为虚空。山高水深，草生故墟。盖将问其遗老，既已灰灭，而无余矣。故吾将与子吊古人之既逝，闵河决于畴昔。知变化之无在，付杯酒以终日。"于是众客释然而笑，颓然就醉，河倾月堕，携扶而出。

我之所以照录于此，有这样几个方面的考虑。一是因为这篇文字除了文学价值之外，它还具有重要的史料价值。关于这黄楼的成因，关于那场大水的所有细节，关于黄楼的地理方位等等都交代得非常清晰。二是后人有关于这篇文字是苏轼冒苏辙之名而作。理由就是苏辙的这篇文赋风格与他以前的文风有很多不一致的地方，其雄奇豪迈之风是苏辙少见而苏轼多有的。我倒是有几分认同，理由除了文风的差异之外，还有其他的因素。或有人问，他若自己写就写了，何必借苏辙之名？理由如下：写《黄楼赋》就要赞美抗洪救灾的苏太守，这是绕不开的话题。让苏轼自我表扬显然不太合适。这一点显然苏轼也意识到了，他在给表兄的信中就提醒表兄在写《黄楼赋》的时候，对自己不要过誉。那么自己来写，谦虚些行不行？当然行。但苏轼肯定又不甘心。徐州抗洪，是他为官史上的确值得大书特书的事。如何把握好表扬这个度，恐怕只有苏轼有这个把握。第二点是黄楼赋中提到的"水至而民不恐""水大至而民不溃""水既去而民益亲"的治水目标，苏轼曾在给朝廷的报告中集中表述过，这次在赋中得到了完美的诠释。苏辙虽是苏轼感情笃厚的亲兄弟，但因为太完美，也便令我有几分疑惑。

我的大胆猜想是这样的：这篇赋既不是有些人猜测的苏轼写好然后由弟弟签个名，也不是本来就是苏辙写的这么简单。我觉得这篇赋应该还是苏辙写的，但是苏轼做了不小的修改。这样的解释，一切都变得好理解了。因为是自己的亲弟弟，他可以随心所欲地去改，因为是自己的亲哥哥，苏辙永远也不会怪罪他的修改。把握怎样的度，也变得简单。

过一点，也无所谓，毕竟是弟弟夸哥哥；欠一点，也不要紧，毕竟说的是自己的哥哥。

但不论谁是真正的作者，都不妨碍这的确是一篇好文章。这样的文章，可灯下细看，也可楼上诵读。真正的音韵铿然，锦绣华章。

这篇赋是要刻在石碑上的。刻在石碑上的字由苏轼亲自来写。据说苏轼在抄写到这篇长赋的"山川开阖"四字时，因事停下出去了一会儿，旁边那个极其崇拜苏轼、常常对着苏轼墨迹练字的徐州官妓马盼一时调皮，拿起笔来，接着把这四个字写上了。苏轼回来一看，呵呵，和他的字竟真的有几分相像，竟没有怪罪，也没有再重新书写，只是拿起笔来，在马盼写的这四个字上稍加润色，又接着写开去。所以，后代有眼尖的人，在碑文中"山川开阖"上看出了不同，都是因为"苏粉"马盼调皮。她因这四字也名垂千古了，这倒不失为一段佳话。

关于苏轼书写的这《黄楼赋》碑，流传下来可不全是佳话。

在后来的徐州太守中，有一个叫苗仲先的，他就是沾这块碑的光而被今天的我们记着。

他来徐州的时候，大约应该在政和年间，苏轼依然是作为元祐反动派被打倒在地没能翻身，苏轼的诗文还被列为禁品，但是已经不像以前那么管制严格了。这时苗太守打听到苏轼的《黄楼赋》碑在元祐党禁较紧张的崇宁年间，因徐州百姓不忍毁碑便将此碑沉在黄河底了。他命人悄悄把这石碑打捞出来，拉到府衙，日夜拓印，一共得了好几千本。拓印完了，把书收好，这老兄忽然一拍脑袋说：坏了坏了，我怎么忘记了苏轼文字的禁令还没有到期这件事呀！快快快，赶紧把那石碑砸了扔掉吧！一定要砸碎呀，这可不是闹着玩的事呀！碑就这样在这位苗太守的监督之下被砸得粉碎。这就意味着他房里藏着的那数千拓本绝不可能再有新本，他手里的书可都成了实实在在的绝版，真真的奇货可居呀！据说，这苗太守拿着这数千拓本在东京很是赚了一大笔银子，连皇帝想看都要从他这里来买，真是个极富商业头脑的流氓官员。

苏轼在题写完苏辙的《黄楼赋》后，又就黄楼的建设做了简单的补充。《书子由黄楼赋后》简述了黄楼从修建到落成的过程：

> 子城之东门，当水之冲，府库在焉。而地狭不可以为瓮城，乃大筑其门，护以砖石，府有废厅事，俗传项籍所作，而非也。恶其淫名而无实，毁之，取其材为黄楼东门之上。元丰元年八月癸丑，楼成。九月庚辰，大合乐以落之。始余欲为之记，而子由之赋已尽其备矣，乃刻诸石。

说得简单明了，似乎是向某些人解释些什么。这地方很狭窄也干不成其他事，就用来修了这个可以镇水的楼。材料嘛，都是拆了霸王楼而来的。为啥拆？有恶名在外没有什么用，荒着也是荒着。八月十二日建成，九月九日举行了落成典礼。开始的时候，我想自己写个记，后来看子由在赋里把要说的都说到了，我就不写什么了。相关的文章也都刻在石头上了。如此而已。

苏轼的黄楼当然远不是这样一座简单的镇水之物的建筑所能概括。它实质上已成为苏轼自己的一块丰碑，是他生命中一段辉煌时期的重要标志。他不知道，这样的辉煌在他的人生中并不多见。

他用自己的干练和实际的功绩证明了他作为一个地方官员的称职。由于他的努力和早加预防，元丰元年虽然又遇大水，但由于堤坝巍然，就没有使徐州遭受大的伤害。虽然失去了又一次"夺取抗洪救灾伟大胜利"的机会，但苏轼感到无限的欣慰。

因为有他，当时的徐州已经成为北宋文坛仰望的"宝塔山"。苏门四学士黄庭坚、张耒、晁补之、秦观已齐集门下。徐州期间与他交往的文人名士就达上百人，如李常、王迥、秦观、黄庭坚、刘格、鲜于诜、范纯粹、苏辙、郭祥正、陈师仲、陈师道、王巩、道潜和尚、张天骥、黎希声、吴彦律、王兢、文同等等。

黄楼盛典，是他登高一呼群贤毕至的号召力的集中展示。在五丈高的地基上建起的黄楼有百尺之高，以楚山为城，以泗水为池，巍峨雄壮。其时，彩旗纷飘，嘉宾云集。盛典当日，三十多位文人名士齐集黄楼。著名文人苏辙、秦观、陈师道等人都作赋吟诗表示庆贺，俨然

黄楼外景

一次北宋文代会。主席台正中端坐的就是苏轼苏子瞻。

自此，黄楼成了苏轼在徐州的燕集之地，到过黄楼一游似成为当时文人可以对外吹牛的一件事。

徐州教授舒涣曾经陪同朋友登临黄楼，他自豪地向朋友说，这里就是苏公的燕集之地啊。那个时候，来这里的人，酒后喜作文章，一直写到箧中没有一张纸为止。他的文字啊，就好像用方盘大斛盛着的珍珠，一下子倒出来，宛若珠贝晶莹，照灿磊落。捧在手里你会感觉到烫手的温度，放在眼前你会感到炫目的光芒。众人排着队，争先向前获取，唯恐自己抢到手的不够多啊。这个时候，晚风落日，远山逶迤，川流无波，白鸟上下。现在想当时席上的快乐，徘徊俯仰，真的不愿意离开啊！仔细想想，这份心底的眷念绝对不在于对山水的一时之览呀！——当然，这里的中心是苏轼，一个见其一面便胜过拥有人生无

数风流的苏轼苏子瞻。

山水万千，苏轼却只一人。

还是这个舒涣，在回忆和苏轼的交往时说，先生与人交往，没有任何所谓大名人的讲究，态度亲切温和，见他的人也忘了自己的粗鄙，不知道怎么回事就感觉和他亲近起来。

与人相处，略去圭角，这是苏轼的本性使然。他自己有过一段精彩的表白："吾上可以陪玉皇大帝，下可以陪卑田院乞儿。眼见天下无一个不是好人。"这句我们熟知的话后，其实还有四个字："此一病也。"这是他自己说的，我却要说，若无此病，便不再是我等钟爱的先生了。

敬人者人必敬之。

黄楼的潇洒还在于天下文人名士对先生众星拱月般的礼遇。苏轼配享这份快乐。

王德父尝经说过："自古享文人之乐者，莫如苏东坡。在徐州作一黄楼，不自为记，而使弟子由、门人秦太虚为赋，客陈无己为铭，但自袖手为诗而已。有此弟，有此门人，有此客，可以指呼如意，而雄视百代，文人之至乐，孰过于此？"自己建一座黄楼，不用自己写记，有苏辙这样的弟弟和秦观这样的学生作赋，有陈无己这样的客人作铭，自己抄着手就写一首小诗而已。有这样的弟弟、这样的门人、这样的客人，可以指着他们随意呼叫，这是可以雄视百代的节奏啊。一个文人的顶级的快乐，也不过如此。

同一天，张方平的儿子张恕写来诗。

秦观寄来《黄楼赋》以及一封信。苏轼盛赞秦少游版的《黄楼赋》，认为"雄辞杂今古，中有屈宋姿"，并且认为文章的精妙之处，有些他都未能完全领会，只有后来高人再作赏析了。苏轼的评论的确并不过分，这篇文字有着秦少游作品里不多见的雄奇，是他雕琢文字功夫淋漓尽致的展示。字字依然"敲点匀净"，连字成篇之后却是磅礴大气。"唯黄楼之瑰玮兮，冠雉堞之左方。挟光晷以横出兮，干云气而上征。"文势鼓荡而来，是不是颇有乃师的豪放之风？

在这一天呈上黄楼的还有陈师道的《黄楼铭》。

三十多位当今名士齐集黄楼，共庆水去楼成。这样的时候，苏太守是不可能无诗的，他想起了去年那个和今天截然不同的重阳，南城夜半忽发大水。电闪雷鸣，泥飞路滑。白日里灿烂的秋菊无人欣赏，香醇的美酒无人品尝，晚上回到家里，都在洗刷沾满泥浆的鞋袜。那个时候哪里还会想到还有今年，还能端着杯子对着美人喝上一杯酒啊？现在的人们啊，不要嫌弃今天的酒色薄淡舞姬粗陋，这终究比用那铁锸挖泥的时候要强许多。

他细致地描绘当时黄楼的景象。

新刷的墙壁还没有干透，清河上已见落霜初杀。早上起来的白雾浓密得如细雨一般，看不见南山的千年古刹。楼前仿佛就是大海茫茫，听得见嘎嘎吱吱的摇橹声却不见船的身影。年龄大了的老人已经感到了天气的寒冷，喝一口热酒先把寒气压压。又过了一会儿，云开雾散，近处的渔村已是清晰可见。再看远处的群山如稀落有致的一排牙齿，远处的水面则如游龙粼光闪闪。回首眼前，若龙似虎的各位诗人猛士济济一堂，楚舞劲展吴歌喧嚣，热闹若渔家受惊的鸭鹅。请大家举起手中的酒杯不要推辞，不然就辜负了眼前这一条激荡的河水。

诗毕。一盏高举，众杯相随。干杯，干杯。

九月十七日：
黄楼的另一个名字以及被调戏的和尚

当其时，全国开展了轰轰烈烈的去苏轼化运动。苏轼的很多著作被收缴焚毁，苏轼的诗文石碑也多被碎损。黄楼却幸得保存下来，但也一度被改名为"观风楼"。

九月十八日。
写信给刘挚。

九月十九日。黄茅冈。
与张天骥、颜复、王巩等登云龙山，为云龙山题名。
有王巩在，这一天苏轼似乎又醉了，也就是在这一天，他写下了徐州人熟悉的那首《登云龙山》。

> 醉中走上黄茅冈，满冈乱石如群羊。冈头醉倒石作床，仰看白云天茫茫。歌声清谷秋风长，路人举首东南望，拍手大笑使君狂。

云龙山西坡山门

文笔朴素直白，意境亲切而清晰。没有牢骚、没有怨艾，有的是对山水自然的亲近，有的是对田园由衷的喜爱。

微醉之下，走在黄茅冈上，看那满冈的乱石就像低头吃草的群羊。就在这里倒下吧，就以这山石

198

当床，躺下，仰看那天上的白云悠悠。有隐士的歌声在谷底回荡，引得那秋风细柔绵长。知道山路上正有人朝这里观望，他们在笑说咱们的太守真是粗狂得有趣。

黄茅冈

也是在那样的一个季节，一个有着太阳的温暖的傍晚。我没有喝酒，一个人在黄茅冈上徘徊。也找一块石头，躺下。仰头望去，天上或许是苏公见过的那片白云，侧面相看，身边笼着的或许是亲近过苏公的那阵秋风。没有隐士的歌声，没有路人的鼓掌，只有我一个人静静地思念这里曾有的一个故事。

这样的场景，没有争斗，不含阴谋，我想苏公是喜爱的。

清代刘廷玑在其《黄茅冈诗》中写道："满丘乱石也平平，一醉坡仙便著名。"此山此石因了苏公而灵动。

王巩来到徐州已经有十天了。这十日内他和苏轼一起和朋友们玩得痛快。两个人饮酒吟诗，把王巩带来的一船好酒喝尽，同时积下了近百首诗篇。

在来徐之前，王巩先写来诗说，苏子瞻你要注意了，一个好吃好喝好美女的恶客要来了。自称"恶客"，看样子这家伙就没准备和苏轼客气。苏轼也就不和他客气了，回诗中说，我们大徐州，汴泗绕我城，城墙坚硬如乌铁。从古到今的彭城太守，没听说有谁怕恶客的。我来看看这恶客是谁，哦，原来是老丞相的孙子。这是豪逸之家的种啊！千两黄金一掷而去，水晶宝石可以用大盆端出。你这家伙真会烧包呀！竟然专门用一辆车拉满酒跟着你，说是不喝外面的酒，嫌那些酒都是老土味。

好吧，你有恶客法，我还是要做个好主人的。你不是有一千瓶酒吗，我这里有一万株菊，任你插满头，花团锦簇看不见你的眼睛。醉了之后，也要插花送你归，那花啊能压折你的车轴。哈哈，彭城的游乐之处太多太多，到时我再带你到黄楼旁边的河里洗个澡，美哉洋洋，我连饭都不用管了，你说，到底是你这客恶还是我这主人恶？

这王定国在徐州果然玩得痛快。有时是苏轼亲陪，有时因公务繁忙便委托颜复等人陪同。有一次颜复陪同王定国乘船游览了泗水，接着又去了桓山，也就是现在徐州的北洞山，回来已经有些晚了。苏轼下班后便在黄楼之上摆上酒菜等他们。谁知直等到月色渐浓，才看到他们的小船回来。月色里，船头上，王巩举杯饮酒，白衣飘飘，船上笛声悠扬传来，恍若仙乐伴奏。苏轼在黄楼上看过去，大呼：李太白死，世无此乐，三百年矣！

王巩就要离开徐州到南都，苏轼作诗留别。同时有诗托王巩带给弟弟苏辙。

这次送别王巩，自然又是痛饮一番。一直喝到苏轼眼看就要睡着才肯罢休，蒙眬中听到王巩还在安排人回去拿好酒来。离别时，也是颇多伤感，"相逢不用忙归去，明日黄花蝶也愁"，看样子这恶客恶主人原来都是性情中人。

参加黄楼落成庆典的宾客，渐渐都已散去。但另一场黄楼盛宴，已在筹备之中。

九月三十日。

黄楼灯火辉煌。来徐州参加举人考试的三郡贡士齐集黄楼，共赴鹿鸣宴。

这次的宴会可不是苏轼私自作为的大吃大喝。鹿鸣宴是当时官方规定的一种宴会，属古代科举制度中一个规定仪式。在乡试发榜的第二天，由地方官主持宴请新科举人。因为在饮宴之中必须先奏响《鹿鸣》之曲，随后朗读《鹿鸣》之歌以活跃气氛，因而称之为鹿鸣宴。《鹿鸣》原出自《诗经·小雅》，一共有三章，三章头一句分别是"呦呦鹿鸣，食野之苹""呦呦鹿鸣，食野之蒿""呦呦鹿鸣，食野之芩"。其意为鹿发现了美食不忘伙伴，发出"呦呦"叫声招呼同类一块儿进食。古人认为此举为美德，以"鹿鸣"为雅乐。鹿鸣宴的意义就是与举人们分享高中的快乐，也显示出地方官对士子的尊重。

因为这一年，徐州是三郡的考点，所以这一次鹿鸣宴请的不仅是徐州考生还有另外两个郡的中榜考生。这两个郡，其中一个是沂州，另一个我没有查到依据，不敢乱说。

这三郡的考生真是有福，不在徐州却得享与大名人苏徐州共同欢宴的机会，而且，是在这样的一座黄楼。

黄楼，成了一座丰碑，一座写着苏轼名字的丰碑。

抗洪救城成了徐州人永远的纪念。

他在徐州期间的诗词作品集也被命名为《黄楼集》。黄楼成为苏轼文学的里程碑。

这部《黄楼集》是由徐州人陈师仲编辑完成。最为难得的是他编辑这部苏轼在徐作品集的时候，苏轼已经被打倒，以近乎流放的方式发配到黄州，当时的很多人因为与苏轼有文字交往而被贬官降职或遭罚款，连驸马和方外和尚都没有被放过。连苏轼的家人也因为恐惧，把苏轼留在家里的诗文大多烧毁。就在这样的时候，一个徐州人却利用业余时间编辑了这部作品集，并且刊印出来，这要冒着多大的风险呀！没有对苏轼人品坚定的认可和对苏轼文字虔诚的敬仰，是不可能做到的。

三年之后的1081年，当远在黄州的苏轼看到陈师仲编印完备的《黄楼集》和《超然集》两本作品集，双手不停地摩挲着书的封面，禁不住老泪纵横。这是多么贵重的礼物啊！

他在给陈师仲的信中说，"见为编《超然》《黄楼》二集，为赐尤重，从来不曾编次，纵有一二在者，得罪日，皆为家人妇女辈焚毁尽矣，不知今乃在足下处。……足下所至，诗但不择古律，以日月次之，异日观之，便是行记……"这里说，陈师仲编的这个集子不是按诗词古律为序，而是按写作时间为序，这样很好，以后再看，便是行程的记录了。陈师仲因此开了以时间为序编文集的先河，后世的类似文集大多以此格式。受此启发，老土的这些文字，便成了苏轼在徐州的大日记。

陈师仲所编《黄楼集》已不可见。南宋时编入苏轼文集的《黄楼集》据说存本也已经不多。一个很偶然的机会，我看到收藏在日本国立图书馆的南宋版《东坡集》的电子版，甚是喜爱。在画家凌海和大道文化公司史先生、孙先生的全力帮助下，采用宣纸线装的形式印刷了二十套与同好者分享，得到河南苏学研究专家刘继增教授的高度评价，一时索要者众。第三个版本是明朝万历年间的一个叫鲁点的徐州地方官编印的《黄楼集》，据说主要是用于向朝廷的重要官员进行贿赂，编订不是那么仔细。

不爱财的苏轼不可能想到，他的诗文在若干年后居然可以换来钱财，也能换来乌纱。

黄楼的命运和苏轼的命运一样忽明忽暗。

崇宁年间，蔡京为相，对司马光、苏轼等一批对激进改革有异议者的反攻倒算达到了顶峰。以朝廷名义将三百零九名所谓"元祐奸党"的名字刻在石上，并在全国各地立碑，很有些打翻在地永不得翻身的意思。苏轼的名字被排在曾任待制以上官员名单的第一位。当其时，全国开展了轰轰烈烈的去苏轼化运动。苏轼的很多著作被收缴焚毁，苏轼的诗文石碑也多被碎损。黄楼却幸得保存下来，但也一度被改名为"观风楼"。

"黄楼"成了"观风"，不知这是何人的主意，想想这名字改得倒也有趣。可理解为就是一个观赏自然风景的地方，也可理解为观察政治风向的所在，或者黄楼本就是黄楼，我就在此观风而已。老土的这本苏轼在徐日记，以黄楼观风为题，一是因为黄楼是苏轼在徐州工作期间的重要标志，从名"黄楼"到名"观风"对应着苏轼一生的起伏坎坷；二是就在黄楼之上回观苏轼遗风，黄楼是名词，观风是动词，不知以为当否？

苏轼的黄楼时期是苏轼一生的亮点。黄楼，所标志的文化含义，必将为更多的人所熟悉和珍爱。

送参寥师

上人学苦空，百念已灰冷。

剑头唯一吷，焦谷无新颖。

胡为逐吾辈，文字争蔚炳。

新诗如玉雪，出语便清警。

退之论草书，万事未尝屏。

忧愁不平气，一寓笔所骋。

颇怪浮屠人，视身如丘井。

颓然寄淡泊，谁与发豪猛。

细思乃不然，真巧非幻影。

欲令诗语妙，无厌空且静。

静故了群动，空故纳万境。

阅世走人间，观身卧云岭。

咸酸杂众好，中有至味永。

诗法不相妨，此语当更请。

九月间，有一个在苏轼一生中很重要的人物来访。他就是诗僧道潜。

诗僧，就是以写诗闻名的和尚。道潜，本姓何，字参寥①。《苏轼年谱》中说，这是道潜和苏轼的第一次相见。我想说是在徐州的第一次相见似更为准确。因为更多的资料可以证明，早在苏轼来徐州之前，在杭州任通判的时候，就已经认识了参寥和尚。道潜这名字就是那时候苏轼由"昙潜"改定的。

道潜在当时的诗坛颇有名气，苏轼说他"诗句清绝，可与林逋相上

① 参寥本姓何，名昙潜，号参寥子，赐号妙总大师，杭州于潜（今浙江临安县）浮溪村人。是大觉怀琏弟子，云门宗下五世。年龄比苏轼小七岁，生于庆历二年（1042年）。自幼出家，于经藏、文史无所不读，善写文章，尤喜作诗。他的名字频繁出现在苏轼诗文中。

下，而通了道义，见之令人肃然"。陈师道曾誉之为"释门之表，士林之秀，而诗苑之英也"。他的《秋江》为世人传诵。当然，他还是个基本功扎实的好和尚，从小就没有沾过一点荤腥，背诵《华严经》也是标准的童子功。

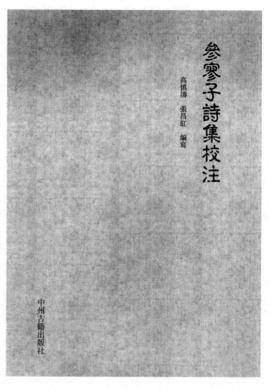

这个以诗闻名的和尚和苏轼一经交往，便从此不离不弃。苏轼每到一地，用不了多久总会看到他的身影，彼此诗词唱和，多有名篇佳作。比如那句"宁可食无肉，不可居无竹。无肉令人瘦，无竹令人俗。人瘦尚可肥，士俗不可医"就是苏轼在道潜的绿筠轩写下的。

八声甘州·寄参寥子

有情风、万里卷潮来，无情送潮归。问钱塘江上，西兴浦口，几度斜晖。不用思量今古，俯仰昔人非。谁似东坡老，白首忘机。

记取西湖西畔，正暮山好处，空翠烟霏。算诗人相得，如我与君稀。约他年、东还海道，愿谢公、雅志莫相违。西州路，不应回首，为我沾衣。

204

这次从杭州赶来徐州看望苏轼，苏轼本来说，路途遥远，你就不要来了。但他说："彭门千里不惮远，秋风匹马吾能征。"劲头饱饱的。

苏轼在任时如此，被打倒时道潜也是一如既往地和苏轼亲近。苏轼被贬黄州，道潜担心苏轼的生活，竟跑到黄州去看他，而且一住就是一年多。他一个和尚竟然也因为和苏轼的交往受到很严重的处罚，被责令戴罪还俗，而且愣把一个南方人安置到山东一个偏僻的地方生活，不准乱说乱动。但道潜和苏轼的感情一点儿也没有受到影响。当苏轼被贬到海南的时候，他竟然准备渡海和苏轼在一起，后经苏轼写信苦苦相劝才算作罢。

道潜这次专程来看望苏轼。二人煮了一壶清茶，就着新炒的栗子，谈诗叙旧。苏轼读了道潜写给他的长诗，兴之所至，次其韵回赠了一首。

这首诗远没有苏轼和道潜开玩笑的故事流传更广。

那是苏轼在徐州招待道潜和尚的一次宴会上，很多人酒肉相欢，

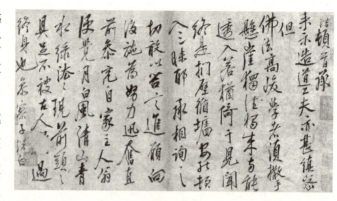

道潜书法

道潜却是只对一盏清茶、一碟素斋，苏轼便想开道潜的玩笑。他把官妓马盼唤到身边，耳语交代马盼拿着纸笔去向道潜求诗文。意思说，看你这和尚看到美女做何感想。道潜一眼看穿苏轼的心思，微微一笑，拿起笔来，一挥而就。"寄语巫山窈窕娘，好将魂梦恼襄王。禅心已作沾泥絮，不逐春风上下狂。"就是说你这娇艳的小娘子呀，你照顾好你的苏太守就行了，不要试图来招惹我这老和尚了。我的心呀已经如沾了泥的柳絮，绝不会随着春风再上下起舞了。老苏啊，我禅心一定，你能奈我何？

好一个"禅心已作沾泥絮，不逐春风上下狂"！苏轼拍案叫绝，说和尚啊，以前我看到柳絮沾泥的场景，当时就想这是一个很好的写诗题材，但一直没能动笔写，哎，今天又被你这和尚占了先。

他们彼此的亲密和欣赏可以想见。

也就是在这次徐州活动中，有人给苏轼送来了一篮子鲜鱼，当时道潜也在场。苏轼说，我这里招待和尚，怎能杀生？罢了，就把这一篮子鱼放生吧。道潜很高兴，写了一首放鱼诗，苏轼又次韵和了一首。

这一篮子鱼中有不少是红尾巴的鲤鱼，当时有个说法是，这鱼只有在生活较为辛苦艰难的情况下才会出现红色的尾巴。苏轼有感而发，说这鱼已经很不容易了，最后还要被密密的渔网网住。这在"诗案"中被抓住把柄，说是苏轼认为老百姓经受了大水已经够艰难了，现在朝廷

206

又执行青苗法、助役法等等，而且没有例外，犹如密网捕鱼，这是对新法的不满。苏轼写这首诗的时候是不是真有这个意思，无从得知，但在二百多万字的苏轼审查卷宗里，的确有苏轼亲自认罪的记录。他说，我的确有讥讽朝廷新法的意思。

除参寥和尚外，苏州的老友孝忠经过徐州，苏轼以《浣溪沙》相赠。

滕县时同年建成了一处名为西园的园林。苏轼为其题诗：

人皆种榆柳，坐待十亩阴。

我独种松柏，守此一寸心。

君看闾里间，盛衰日骎骎。

种木不种德，聚散如飞禽。

老时吾不识，用意一何深。

知人得数士，重义忘千金。

西园手所开，珍木来千岑。

养此霜雪根，迟彼鸾凤吟。

池塘得流水，龟鱼自浮沉。

幽桂日夜长，白花乱青衿。

岂独蕃草木，子孙已成林。

拱把不知数，会当出千寻。

樊侯种梓漆，寿张富华簪。

我作西园诗，以为里人箴。

诗中有一个人要更多地注重德行和仁义的意思。诗中"人皆种榆柳，坐待十亩阴。我独种松柏，守此一寸心"的句子，令我想起河南郏县三苏坟的大片松柏林。在这前后，苏轼还为时同年画了一幅竹子。时同年是谁？何以既得到苏轼的诗，还得到苏轼的一幅画？我没有查到更

207

多的资料，有些抱歉。

能知道的是在徐州沛县有一个和苏轼同榜中进士的时同年，在苏轼任徐州太守期间，他以这层关系去见徐州，苏轼热情接待。刚好有苏轼戏画的两枝邛竹图在旁边，苏轼展开这幅画让时同学提提意见。这时同学很会说话，说，好啊！这一枝如学士立身许国，劲拔不移。这一枝疏枝结叶，则表示您驭事爱民，间密有济。苏轼笑说，你说得很精到呀，好，就送给您了。这时同学的后人后来就把这竹图刻在沛县儒学的影壁上。不知道这个时同年和滕县西园的时同年是不是一个人，画竹的事也不知是不是一回事，立此存疑吧。

有诗与王廷老唱酬。

徐州通判傅裼调往京城，他曾经是苏轼指挥抗洪救灾的主力干将。他的职务由田叔通接任。田叔通就是那个迎接苏轼来徐州的三个人中的一个，被苏轼称为"风流别乘"。

十月十二日：
太阳与写诗的和尚以及徐州人的形象

"其民皆长大，胆力绝人，喜为剽掠，小不适意，则有飞扬跋扈之心，非止为盗而已。"哈哈，这话咱徐州人或许不爱听，但听后也多是会心一笑。

【十月】

十月五日，为秦观的《汤泉赋》题跋。

十月十二日，渤海人吴琯吴彦律来向苏徐州求学，并表达了希望得到苏轼推荐的意愿。那时候，这样的活动是得到官家允许的。若能拿到有影响的推荐人的正式信函，会极其有利于自己的仕途。

吴琯来到徐州，向苏轼汇报了自己致力于学习经学的意向。经学就是经济之学，是变革派王安石等所倡导的科举变革中突出强调的重要内容。而在这一点上，苏轼保留有自己的观点。他认为过去以声律取士和单一的以经术取士都是有问题的。他希望的是在扎实基本功之上、道德仁义主题之下的经世济民之术。撇开了基础，远离了主题，就会跑偏。他试图讲明自己心里应该遵循的一个"道"字，这就是坚实基本功上的道德仁义。

他写了一篇名为《日喻》的散文给吴琯，来说明自己的观点。

这是一篇著名的文章，它充分展示了苏轼高

枕石卧云——云龙山东坡石床

超的说理技巧。

云龙山壮观碑

"生而眇者不识日，问之有目者。或告之曰：'日之状如铜盘。'扣盘而得其声。他日闻钟，以为日也。或告之曰：'日之光如烛。'扪烛而得其形。他日揣籥，以为日也。"一个生来就双目失明的人没见过太阳，便向有眼睛的人询问。有人告诉他说："太阳的形状像铜盘。"他用手指敲击铜盘发出了声音。有一天他听到了钟声，便把发出声音的钟当作太阳。又有人告诉他说："太阳的光像蜡烛。"他用手摸了摸蜡烛，知道了蜡烛大概的形状。有一天他揣摩着一支形状像蜡烛的乐器籥，又把它当作了太阳。太阳和敲的钟、吹奏的籥相去甚远，但是天生双眼失明的人却不知道它们之间有很大的差别，因为他不曾亲眼看见而是向他人求得太阳的知识啊。——这一段苏轼想表达怎样的一个意思呢？别人教给你的你认为的真理有时候并不是那回事。怎样才能获得有用的知识？要靠自己的眼力，靠自己正确的体会。

他以太阳作比喻，要说的其实是比太阳更难以描述的"道"。道这东西，的确更加抽象和玄妙。我反复读苏轼的这篇文章，忽然有了一个其他资料里没有的答案。他所说的道一是指仁义道德为主体的是非观，二是指形成这种是非观的具体方法，即目标和路线。道，才是所有学问的本质。若是偏离这本质的东西，你就会陷入四处求道却四处不得要领的困窘，因为你不知你想要的本质的目标在哪里。

接下来苏轼又拿南方人和北方人潜水这件事来说明取"道"之道。他说南方人十五岁就能潜入水中很长时间，而北方人即使到了壮年也无法达到这个潜水的水平。即使是很勇敢能干的人，听了南方人的潜水之法，如果真去一试，还是免不了会被淹死的。这是什么原因呢？这里苏轼导入一个"致"的概念，他说"道可致不可求"。我理解这里的"致"有"使达到"和"细密"的意思。"使达到"就是引发的意思，比如致病、致人死亡等等。使达到和细密结合在一起，就是说真正"道"的获得不是速成的，甚至在某种程度上来看都不是可以向人讨教学习来的。它是一个各方面因素的长期渐进的"使达到"。南方人十五岁会潜水，是因为他生在多水之乡，是因为他七岁就能蹚水过河，十岁就能浮在水面游泳，最终能潜水是因为他掌握了水的规律。一个人要真正达到"有道"的水平，除了要用大量的知识充实自己，这就是奠定根基，还要有在知识之中找到规律的能力，这就是悟。到那时，这"道"就会不期而至。否则就是北人潜水，虽说看上去呼吸之法都学得有模有样，但终究会被淹死，一无所得，还毁了自己。

"昔者以声律取士，士杂学而不志于道；今世以经术取士，士知求道而不务学。渤海吴君彦有志于学者也，方求举于礼部，作《日喻》以告之。"结尾部分，苏轼再次亮出自己的判断。他说，过去以声律技巧来选拔人才，大家都沉浸在平仄对句引经据典上，而根本没有追求文字里内含的仁义道德这个更高目标的志向。现在用经济之学来选拔人才，追求经世济民的实际目标却又缺乏踏实的基本学问功夫。当然，他的重点是后面这一句。这在他之后的"诗案"交代材料中说得很清楚。他就是讥讽现在的科场之士，只求能讨好一些当权者的偏好，求得上进，只重视经学之类的皮毛之术，而忽视了基础学问的积累。所以，他们多是空言大话，一无所用。

记得第一次读《日喻》是在中学的课堂。那时得到的观点，好像是说要重视实践，不要说空话。现在再读，又是一种

云龙山招鹤亭

211

感觉。若说是重视实践，其实这正是王安石倡导以经学选士的初衷。只知道翻检古籍是王安石所不屑的。王的目的就是通过经学之术的应用，尽快使国家富足起来。但因为政治观点迥异的原因，苏轼虽然也认同学以致用，但他同时又认为如果目标不明、是非不分，没有坚实的仁义道德作基础，这样的经学应用是有害的。

苏轼的可爱之处就在于，他遵循的是自己心中的真理。他反对王安石等激进变革派，但他事实上也不赞成一成不变的保守做法。他因为批评变法被驱出京城。待到保守党执政，他回到京城后，当保守一党要求全面毁掉变法成果，一律无条件恢复旧制的时候，他又成了旧党的反对派。因为他根据自己在基层工作的体会，认为有些方面的变革于国于民还是有好处的，应该保留。这又导致他被旧党抛弃。用现在的说法，这是一个政治立场不坚定的家伙。但换一个角度来说，这又是一个实事求是的人，是一个脱离了个人低级趣味的人。他心中有他的一个道。

这样你才会理解，他为何会在他最大的政敌王安石罢相之后，能和他保持较为正常的关系，甚至专门去看望他。王安石只是他的政治异见者，他在苏轼的心中还是一个大人，不是一个小人。这也同样可以理解罢相在外的王安石，在李定、舒亶、曾布差点要整死苏轼的时候，依然专程写信，使出老脸请皇帝不要杀苏轼。王安石和司马光可算是你死我活的一对冤家，但王安石为相，司马光说我不和你玩了，我去洛阳写书了。王安石说，那你就去呗。一点也没有赶尽杀绝，担心司马光东山再起的意思。后来司马光因为某件事在洛阳发公开信大骂王安石，王安石也就是发了一封公开信回骂一通了事，并没有借助自己当时的权势迫害他的意思。真正的小人，绝不是苏轼和王安石这样的，那些小人他们计较的起因是出于一己之身一己之事。如李定者，他因为不孝被苏轼公开嘲弄过，他这样的人才会有整死人的心思。古人言，宁得罪君子不得罪小人，真是有着深刻的道理。

苏轼是个纯粹的人，心底很干净的人。我读过他大量的诗文和书简，除了对那种泛泛而指的小人表示不屑以外，几乎没有他去诋毁某人的例子。

2015 年，我去黄州，听王琳祥老师给我讲起苏轼在黄州期间和一个官妓李宜的故事，更是让我心生感慨，这真的是一个"眼见天下无一个不好人"的人。即便是他心里认定的小人，他也从不向人提起。当然，也许他是担心那些丑恶污了他的笔。

那时，他在被遗忘了五年之后才被皇帝重新想起，一直敬重关心苏轼的黄州太守杨采设宴为苏轼送行。唐宋时期，官场的应酬会宴，例有官妓侍候。那时的官妓有献艺不献身的明文规定。她们就是在官方组织的一些场合唱歌跳舞以助兴致而已。

在黄州的官妓中，有一位名叫李宜。年少聪慧，知书达礼，只是语言较为木讷，不善于逢迎。在很多次与苏轼见面的宴会活动中，其他的官妓手里都有苏轼即兴赠予的诗文，有的还不止一幅。但唯有这李宜一直就没有得到苏轼的诗词墨宝。好多人心里奇怪，但多是归咎于李宜的不善言辞。

这次苏轼马上就要离开黄州，这一去再见都难。有人就鼓动李宜往前求诗。李宜也不愿失去这最后的机会。她奉觚礼拜，取下自己的领巾请求苏轼作书。苏轼看着李宜，回想几年交往，怜爱之情顿生，略一沉吟，在李宜领巾上写下了半句诗："东坡五载黄州住，何事无言及李宜？"

正当大家期待下文的时候，苏轼却放下了笔，顾左右而言他。酒席将散，就在大家以为苏轼已

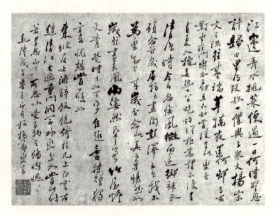

郑板桥书苏轼黄州诗文

213

经忘记此事的时候，苏轼才又拿起笔来，把这首诗续完："恰似西川杜工部，海棠虽好不吟诗。"好多人鼓起掌来，为李宜道贺。这里用了杜甫的典故，说明了之所以没给李宜题诗的原因。西川多海棠，但久居于此的杜甫，从来没有在诗里吟咏过海棠。不是因为他不喜欢，而是因为他母亲的名字叫海棠，因为避讳才不以海棠入诗的。

苏轼在这首诗里的意思也很明显，小李呀，不是我不喜欢你，只是我有所避讳呀。

苏轼避讳的是谁呢？后人有好事者，认真地考证了一番。很奇怪，苏轼的长辈亲戚中，竟无一个称作李宜的人。

他不是为尊者讳，而是因恶者避。他连提都不愿提的人，在乌台诗案中伤害他极深。这个人就是李宜之，当时的国子博士。他一生因陷害苏轼而闻名。苏轼在心里对他的厌恶甚至是憎恨可想而知。以苏轼的才学，随便编排个小故事便可令他遗臭万年，可苏轼没有，他只是尽力地不让这个小人出现在他的锦绣文章中，仅此而已。他是一个不拘泥于不快的人，正如一位大师说，苏轼是一个不要命的乐观者。

"横看成岭侧成峰，远近高低各不同。"看山如此，对《日喻》一文有不同的理解，这应该也能得到苏公的认可。究竟该以怎样的方式育才？我以为学习经世之学的确应在仁义道德的大目标下进行。君不见现在的许多人研究高等数学物理，却处理不好和同学室友的关系；通晓金融大局，却不知尽孝小节。少了一颗仁爱之心，能力愈强，对这个世界危害也可能愈大。在学校里学习了十几年，却不懂基本的生活之法，连个番茄炒鸡蛋都不会。这总不是教育的成功吧。读了几年的书，竟扯出关公战秦琼。亲见一据说也是名校毕业的一位官员，说不成一句完整的古诗词，还好意思说自己是语言朴实。去你大爷的朴实吧，那是把鲁莽当勇敢的朴实。真的朴实，是不知道就说我不知道。哈哈，又扯远了。

十月十五日。

与客登黄楼观月。这位客人是谁，已经无从得知。写给客人的诗中末尾两句"为问登临好风景，明年还忆使君无"——要是有人明年再问起在这楼上看得的好风景，您还能记得我吗？——明年的这时，苏轼差点被整死在御史台。那时，乌台寒鸦惊心，囹圄恶吏横眉。苏公若再忆此景，恐怕自己都会以为这远山白云、水中明月皆是南柯一梦。

十月十六日。

给表兄文与可写信，推荐赞扬道潜和尚的诗，同时催文与可尽快写好《黄楼赋》。就是在这封信里，他对表兄说，不要过分赞美他个人在抗洪救城中的功绩。

本月，苏轼给皇帝写了一份重要的报告——《徐州上皇帝书》。

这份报告主要包括两个方面的内容。

一是加强徐州的战备和治安。他详细分析了徐州的地理和治安形势，包括对剽悍民风的分析，指出徐州乃是京东诸郡安危所系，民风强悍，但是兵力不足。请求在可能影响徐州安危的利国监建立起冶户武装，也就是地方民兵队伍。并请把设在南京（今商丘）的新招骑射两指挥的所在地迁到徐州。同时，申请自己兼任沂州兵甲巡检之职。他还详细陈述了治理盗贼的一系列办法，希望获得皇帝的支持和肯定。

二是在选拔人才方面，建议对徐州等地进行政策倾斜。本着实用有利于国家和地方的原则，对京东、京

燕子楼公园

215

西、河北、河东、陕西五路，另外开辟人才选拔渠道，放宽选拔条件，调整选拔办法。他认为徐州等地的人深沉勇猛，有其独有的个性特点，若是让他们和吴、闽、楚、蜀等地方的人去比经义格律肯定要相差很多，按现有选材之法，这里便很难有人被选中。因此希望皇帝改善这些地方的选人用人办法，可以允许地方政府拿出一部分比如牙将之类的相应岗位对地方人士开放。用其所长，避开其科举能力不足之短。其中的成绩优异者，皇帝还可进一步选拔使用。这样那些豪杰英伟之士就有了很好的出路，那些奸猾之徒也会在这些人的治理下得到约束，这也就是"徐人治徐"吧。

这份报告再一次展示出苏轼出色的理政能力和实事求是的治国安邦理念。

一州之守，却有天下的目光。身在徐州城，放眼全大宋。这不是一个庸庸碌碌的官员能做到的。

自己依靠科举晋身的官员，却能直言不讳科举者之外也有很多人才，一个极擅经义格律者却能认可深沉勇猛者也有可当一用之价值。这是有大心胸者的作为。

而且，这篇文章再一次体现了他的担当。就把沂州那一块的兵马也交给我吧，这样有利于利国监的治安管理。苏轼争取这个职务，于他而言既不涨工资，也不会提级别。副作用倒是明显的。朝廷中或有人据此说苏轼伸手要官，沂州的同僚或许以为苏轼在挖墙脚，但很显然这样调整之后，会有利于当地治安，不会再有发现盗贼在利国作案却不能就近调用沂州之兵的尴尬。他本可以装聋作哑，保持沉默，那于他个人而言，并没有大的损失。但他选择了担当。

再就是看出他的务实。比如他的防盗之法，周密且具可操作性。

216

最难得的是作为一个官员难得的深度思考和辩证思维。盗贼也不是天生的盗贼，它有其产生成长的深层次原因。小吏成为盗贼也不尽是其品质低下，也有官逼为贼的因素。想让马儿跑，又想马儿不吃草。饿极了的马儿难免去偷嘴。他对公务人员出差费的设立就是从根本上解决"官逼为贼"问题的一个好办法。

一个既有思路也有办法、既有高度也接地气的官员，无论古今，都是难得的。苏轼的一系列建议，在之后的日子里陆续被朝廷采纳。

或有人说，苏轼就会写写诗作作词，并无其他治国安邦的才能，其实都是不全面的。这样的不全面，来自于不了解。我们平常所看的苏轼文字，多是诗词歌赋之类，对他的一些政论文字接触不多。读了您才知，苏轼原来并不像你想的那么简单。

谈政治不是老土所好，我更想说的是苏轼来徐州一年之后对徐州和徐州人的评价，

在这封写给皇帝的信里，苏轼描绘了他眼里的徐州和徐州人。

他在实地勘察以及深入民间了解并考证相关典籍后，这样描述他印象中的徐州：

"徐州为南北之襟要，而京东诸郡安危所寄也。"三面被山阻水的地理环境，地形便利，战守相备，使徐州成为重要的战略要塞。

他认为是独特的地理和军事环境，造就了能征好战的徐州人。他举了项羽、刘邦、刘裕、朱全忠等人的例子。他说当年横扫千军的曹操，以三十万人攻彭城，都不能打下；而王智兴从一个小兵蛋子起家，在徐州任意作为了

徐州汉画像石

许多年，朝廷亦不能讨伐成功，这都是地形便利和人卒剽悍勇猛的原因。

他用了这样一句话描绘他眼中的徐州人：

"其民皆长大，胆力绝人，喜为剽掠，小不适意，则有飞扬跋扈之心，非止为盗而已。"哈哈，这话咱徐州人或许不爱听，但听后也多是会心一笑。他说，徐州这个地方的人大多身高体壮，胆量和力量都在其他地方的人之上。崇尚击杀抢掠，稍有不如意的地方，便有咄咄逼人不受约束教训他人的心思。末句又提醒朝廷，他们可不仅仅就是做个强盗抢些财物呀，他们也会抢了皇帝老儿的天下呢！比如"汉高祖，沛人也；项羽，宿迁人也；刘裕，彭城人也；朱全忠，砀山人也。皆在今徐州数百里间耳"，这可都是在徐州这个地界的人呀！他进一步说，当地人以此自负，"凶桀之气，积以成俗"。

"小不适意，则有飞扬跋扈之心。"作为一个地道的徐州人，我十二万分地理解老苏对徐州人的这个定性。这比那个据说是乾隆皇帝"穷山恶水，泼妇刁民"的评语要可爱得多。在现在的徐州人中仍然崇尚情义二字。这二字当头，便免不了率性而为。为朋友可两肋插刀，见不义而拔刀相向。和徐州人相处很简单，你敬他一尺，他敬你一丈。你急时给他一滴水，他来日真还你一个太平洋。忘恩负义、欺负弱小是徐州人最不齿的。

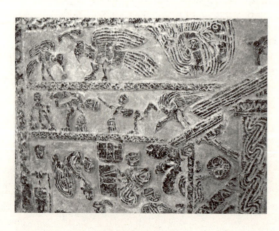

徐州汉画像石

徐州人喜欢"讲究"的人。啥叫"讲究"？就是行事规范、重情重义。和徐州人相处，如果他认定您是一个讲究人，那一切事便都好办起来。相

218

反，如果他认为你是一个不讲究的歪脖孩子，他可以直接把酒杯扔你脸上。你要再敢反呛，他非擤你个鼻青脸肿不可。

徐州人好斗的例子很多，讲一个亲历的。那年和几个小伙伴到上海出差，晚上逛外滩看景，适逢两个上海人吵架。看了几分钟，人家还在一五一十辩是非，这边我的徐州小伙伴着急了，说你们都回家洗洗睡吧，这算什么

王诜《渔村小雪图》局部

吵架啊，吵了五分钟还不动手，有意思吗？说得那两个吵架的人一脸诧异，竟然真的各自散去。街上吵架，超过三句还不动手，徐州人便觉得这架吵得没滋没味的。

差不多就在苏轼这封《上皇帝书》发出前后，苏轼收到了王巩从京城寄来的信，说九月份苏轼委托驸马王诜想法去祠部弄一两张度牒的事，王诜已经答应了。度牒，是唐宋以来祠部发给或售给出家人的凭证，可凭此免地税及徭役。苏轼托朋友要度牒，自然不是自用，应该是准备赠给哪位关系不错的僧人。

也是在这个月，通城县令、亳人王定民写来诗。王定民曾在苏辙来徐州期间也来到徐州，和苏轼兄弟游览了徐州留台寺等一些地方。王定民的书法应该还是不错的。苏轼在诗里说，准备买好笔和纸，请他用草

书书写黄楼赋。

云龙湖苏公塔

十一月初八日：两只仙鹤飞去了西山

苏轼给那猪龙定下了这次下雪的具体标准，要求达到积雪厚度能埋住牛的标准。看似有点高要求了，但出自神勇的苏太守之口，什么赤龙、猪龙似乎都只有乖乖听话的份儿。

没隔多长时间，"玉花飞半夜"的场景再次给了徐州人一个大大的惊喜。

【十一月】

十一月初八。

这一天，苏轼为云龙山张天骥作《放鹤亭记》。

海拔高度只有一百四十二米的云龙山若是没有《放鹤亭记》，可能远没有今天的名气。

1952年10月29日上午，毛泽东在云龙山看到放鹤亭时，开口背诵《放鹤亭记》中的一段。很多古今名人到访游览此山，也多是因了山上的放鹤亭。而放鹤亭无疑是因苏轼的《放鹤亭记》而闻名。

《放鹤亭记》被选入《古文观止》一书。对中国文化稍有了解的人，即便只读过少有的几篇古文，也多是出自此书。它的名字表达了作者这样的意思，读古文看这本书就行了。而苏轼的《放鹤亭记》就在其中。

这篇"亭"记，记的不仅在亭，还在于鹤，更在于养鹤之人以及养鹤的心情。

他先是交代了一些背景。说熙宁十年那场大水，淹没了张山人原来在山西麓的房子，后来便迁到了山的东面，这时在山顶上建了一座亭子。接着他描绘了这亭子的地理位置。"彭城之山，冈岭四合，隐然如大环，独缺其西一面，而山人之亭适当其缺。"接着又想象了一下这里应该有的风景："春夏之交，草木际天；秋冬雪月，千里一色；风雨晦明之间，俯仰百变。"说是想象，是因为五个月后就永远离开徐州的他，实在没有可能站在亭子里看到随后的冬景和春夏之色。

云龙山顶放鹤亭

"山人有二鹤，甚驯而善飞，旦则望西山之缺而放焉。纵其所如，或立于陂田，或翔于云表，暮则傃东山而归，故名之曰放鹤亭。"是说张山人养了两只鹤，很驯服而且极擅飞翔。早晨对着西山的缺口放出去，随其所欲，爱到哪里到哪里，想干什么干什么。立于田垄，飞于云表，如其所意。到了傍晚，则向着东山归来。因为这个缘故，这个亭子就取名为"放鹤亭"。

下面又是苏轼为文很是擅长的细节描述。他端着倒满酒的杯子对山人说，你知道你隐居的快乐吗？那是面南而坐的皇帝都无法与你交换的快乐呀。《易》和《诗经》上有"鸣鹤在阴，其子和之""鹤鸣于九皋，声闻于天"的说法，就是因为鹤的超然于尘垢之外的清远闲放。因为这个原因，诗人爱把它比作贤人君子。

他接着说，一般人跟鹤亲昵，跟它玩耍，好像是有利而无害的。然而，卫懿公爱好鹤，却丧失了自己的国家。

云龙山放鹤处

就同喝酒一般，周公和卫武公都认为再没有什么能像酒这东西让人迷情乱性、荒废事业的了。但如刘伶、阮籍等人却是因为好酒，美名声闻天下。哎呀，那些统治天下的君主，连这清远闲放的仙鹤都不能喜好，喜好了，就可能有亡国之忧。而那些山林中的隐士，即便整日沉醉在可以致人迷情乱性的酒水之中，也没有什么害处，更不用说喜欢鹤了。从这可以看出，人与人的快乐是不可采用一个标准的。张天骥高兴地回应：苏太守所言，的确如此。

于是山人唱起了放鹤招鹤之歌。歌词如下：

鹤飞去兮，西山之缺。高翔而下览兮，择所适。翻然敛翼，婉将集兮。忽何所见？矫然而复击！独终日于涧谷之间兮，啄苍苔而履白石。

鹤归来兮，东山之阴。其下有人兮，黄冠草屦，葛衣而鼓琴。躬耕而食兮，其余以饱汝。归来归来兮，西山不可以久留！

不用再译成白话了，译了就不是那味儿了。这首"飞去归来辞"最动人的部分，就是末一句那来自苏轼心底处的呼唤：归来吧，归来吧，西山不可以久留呀！

苏轼想到的肯定是自己的西山、自己的归来。

那个黄冠草屦、葛衣而鼓琴的人儿莫非就是苏轼自己的幻影？那个终日或于涧谷之间啄苍苔而履白石、或高翔而下览的身影，莫非就是他无奈走失的灵魂？

人心无着，便总有归去来兮的呼唤。

放鹤亭

223

现在，我抬头望得见不远的云龙山。只是听不见鹤鸣，看不清方亭，唯有车马喧嚣，锯厉锤野，若贼寇入室，害人清净。罢了，且放下手中笔，就今晚，轻履薄衫，去应先生那归来的呼唤。

十一月十二日。

在徐州逗留许多时日的道潜和尚离开徐州。

道潜（参寥）在徐期间，苏轼曾与之放舟百步洪，观水黄楼上，月下畅游戏马台，当然还有在酒席间命妓索诗的佳话。

《百步洪二首并叙》中有对百步洪的精彩描写。其中"有如兔走鹰隼落，骏马下注千丈坡""轻舟弄水买一笑，醉中荡桨肩相摩"都是很美的句子。很有意思的是，陪同道潜的苏轼又想到了上次和王定国一起游百步洪的情景，那时有马盼、张英、卿卿等美女相伴，现在身边只有这心若沾泥絮的参寥和尚，他禁不住对和尚抱怨，我现在想派个佳人帮我寄走心中的好词好句，可惜啊，夜寒手冷无人呵护。参寥大笑无语，心里想，好个风流调皮的苏徐州！

道潜临行，苏轼有诗相送。并写好了一封给表兄文与可的信，请道潜顺道转交。

十一月十九日。

苏轼应宋城县令王兢之约，为其作《庄子祠堂记》。

224

百步洪现状

这篇文字里，苏轼表明自己与前人不同的对庄子的两点看法。

一是认为庄子和孔子的思想是一家而不是对家。庄子对孔子的思想有着重要而积极的帮助。

二是认为《庄子》中的一些篇章是后人的伪作。"凡分章名篇，皆出于世俗，非庄子本意。"

后人评论，东坡文风得力于庄子最多。他曾在读《庄子》之后，喟然而叹，说："我过去看到的很多东西，心里有但嘴上却说不出来，今天看了《庄子》，才知道我的心里话都在这里了。"南宋评论家罗大经在《鹤林玉露》说："《庄子》之文，以无为有；《战国策》之文，以曲为直。东坡平生熟此二书，故其为文横说竖说，唯意所到，俊辩痛快，无复滞碍。"有人说，这篇文字是苏轼对庄子最具心得的文章。

我曾探访古宋城今河南商丘，庄子祠堂已无存，活着的是《庄子祠堂记》。

另外，顺便说一下，《苏轼年谱》上说王兢是蒙县令，似应为宋城县令之误。

眼见天气干燥，苏轼担心若是一冬无雪，明年庄稼或生虫害，还可能又致年初大旱，便安排去雾猪泉、灵慧塔祈雪事宜。

雾猪泉，我原来一直以为是城北铜山柳泉西母猪泉，那里离我的老家不远。后来查《徐州志》得知，这雾猪泉在萧县东南五十里的大观山。其处有雾猪山，有泉叫作雾猪泉。据说有猪龙在这里潜伏。2016年，我和苏学大家苏肇平先生等人亲往此处考察，一汪清水还在，但却不是我心中的模样。

苏轼和舒尧文等一干人骑马出城，往雾猪泉而去。路途之上，旱象沉重，苏轼看到地里的麦苗稀稀落落，几乎可以忽略不计，心情沉重，更加担心明年会出现人牛俱亡的状况。

在雾猪泉他朗声宣读了自己的《祈雪祝文》。

作者老土与苏学专家苏肇平先生探访在萧县境内的雾猪泉

文中大意是：哎哟哟我的徐州人民，不知什么原因就得罪了老天爷，不是大水就是大旱，到现在已经有两年了。老天还是不知道悔过，到现在又是一百天没有下雨。下的一点点小雪，连个地皮都没有盖上。我现在奉天子的命令，来向山川祈祷。听说就在这里有神龙在渊，好好好，我就把这下雪交给你了。这次比石潭祈雨说得直接，完全是批评的口吻。老天爷呀，你这两年不是大水就是大旱，你这是和俺苏子瞻对着干呀！我知道八年前我的同僚傅钦曾经在这里祈雨成功，你这次也不能不给我面子吧？

在《次韵舒尧文祈雪雾猪泉》诗里，苏轼给那猪龙定下了这次下雪的具体标准，要求达到积雪厚度能埋住牛的标准。看似有点高要求了，但出自神勇的苏太守之口，什么赤龙、猪龙似乎都只有乖乖听话的份。

没隔多长时间，"玉花飞半夜"的场景再次给了徐州人一个大大的惊喜。

十二月十九日：燃烧的石头会说话

苏轼说，相信天不独负我古彭城。我们这里一定也有可以燃烧的石头。一支由地方政府组建的石炭勘探队在苏徐州指导下迅速建立，并立即开展工作。

【十二月】

十二月十九日。

这一天是苏轼的生日，没有见到关于他做寿的记录。能知道的就是在这一天，苏轼再次完成了一次朝廷上书，不过这次是写给枢密薛向的。

后人评价说，身为一个拿两千石年薪的市级领导干部，在自己的生日当天，或是士民盈门祝寿，或是自家饮食宴乐，这应该都是正常的。可四十三岁的苏轼在这一天思考的是国家大事，忙着给皇帝重臣提合理化建议，这一点就是很多人无法相比的。

这封上书的原稿已经佚失，有关辅助资料证明其大意是苏轼表达对西夏慎重用兵的意思，并希望通过薛向影响到皇帝决策。

一个市级干部，在自己的生日里，想的是关于遥远的西夏和他不熟悉的战事，的确难得。

在这个月里，苏轼给枢密侍郎写了一封信，希望能争取机会到浙江四明一郡工作的机会。看样子，苏轼对徐州的自然灾害已经达到了忧心忡忡的地步。他的治水之法，没有获得朝廷的全力支持，更是使他对未来充满担心。

他在给朋友范子丰的信里，再次请求朋友帮助活动一下，看看去四明有没有机会。因为据他所知，到明年四月，四明会出现空岗，他担心被人家下手早了。他还说，实在争取不到四明，哪怕去个小县也行。在这封信里，他说在徐州还是较为清闲的，每天在衙门也就是有两个小时的时间忙一些，其余的都可以自由安排。睡个懒觉、读个闲书都是没有问题的。

表兄文同调往吴兴任职，苏轼写信祝贺，并建议文同去上任的时候路过徐州。

一年一度的秋试大考结束。京城传来不好的消息，他的得意弟子秦观秦少游秋试考场失利，再次名落孙山。苏轼写信安慰，并为秦观抱不平。秦观回信，向老师表达了自己考试失利的郁闷心情。

为宋迪《潇湘晚景图》题诗。

石康伯去京师出差，苏轼请他带去给表兄文与可的一封信，再次催请文同写一篇《黄楼赋》，并捎去了四匹画绢，请文同画上竹木、怪石之类，他准备放在黄楼上当作屏风，以作为徐州奇观。

这个月里，张方平应苏辙的请求为苏洵作《文安先生墓表》，苏轼写信向张方平表示感谢。

元丰元年十二月。

苏轼还要为徐州人留下一炉千年不绝的温暖。

这个月，苏轼在徐州发现并组织开采石炭。石炭，即煤炭。

朔风低吼，铅云低垂。逍遥堂窗前，苏轼双

萧县孤山。传说苏轼当年最早在此山附近发现煤炭

眉紧锁。徐州未来的日子令他忧心。

去年也是这样的日子，刚刚经历一场洪水劫难的徐州城，未及休养生息就进入了一个湿冷的寒冬。

苏轼也是在这窗前，眼看着一个老人在风雪中猝然倒下。他招呼了一声衙役，便冲到了街上。扶起老人的时候，他依稀辨出那雪白的胡须他曾在洪水漫溢的城头上见过。

老人脸上的体温已化不开小小的雪花，老人看着太守，说一句"冷呀"，便没有了生息。苏轼放下老人冰凉身体的那一刻，他好像听到一声惊心的脆响，那是老人被冻裂的腿骨。

天气出奇地寒冷，更冷的是城里燃料奇缺。整个彭城像被一个巨大的冰块笼罩，眼看任何一点些微的温热都要被冰冷吞噬，包括曾经火红的灶台和人们心口的那丝残温。

有人抱着仅有的一床被褥来到街上，一家家地敲门希望能换来半捆湿的柴草，去复活那冷了多日的炉膛，可暮色苍茫中那声声呼唤苍凉而无应。

有人报说，南山官家的栗子林已快被砍伐一空，衙门要不要做些什么？

一脸阴沉的太守一言不发。人命关天，何况栗林？

有人又报，城北利国监的熔铁炉因为没有燃料已经停炉。过去是一炉火热，现在是满釜冰凌。朝廷催问，如何是好？

太守默然无语。人命不存，何论黑铁？

燃料，燃料，徐州急需燃料。

否则，否则，否则未曾在洪水中倒下的徐州将再没有来年的春天。

……

上天垂爱，城市又在春天醒来。但苏轼的心里总是压着那一块挥不去的铅云，他的耳畔总是有那一声"冷啊"的脆响。他想，我不能让旧景重至。

他和每一个来徐州看他的朋友谈论着那个冬日的暮色，来人同情地看着憔悴的太守默然无语。

一个来自他之前工作地凤翔的朋友，忽然这样问：怎么不试试石炭呢？

石炭？一种可以燃烧的石头。

苏轼说，石炭，我知道，凤翔的百姓有时从山间捡来用作燃料。可这里不是凤翔，没有石炭。

朋友走了，但苏轼还在自问。徐州为啥没有石炭？或许有呢？或许徐州也有呢?！——这个念头令苏轼激动起来，他托人去凤翔找了个懂石炭的老者，集合了一帮徐州弟子，在云龙山前集合，说，出发，你们去给我找可以烧火的石头。去，目标是徐州的山山水水。

人们的目光满是惊讶：能烧火的石头？咱们的太守不是疯了吧？怪不得他们，一个叫马可·波罗的西方人远渡重洋而来，在当时的元朝看到石炭，黄眼珠子差点掉到了地上。哇，神奇的东方人啊，他们居然能让石头燃烧！——那还是苏轼在徐州一百多年后的事儿。

苏轼说，相信天不独负我古彭城，我们这里一定也有可以燃烧的石头。

一支由地方政府组建的石炭勘探队在苏徐州指导下迅速建立，并开展工作。

转眼两三个月过去，苏轼没有等来他想要的消息。眼看天气渐冷，苏轼的心先自阴沉下来。他一个人来到云龙山张山人的茅舍，要了一杯薄酒，慢慢地喝，慢慢地愁。眼见火盆灰暗，天色渐晚，苏轼心里凌然一惊，他好像又听到那一声冰裂骭骨的脆响。不，不是一声，是一连串的声

白土镇古村落。苏轼在此发现石炭

音……

白土镇寻炭亭前石炭诗碑

报苏太守，白土镇发现石炭！一个披着雪花的人扑进庭院。

什么？找到石炭了？你再说一遍！在哪里找到的石炭？

报太守，在州之西南白土镇。

白土镇？好好好，白土镇里乌金出，好好好，快带俺老苏去看！

急不可待的苏太守随着来人，骑着马往西南白土镇赶去。到那里时，苏轼听到了人群的欢呼，他弃马步行，深一脚浅一脚地奔过去。拨开人群，苏轼看到了那堆黑亮的石炭。他拿在手中，左看右看，呵呵，这果真就是石炭，就是我见过的可以烧火的石头！各位，快快快，趁着天色尚明，快去周遭寻寻，看看是否还有？

众人呐喊一声，四散而去。不到半个时辰，一个声音响起：苏太守，这里也有石炭！

语音未落，又一个声音从后面传来：苏太守，这里也有石炭！

报，这里也有！

报，这里也有！

……

这里、那里，那里、这里……把一个苏太守欢喜得像个孩子。

好好好，快快地点燃起来！

石炭燃烧了起来，火光映红了欣喜若狂的太守和满山遍野满含期待的人群。

画家凌海先生制作的石炭诗巨幅装饰画

着了，着了，真的着了，那石头真的着了！千万人在鼓掌欢呼。着了的不仅是石头，还有渐冷的人心和红火火的希望。

苏轼当时对石炭的进一步开采做了安排，并且向居民传授烧炭之法，要在炭里掺些泥土，加少许的水，这样石炭会烧得更透，而且不会烧结炉膛。百姓们又是一脸惊讶，水火相克，怎么加了水土反能烧得更旺？这样的疑问，在数百年之后的公元 2002 年，北京一位研究石炭诗的作家也这般问我，"投泥泼水愈光明"，这是不是老苏高兴之后的疯话？我说不是，老苏说得很对。这种烧煤之法至今在徐州还在使用。把煤打碎，掺入黄泥，以水搅匀，做成煤饼，正是标准的苏轼烧炭法。

我在徐州做了一辈子的煤矿工作。我曾和小伙伴们说，要感谢苏太守给了我这个饭碗。他是徐州第一任的煤炭勘探队队长、第一任矿长和总工程师。他的石炭诗写的不仅是石炭勘探开采的过程，也写了石炭的多方面应用。一双惯于写词作赋的手，干起矿业来也是有声有色。

这一夜，逍遥堂灯火未灭。

苏轼看着一炉红红的炭火，笑了又笑。南山的树林不用砍了，利国的烘炉不用停了，那惊心的声音不会有了，呵呵，这样的盛事，是应该有诗的！

他霍然起身，疾步走到案前——

石炭（并引）

　　彭城旧无石炭。元丰元年十二月，始遣人访获于州之西南白土镇之北，冶铁作兵，犀利胜常云。

　　君不见前年雨雪行人断，城中居民风裂骭。
　　湿薪半束抱衾裯，日暮敲门无处换。
　　岂料山中有遗宝，磊落如䃜万车炭。
　　流膏迸液无人知，阵阵腥风自吹散。
　　根苗一发浩无际，万人鼓舞千人看。
　　投泥泼水愈光明，烁玉流金见精悍。
　　南山栗林渐可息，北山顽矿何劳锻。
　　为君铸作百炼刀，要斩长鲸为万段。

　　呵呵。

　　这一写，就成了中国煤炭开采史绕不过的丰碑。

　　任何一本关于中国煤炭开采应用历史的书籍文章里，苏轼的《石炭诗》总是亮闪闪地立在那里。

　　徐州，也因此有了煤城之称。开采活动直到今天还在继续。数十万矿工及其家属一代接一代以此谋生。作为江苏唯一的煤炭生产基地，从这片土地开采出的煤炭温暖了千家万户的炉膛。就从苏徐州起，虽历千年风

现代化的徐州煤矿

233

霜，然温暖依旧。

徐州，该给苏轼塑一尊像，在那高高的井架旁！

这一年。

与欧阳奕（仲纯）有多次书信往来。

与章惇（子厚）书信论时事。

为湖州沈氏天隐楼题诗。

何恭以长诗呈苏轼，想让苏轼也去推崇王安石，苏轼不以为然。

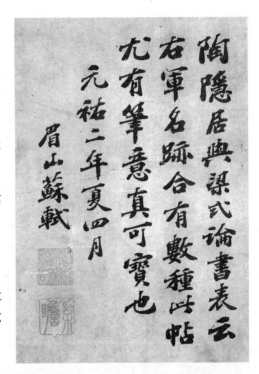

陶隐居典梁武论书表云

右军名跡合有数種此帖

尤有笔意真可寶也

元祐二年夏四月

眉山蘇軾

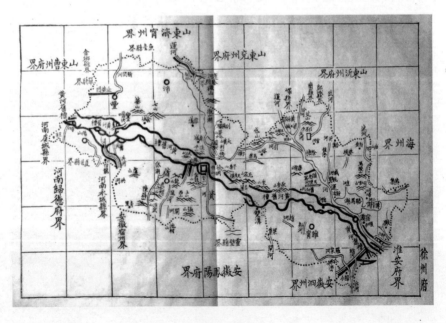

光绪徐州府图

234

元丰二年卷

（1079 年　四十四岁）

　　苏轼关于对病囚进行医疗救助的建议，无疑是一件功德无量的大善事。他在半年之后的乌台诗案中，深陷囹圄，恶吏催逼，自己都准备好了吞青沙金自杀。看似必死无疑，却忽然生机凸显。为太后身体康复，朝廷要大赦天下，太后说，赦一个苏轼就够了。连他的老政敌王安石也忽然强力发声，大呼刀下留人。天意人情，这或许也是苏轼悲悯情怀于其自身的感应。

桓魋石室

正月二十日：
坟墓里的琴声和监狱里的呻吟

石室之中，苏轼做了一件似乎很是惊世骇俗的事。他安排道士戴日祥在石室中，用唐代四川著名制琴家雷成所制之琴，弹奏周代著名作曲家尹伯奇创作的名曲《履霜》。琴声幽幽，荡气回肠，令人感慨万千。

【正月】

正月七日。这是老历中的人日。

猎于城南。

这一天，小雨初晴，土润风和。号称京东第二将的陇西人雷胜来到徐州检查所属部队工作。传说中的此人，武功甚高，尤其是骑射敏妙，为世人称道。徐州人都有一览其风采的意思。苏轼便在城南组织了一次打猎活动。

包括雷胜，参加这次活动的主要人物约有十人，观众达数千人之多。

这次徐州出猎，单是人数规模应是不输密州出猎。但苏轼似乎少了些那时"左牵黄，右擎苍"的风采，因为那时的主角是苏轼，这次却不是。另外更重要的原因，还是苏轼这一年的经历又是水又是旱又是大寒找石炭，他的形象在老百姓心目中有着挥不去的忧郁。人们指点着平常文弱默然的太守，今天忽然拈起白接篱，跨上金鞯裹，意气风发，还是有着不小的惊喜。

此刻，风吹过还是颇有几分寒冷，大树枯枝上偶有残雪落到脖子上，把持缰绳的手因天冷有些畏缩。这时忽然有两支响箭飞出，人马开始向前涌动。那雷胜果然不同凡响，长啸一声，弓起箭出，目光炯炯，随箭而去。而我们的苏太守，或是因为琢磨诗句的一个词，而忘记了手里的鞭子，忽略了对马的控制，那马竟然自己掉头往回走，引得大家哈

237

哈大笑。看人家雷将军，战意正浓，玩得兴起，竟然倒立马上，弯弓射箭，一气呵成，再看远处，作为猎物的兔子已着箭倒地。苏太守禁不住感叹，到底是年轻人啊！但令人惋惜的是，不论是怎样的英雄，都会老去。俺老苏的青葱岁月恍若一梦，余下的时光也似那惊飞的鸟儿一飞而过。唉，我这老家伙，还是不要来这比武场吧，这样子会被人笑话一辈子的呀！

随后，他们又开始了一场战地野炊。肉已飘香，酒已温热，有人提议作诗助兴。射箭不行，作诗还行，苏太守当然要挽回一局。有人提议说，刚好十个人，就以"身轻一鸟过，枪急万人呼"十个字为韵，每人一首。轮到雷胜，得了一个"过"字。雷胜刚才的潇洒已经无影无踪，他红着脸说，我作不了诗，还是罚酒吧。苏太守说，人各有所长，你骑射的功夫我等也是不会。这样吧，我且代你作诗，你不若就把刚才猎到的狡兔送我，如何？雷胜当然求之不得。苏轼便代雷胜作了一首诗。诗里对雷胜多有美言，说是猎物打尽，腰里还剩着一支箭。他也表达了自己的心情，说因为今天和雷胜一起出来打猎，心情舒畅了许多，感觉天高地阔了许多。

武将雷胜，因这首诗变得不朽。他是京东第二将，但因这首诗他闻名天下，人们已经没有兴趣知道谁是第一将了。

十个字、十个人、十首诗，这次盛会的作品被苏轼抄录，由王定国转到京师他的朋友驸马王诜那里。没有写信说明，但老伙计王诜知道，老苏这家伙向我显摆他会猎的事迹呢！好玩的王驸马在自己的园子精心策划了一场歌舞活动。邀请的名流，不多不少十一个人，每人作一首诗，共计十一首诗，然后照样抄好送给苏轼。苏轼看到大笑，这王驸马总是要高我一筹啊！

正月十五日。
应朋友王巩书信之约作《王仲仪真赞》和《三槐堂铭》。
王仲仪是王巩的父亲。苏轼写的是对王仲仪画像的赞美文字。"真赞"，这在宋时文人学士中很是流行。

苏轼在赞词之前，写了一个字数远超过赞词之数的序，追忆了与王巩之父相识的过程和王仲仪的事迹。他认为那些无论缓急都能从容决策，安抚大众、呼之则来、挥之即散者的世臣巨室是国家的栋梁。称赞沉稳威武的大臣本无可指责，但苏轼偏偏还要说"平时没有什么事，琢磨如何获取功名利益，每天在殿堂里做做些仪式上的事，那些新进之士最在行"这类可能得罪人的话。

这篇序中的"纪律"和"呼之则来，挥之即散"都为后来的我们所熟悉常用。后面的这个词后来演化为现在常用的"招之即来，挥之即去"。随手一写，即为圭臬，百年千年，新意盎然，这便是苏轼。

三槐堂在京城仁和门外，因王巩的曾祖父王祐在院里亲手栽植了三棵槐树而得名。这次王巩一并求苏轼在给他父亲写"真赞"的同时，为他祖父的三槐堂写铭。

这篇序并叙，一个重要的观点是要树立起不求回报行仁德之事的长远意识，只管耕耘，不问收获，收获会自然到来，仁德自会荫及后代。早上不想到晚上、随时准备投机取巧者，就如同不种而获，自然不要想会有什么样的好结局。如果没有一批仁人君子，那么国家也就难以成为一个有前途的国家。

序中提到的天人关系很有意思。人胜天，多是天定之时。天未定时，人力便无可奈何。这里的"定"，并不是我原来以为"人定胜天"中的一定的"定"，而是稳定恒久之定。他说，比如松柏，生于山林，小的时候也困于蓬蒿之下，遭受牛羊啃咬之厄，但到最后可以一年四季常青不衰，生长千年而一样挺拔，这就是天定。行善的人诸事不顺，作恶的人横行当街，盗跖活了一大把年纪，孔子和颜回这样有德行的人却总是遭受困厄，这都是天未定时的状态。

正月十九日。

赵抃被加授太子少保称号退休，苏轼发了贺信。

正月晦日。

苏轼与儿子苏迈和毕仲孙、舒焕及其子彦举，还有寇昌朝、王适、王逈、道士戴日祥等人游览泗水之上，本来是想到东郊游春，可惜时节尚早，未见花开，不闻鸟鸣，春天的迹象还很模糊。这时他们便将船系在桓山脚下，十个人下船登山，并进入山腰的石室之中。

所谓的石室，就是现在徐州北洞山上的春秋时期宋国司马桓魋之墓。石室之中，苏轼做了一件似乎很是惊世骇俗的事。他安排道士戴日祥在石室中，用唐代四川著名制琴家雷成所制之琴，弹奏周代著名作曲家尹伯奇创作的名曲《履霜》。琴声幽幽，荡气回肠，令人感慨万千。大家边听边看，有人叹息说：悲哉，悲哉，此乃古代宋司马桓魋之墓也。也有人对此处奏乐提出异议：在古墓中弹琴，是否合乎礼数？苏轼说：符合礼数。他说，你们看过《礼记》吗？根据《礼记》所载，鲁桓公后裔季武子去世治丧时，孔子学生曾点倚门而歌，为其送行，这有什么不好呢？圣人仲尼，如日月高悬，光照千秋，万人敬仰。而这个桓魋，不识时务，胆大包天，竟然要加害于他，实在令人气愤。这个桓魋，不仅生前作威作福，享尽荣华富贵，而且利用职权，在此山大兴土木，营造墓穴，妄图死后继续做官享福。历时三年，劳民伤财，半途而废，真乃古

桓魋石室。徐州北洞山

之蠢人也。我等来此吊念古人，考察一下有什么遗物。而其尸骨、毛发、牙齿，已经化为飞尘，荡为冷风矣。何况棺椁等随葬品，早就不存在了。至于陪葬之人口中所含之贝玉，更不会保存到今天。我们面对一个死去一千多年的人弹琴唱歌，死者是不知道的，对他有何损害？即使桓魋泉下有知，听见我等鼓琴而歌，从中领悟到哀乐不能长久，万物寿命短暂，愚蠢会减少一些，对他也只有好处，没有坏处。二三子听后，喟然而叹，作歌而唱：桓山之上，乱石嵯峨，司马桓魋之恶，溶进了山石，想磨都磨不掉；桓山之下，泗水奔流，司马桓魋之藏，化为灰土，落入长河，顺流南下，一去不回。

跑到人家的坟墓里鼓琴而歌，这让我又认识了一个不拘一格豪放率性的苏子瞻。鼓琴也就罢了，还在人家的墓里当面数落了一番，理由是这倒霉孩子曾做过谋害孔子、追求不朽的蠢事。虽是如此，苏轼也算真的胆大。

苏轼是不喜欢这个孔子不喜欢的桓魋的，但桓魋石室他却来了三次，这似乎是一件奇怪的事。2015年的深秋，就在这些文字已基本完成之后，我忽然想起自己似乎也该到这里看看。几经周折，找到了这个同时出现于《论语》和《古文观止》两大著作的著名所在。一片出人意料的荒凉。不荒凉的是石室前的小学校。下山的时候，恰逢学校放学，各式三轮车电动车挤满了狭窄的村巷。好容易将车开出来，又被一壮汉拦下，说我的车蹭到了他的电动车的护泥板，一百元，赔钱吧！还到了五十元，掏钱走人。想着这幕情景忽然自笑，当年的孔子在这里被桓魋追杀，是不是也是这般狼狈？

作者老土探访桓魋石室

桓魋，因孔子之恶而

闻名，我因苏轼之好而赔钱。想着这一处著名景点的确不该免费参观，五十元就抵作游资了。

苏轼来的时候，想必都是由地方把道路清理干净的。他沉醉在他的世界里。

随后，苏轼还在诗中进一步感叹，人在世间，哪里是自己真正的归宿？所有的一切连同奢华的墓室棺椁最后终要归于一抔尘土。

他们一行十人，在人家阴宅老墓里闹腾了一番，到天很晚的时候才又返回到百步洪。几个人散坐在露出水面的石头上谈天说地。有人说当年颜回追随他的老师孔子来到的就是这里，现在，他们面对着流水吹起了洞箫，水里的月映着天上的圆。苏轼觉得这样的清欢才是真的不朽。回首探望，掀开一层层岁月的厚帘，呵呵，当年陶渊明在斜川游乐的情景历历在目，好吧，自己也来一首诗，寄给老陶这个彭泽县令吧。

他们几个人玩得尽兴，又玩起了分韵作诗的游戏。道士老戴分得了一个"四"字，却不会作诗，苏轼照例代作了一首。从这首诗里，我才知道这戴日祥大概是个怎样的人物，因为我在典籍里找了半天都找不见关于他的记载。

戴道士的家在江南，但那已经是他小时候的事了，他浪迹天下云游四方已经很久了。这一次来到彭城，主要是在市场卖他自己采来的药材。当时的形象是两鬓花白，帽子衣服上都沾满尘土，一个标准的卖野药的邋遢道士。但他能被苏太守看重，而且能陪着他游山玩水，自有他的长处。因为

桓魋石室内景

这道士呀，手里有一把制琴名家雷成制作的琴，弹起来很有些高山流水的意思。自从外夷捣乱，七丝弦琴已被废弃，但在人们心里，三弦赶不上四弦。这个戴道士是个喜欢古典的人，这样的爱好和别人不一样，因为这一点苏轼才和他一起去凭吊桓魋的墓室。苏轼亲近的是他心里的那份古典之美。他想到那把琴还会被锁进沾满灰尘的匣子里，操琴的人也会独自面对断弦喟叹，如果这世间真的有什么千年不腐不朽的事，那恐怕就是寂寞这件事了。

英雄寂寞。寂寞英雄。天地间偶有契合，便极力亲近。

正月二十日。

苏轼的表兄，也是他来往密切的好朋友，北宋著名的画竹名家文同（字与可）病逝于陈州，时年六十二岁。自此，黄楼再不可能有文同竹之屏风。

本月。

苏轼上奏皇帝，请求对病囚进行医治。

这篇长长的关于对病囚进行医治的申请，体现了苏轼的悲悯情怀。他认为，眼看那些囚犯因病得不到救治而亡又不采取措施，则无异于杀人。而出现当前囚犯大量病死的原因在于制度上的缺失。

苏轼并不只是一个批评家，他还是一个思维缜密的制度设计者。

很显然，他做了大量的调查研究。他的研究很有意思，细读之下令人眼睛一亮。

根据他的表述，我们中国从东汉开始就有完整的病囚保护考核制度。汉宣帝时就有明确规定，地方各郡在每年上报的系囚状况中，要写明因拷打受饥寒病死者的姓名、地址、爵位和乡里，丞相和御史据此分定奖罚等级上报。等到宋英宗治平四年十二月二十四日，英宗赵曙亲自拟写诏书下发，下令订立条例，按照不同的管理权限，制定详尽的考核标准。比如，对各处军巡院、各州司理院所禁系的罪人，一年之内在狱中病死达到两人者，相关的管理人员如推司、狱卒都要按杖刑六十治罪，死者每增加一名，治罪加重一等，等等。每到年底由中央部门会同地方司法监察部门统计汇总数字。中书省负责检查落实。如有申报不实或死者人数太多，即使官吏已被杖刑受到处罚，也当再加贬黜之罪。也就是说，挨了板子还要丢掉乌纱。

苏轼进一步分析了这一严格的制度在执行四年后没有继续得到执行的原因。一是制度本身有不足之处，二是相关责任官员的明抵暗抗，以至于病囚死亡现状堪忧。

接着苏轼参照《周礼·医师》中对医师的考核办法，提出了自己关于病囚医疗保障的详细方案。

这里还是要先说一下苏轼参照的《周礼》中关于医师的考核办法。这可是在比宋朝更早的战国时代。

《周礼·医师》记载：每年年终，考查一次医师工作，以确定相关人员的薪酬多少。十次全能确诊为上等，十次中有一次误诊为次等，十次中误诊两次为再次等，十次中误诊三次为再次二等，十次中误诊四次为最下等。——我现在算是明白了，古代的神医为何多长寿，原来那些下等的医生因拿不到薪酬都饿死了。

苏轼的建议大致如下：一是明确责任制。由军巡按和各地州司理院各选差衙一名、医生一名，各县选曹司一名、医生一名，专职负责病囚事务，不再从事其他劳役。二是资金来源和使用办法。根据在押犯人人数多少确定佣金多少，先支付三分之一，届满再详算。三是等级考核制度。十个在押犯中死一人或没有死亡者为上等，死二人为中等，死四人为下等，死四人以上为下下等，等等。四是奖惩办法。我这里就不一一表述了。这里还直接与医生的职称升迁挂钩。在医博士和助教出现空缺时会优先从考核成绩优异者中选拔。五是督察考评。为保证制度执行，防止相关人员相互勾结弄虚作假，苏轼还为病囚就医保障制度制定了严密的检查制度。

一个对生病的囚犯都心生怜悯的人，这良心当然不会坏到哪里去。

苏轼认为，在任何时候都不可"逆人道"，他说如果让罪不该死的人死了，这与杀人是一样的。由此积累的冤痛，足以感伤阴阳之和，是要遭天谴的。

不要无端陷人于死地，不要无端污人清白，这样都会遭受不小的报应。官场之上，有人为自己上升不惜害人，最后被"以其人之道还治其人之身"。也有恶吏，无端害人清白，竟以有人作恶你就可能作恶为由，逼供于人，结果姐妹沦为娼妓，女儿害了花柳之病不治。这样的故事有许多。害人者总有报应，只是迟早之别。

如苏轼在给王巩曾祖父的《三槐堂铭》所言，人当下所做的一切都在累积成自己的未来。

有一个故事说，有个青年人失恋之后很伤心，他一直心仪并交往了三年的姑娘却决定嫁给别人。他想不通自己对她的好怎么得不到回报。一个高僧说，你看看这面镜子吧。年轻人从镜子里看到一个姑娘溺死水中，赤身裸体被冲上沙滩，很多人看见但远远地离开了。这时有一个男子走过来，心有不忍，脱下了自己的衣服盖在姑娘身上，然后又走开了。过了一会儿，又有一个男子走来，他不忍姑娘的遗体就这样暴露在沙滩上，抱起姑娘找了个地方把姑娘葬了。高僧收回了镜子说，前面那个给她盖衣服的男子就是你，后面那个安葬她的就是她现在选定要嫁的人。年轻人似乎明白了什么，从苦闷中解脱出来。

苏轼关于对病囚进行医疗救助的建议，无疑是一件功德无量的大善事。他在半年之后的乌台诗案中，深陷囹圄，恶吏催逼，自己都准备好了吞青沙金自杀。看似必死无疑，却忽然生机凸显。为太后身体康复，朝廷要大赦天下，太后说，赦一个苏轼就够了。连他的老政敌王安石也忽然强力发声，大呼刀下留人。天意人情，这或许也是苏轼悲悯情怀与其自身的感应。

妙哉，不说其人文关怀的政治意义和情真意切的文学意义，但就公文写法一类，都值得一读再读。

这篇著名的《乞医疗病囚状》本来第一句就注明了详细的日期，

但典籍中"日"的前面这个字却模糊不可辨认了，"元丰二年正月"倒是清晰可见，所以在这里只有据实表达了。

　　大约也是在这个时段，苏轼写了一篇《徐州祭枯骨文》。"嗟尔亡者，昔唯何人。兵耶氓耶？谁其子孙？虽不可知，孰非吾民。暴骨累累，见之酸辛。为卜广宅，陶穴宽温。相从归安，各反其真。"很短，一共四十八字。或是在城市建设，或是在抗洪救灾，也可能是在建设黄楼的过程中，从地下挖出了一些枯骨。不知年代，也不知死者身份。苏轼心生悲悯，要求属下一定要选一个合适的地方把这些枯骨安葬。他还为此专门写了这篇祭文，为这些枯骨所系的灵魂祈祷。他说，不论这些枯骨以前是什么人，不论是官兵还是流民，也不必知他是谁的子孙，我知道的是他们肯定是我朝的百姓。看到累累枯骨曝于日光之下，我的心深感酸苦。所以，要找一片宽阔些的阴宅地，用陶罐把枯骨收殓起来，好好安葬，让他们得以安息。——一个对无名枯骨都如此礼遇的官员自然会对眼前的百姓怜爱有加。

　　这便是苏轼悲悯天下的情怀。

　　本月。

　　还有一件无法确定日期的事，就是苏轼给秦观写了一封信。信中对高考落榜的秦观提出了十二字要求："专意读书，时作文字，有所发明。"

二月：云龙山的杏花开了

张师厚要走了，苏轼恋恋不舍相送。这一送，送出了徐州人念念不忘的经典。

【元丰二年二月】

二月五日。

苏轼撰写文字祭奠表兄文与可。

情真意切，令人千年后读来仍禁不住潸然泪下。

他把一杯清酒洒在地上，自己已是泪湿衣襟。他低头轻问，与可，还能再饮这杯酒吗？还能赋诗以自乐吗？还能鼓琴以自娱吗？字里行间，语已凝噎，悲满胸怀。感叹人生身如浮云，无去无来，无亡无存。认为所谓的不朽与不死都是不足以学说的。短短的祭文，五处"呜呼哀哉"，其心里悲情可知一二。

二月二十九日，题文彦博诗。

二月三十日，苏轼将《祭文与可文》寄给黄庭坚。

这一天是寒食日。苏轼忆起前年此日与驸马王诜在京师北城郊游之事，心多感慨。

但感慨的岂止是过去的时光，更有不可知的未来让人恐慌。

前年寒食，苏轼和王

杏花笼映下的苏公塔

247

诜诗酒京城四照亭。

去年寒食，李公择和苏轼彭城夜话。

今年寒食，苏轼泪祭文同。

明年寒食，已被放逐黄州。

再年寒食，雪堂无语向东坡。

又年寒食，正是黄州风凄雨冷时。号称中国书法史"第三行书"的《寒食帖》在愤懑至极之下锵然问世。墨里满是凄凉，纸上都是悲愤。

<blockquote>

春江欲入户，雨势来不已。

小屋如渔舟，蒙蒙水云里。

空庖煮寒菜，破灶烧湿苇。

那知是寒食，但见乌衔纸。

君门深九重，坟墓在万里。

也拟哭途穷，死灰吹不起。

</blockquote>

寒食、苦雨、孤舟、寒菜、湿苇、破灶、乌鸦、坟墓、死灰，这样灰败的景象，让人心碎。我曾试着临摹《寒食帖》，可每一次总是难以继续。不是懒惰，是因为我无法去承接先生那份沉重如山的苦楚和郁闷。2014年的黄州，我对着雪堂的遗址许久无语。先生，您在离开徐州三年之后，才以"东坡"自号，我曾以为的关于东坡的许多浪漫，其实藏着您太多的艰辛。我曾在黄州和王琳祥老师交谈，我曾在郏县和刘继增老师夜话，我不认为苏轼的词多是豪放，我说我怎么感知的都是忧伤？比如"千里孤坟，无处话凄凉"，即便如"大江东去"还不是落在了"一樽还酹江月"，即便如"明月几时有"还不是"高处不胜寒"？相较于柳词的缠绵，你多的只是悲怆。先生，我觉得你的一生都在寒食的凄冷之中。

苏轼这一年的寒食诗，忆及与王晋卿在前年三月二日宴集四照亭的热闹情景，很是怀念，希望着有一天能再往东山歌《采薇》，把酒一听《金缕衣》。可是，往事若流水，一去无可追。再会前年不可得，一年之后，再回徐州亦不能。

三月的徐州，春色渐浓。

苏轼的老乡张师厚要去京城殿试，绕道徐州来看望他这个著名的老乡，并恳请他能给自己写一封推荐信。

恰巧王子立、王子敏兄弟也在徐州馆舍，苏轼便约请他们三人夜饮杏花树下。

杏花纷扬，月踏花影。流水润绿，酒沉花香。王氏兄弟，树下吹箫，花间一壶酒，共饮长相亲。

张师厚要走了，苏轼恋恋不舍相送。这一送，送出来徐州人念念不忘的经典。

其 一

忘归不觉鬓毛斑，好事乡人尚往还。

断岭不遮西望眼，送君直过楚王山。

其 二

云龙山下试春衣，放鹤亭前送落晖。

一色杏花三十里，新郎君去马如飞。

楚王山，亦即霸王山，现在徐州西十余公里处。若是旱路往东京，此处正是必经之地。从云龙山到楚王山，大约就是二十多里的距离，说是"三十里"应不是夸张。现在云龙山西坡云龙湖东岸的东坡杏林，一待春来杏花开，十里铺雪，壮美无比。

苏轼在任杭州通判期间，与世外僧人多有交往，法言便是其一。这法言也是个泊然潇洒的有趣和尚，他把自己所居住的东轩改造了一番，汲水以为池，叠石以为山。更有意思的是他把白色的粉末撒在峰峦草木之上，初看之下好像大雪齐集的样子。苏轼经过这里的时候，曾经去看过，虽然认为这有些儿童一般的天真，但是其中意趣堪妙，可以激发人的诗情画意，便为其题名"雪斋"。一过四年，有人从杭州来徐，谈起雪斋，触起旧情，苏轼专门为此写了一首题为《雪斋》的诗。

本月，苏轼接到利国监来报，有叫作阚闻、秦平的两个狡猾盗贼频频作案，来往于沂州和兖州之间如入无人之境，想派人去缉捕，却苦于无人可使。这时有人推荐了一个有争议的人物——沂民程棐。这程棐倒是为人正直，武艺高强，但他却是一个罪犯家属。他的弟弟因被盗贼裹挟，参与抢劫，被官家判了重刑。这次利国监找到他，希望他帮忙搜捕大盗，程棐倒是愿意，但有一个条件就是如他捕盗成功，则希望官家能从轻发落他的弟弟。利国监不敢做主，便报到了苏轼这里。苏轼了解到程棐的弟弟也就是胁从之类，罪也不至大恶，便答应了程棐的要求，说只要他捕盗成功，他会亲自向朝廷报告，请求赦免程棐之弟的罪行。程棐信了苏太守，便整装出发擒贼。可没几天，就传来苏轼要调任湖州的消息，这程棐专程从利国跑到徐州，面见正在整理行装的苏轼，说，苏太守，你这一走，我们的约定还算不算数？如不算数，这贼俺也就不去逮了。苏轼说，我虽走，但我们之约依然算数。程棐信了苏轼，回去继续奋力抓贼，这贼还真的让他抓到了。而这时的苏轼已经到了湖州任上。得到程棐报的消息，苏轼即和徐州的新任地方官以及朝廷相关官员联系，费尽周折，终于兑现前诺。由于他的推荐，程棐和其弟弟后来均得到朝廷重用。

250

一个离任的官员，仍然对一个乡民信守承诺，这实在是难得。按照官场惯例，这样的事他完全可以一句话推给后任了事。反正我已调任他地，利国监有没有贼盗也不会影响我的政绩。但是，苏轼不是。这不仅是守诺，其实也是敢于担责。这是小事，但作为官员，有多少人可以如苏轼这般负责？

这个月苏轼还送给了弟弟苏辙一件有趣的礼物，不是名笔贵砚，而是一套双刀。苏辙收到后，虽是惊讶，但知道这是哥哥送他的好东西。他给哥哥的回诗中说，老哥呀，你老弟我虽然年龄老了力气小了，对着镜子看看头发也白了，心里也想刀斩鲸鲵，平定这沧海的波澜。但是可惜自己的抱负无法实现，只能看着这宝刀落泪。现在是可惜这把宝刀了，因为实在不方便使用。我在夜里看到床头边的这般宝刀寒光闪闪，知道定是有蛟龙盘在上面，我却只能时时拿出来磨一磨看一看，真是愧对老哥送我的这双刀了。

苏轼次其诗韵，回了一首诗给苏辙。

诗中说，不是忧愁没有地方使用，而是使用起来很难。但我相信，宝刀总有出鞘的日子，那些邪佞之人必然会在双刀之下哀叹。

苏轼兄弟俩说的是刀，我倒觉他们想说的都在刀之外。双刀者，兄弟也；兄弟者，双刀也。兄弟之才冠天下，岂能常在匣中长叹？这百炼之钢，当会纵横天下。呵呵，这或是我多想了。

三月二十日：相思泪洒彭门西

苏轼再次要上马，这时发现他的马鞭子被人藏了起来，上马的马镫也被人割断，徐州人以这样近于儿戏的极端方式，来表达对这位苏太守的挽留。此情此景，连道旁的两个石人也似乎要潸然泪下。

【三月】

三月三日，在王羲之的书法帖上题字。自己一口气写了三幅字。

题字上说，王羲之（逸少）曾经自己发誓说再不做官了，要超然处世。他还说，我当快乐而死。但事实上做到这一点是很难的。

他还对书帖进行了精到的分析，断定哪些是后人的伪笔，哪些则是高手的摹写，显示了其对书法的独到见解。

在这个月里，他或是对即将离开徐州有了预感，他和迎接他来徐州的那三个人之一的田叔通来往密切，有多首诗写给这位当时的徐州通判。

这位田通判被苏轼在诗中称为"风流别乘多才思"。他也写了一首有关石炭的诗向苏轼讨教，因为其中有一句"铸剑斩佞臣"，引得苏太守又发了一通感慨。他在这首次韵诗里的第一句"楚山铁炭皆奇物"，被后来述及徐州者常常引用。

铁，指的是利国监的铁。矿体面积较大，约六十平方公里。矿石质量较好，品位亦较高，其中有相当数量的平炉富矿，个别矿体有部分高硫和高铜矿石。利国铁矿开发始于西汉，据《太平寰宇记》记载："徐州有铁官，今为彭城利国监。本秋邳冶务烹铁之所，至皇朝升为利国监。"北宋大将狄青曾在利国炼造盔甲。苏轼在《徐州上皇帝书》中说徐州利国监一共有三十六冶，每冶各一百多人。这样算来，涉及矿石开采和冶炼的从业人员有三四千人之多。《宋史食货志》记载：徐州利国监产铁三十余万斤，居全国第三。日夜炉火照天地，足见其冶炼规模。又据日本鬼子的《北支铁矿、硫黄矿资源》一书记载：利国冶炼事业历经唐、宋、元、明四代千余年中所制铁量二十余万吨。利国，是作者老土的出生地，直到今天，这里的铁矿仍然开得红红火火。

炭，也就是今天的煤炭。自苏轼在徐州发现并开采煤炭，到1881年（清光绪七年）9月，两江总督左宗棠上书清廷，以筹备海防、制造枪炮及各省机器轮船急需煤铁为名，奏请开办利国煤铁。获得批准后，左宗棠即命徐州道程敬之"查勘确定，遴员举办"。程敬之遂选派江苏江宁人、南京候选知府胡恩燮（字煦斋）来主办此事。胡恩燮受聘后，请英籍矿师巴尔前来勘查矿苗，并拟定《招商集资章程》。经徐州道府和左宗棠批准后，于1882年10月5日（清光绪八年八月二十四日）正式成立徐州利国矿务总局。徐州煤矿进入规模性开采。当年的苏太守或许没有想到，由他牵头发现开采的徐州煤炭，真的是"根苗一发浩无边"。2010年年底落实的煤炭保有储量达到33.38亿吨，是全国十大煤田之一。时至今日，徐州煤矿从业人员仍在十万以上，徐州因此有"煤城"之称。当年发现石炭的白土镇附近，仍然有煤炭开采活动。我们不能说没有苏轼就没有徐州煤矿开采的今天，但徐州煤炭由苏轼发现并组织开采，这的确是不争的事实。他有理由让人在温暖的炉火前纪念。

"楚山铁炭皆奇物"，千年已过，才更知苏公言之不谬也。

在这首诗的结尾，苏轼对小人佞臣当道的情形心怀忧虑。他甚至说对付那些大个儿的妖蟆还好办一些，最让人犯愁的是那些如虮虱的小人，连用好炭好铁锻造的利剑也无能为力。

他的判断是准确的。就在这一年，他离开徐州三个月之后的七月，他在湖州任上被一个叫作皇甫遵的官差牵鸡带狗一样押解到京城。当时满城百姓落泪。那时他仅仅在湖州工作三个月，已得百姓如此倾心。若是还在"人多长大，性喜剽悍"的徐州，百姓或把皇甫遵暴打一顿也未可知。

他获罪的直接诱因是到任湖州之后一份述职报告中的一段文字。那时，官方有一份类似今天"工作通讯"的公开官报，会及时刊登下发朝廷重大活动、各类规定文件通知、大臣们的奏章等等。在这份报纸上，即便写的是公文，苏轼的文字也是亮点，是可以被大家当作范文的。这次《湖州谢上表》一样受到了关注。只不过在众多关注的目光里，监察御史的一班工作人员的目光多了几分阴险。他们在其中的一句看似苏轼谦虚之词的话里，读出了他们想要的东西，就像一只逡巡的狼找到了猎物。

这句话就是："陛下知其愚不适时，难以追陪新进；察其老不生事，或能牧养小民。"陛下知道我愚笨跟不上潮流，难以追随那些新提拔起来的小将；看我已经老了也不会变法胡来，但还是可能用来管理一般小民的。

六月里，监察御史里行何大正摘引"新进""生事"等语上奏，给苏轼扣上"愚弄朝廷，妄自尊大"的帽子。说实话，这话有些牢骚，也显示对一些"新进"的不满，但说他攻击皇帝显然有些牵强。所以奏章上去，连皇帝也不以为然。

恰在此时，《元丰续添苏子瞻学士钱塘集》出版。这是一本苏轼在杭州任通判时的诗文集续编。这给御史台的新人们以绝好的机会。监察御史台的舒亶经过日夜潜心钻研，以苏轼的几首诗句为例，上奏弹劾。

他在奏章上说："至于包藏祸心，怨望其上，讪渎漫骂，而无复人臣之节者，未有如轼也。盖陛下发钱（指青苗钱）以本业贫民，则曰'赢得儿童语音好，一年强半在城中'；陛下明法以课试郡吏，则曰'读书万卷不读律，致君尧舜知无术'；陛下兴水利，则曰'东海若知明主意，应教斥卤（盐碱地）变桑田'；陛下谨盐禁，则曰'岂是闻韶解忘味，迩来三月食无盐'；其他触物即事，应口所言，无一不以讥谤为主。"

啥意思？他把苏轼和皇帝直接联系在一起了。他指出苏轼就是和皇帝对着干。皇帝说东，苏轼说西；皇帝打狗，苏轼去撵鸡。总之吧，凡是皇帝拥护的苏轼都会去反对，凡是皇帝反对的苏轼都去拥护。他的结论是苏轼包藏祸心、怨艾讥讽甚至谩骂亵渎皇帝，单从一个臣子的节操职守而言，已经没有比苏轼做得更不堪的了。

舒亶这家伙狠哪！他知道皇帝最不能容忍的是对皇帝的不恭不敬不服从。前面只说苏轼攻击当权派，皇帝或可置之不理，但这次他把苏轼诗里可能的挑战都指向了皇帝。他知道，这次皇帝不能不理。

其实，这几句诗意，若说是对部分新法不满，倒还真是没有冤枉苏轼。但以此上纲上线，的确到了吓人的程度。而且这纲是皇家之纲，这线是皇帝之线。

这时的皇帝虽然不至于对舒亶的观点全盘接受，但心中对苏轼的厌烦之意已是渐渐升起。

眼看灭掉苏轼的机会到来，国子博士李宜之、御史中丞李定前脚后脚杀来补刀。他们声称苏轼之罪已到了不杀头斩首不足以平民愤的地步。

李宜之奏的是苏轼在离开徐州往湖州上任的路上，为灵璧张氏园子所作的记中，居然煽动天下的人才不要为朝廷服务！这一刀，深及骨肉。

李定认为苏轼至少该死四次。初学无术、浪得虚名、目中无人，该杀！企求高位、谤讥权贵、唯我独尊，又该杀！不知悔改、辜负信任、抗命不遵，还该杀！作文浅薄、流毒甚广、祸害深远，更该杀！

这个李定正是当年因隐瞒父丧而被司马光骂为"禽兽不如"的家

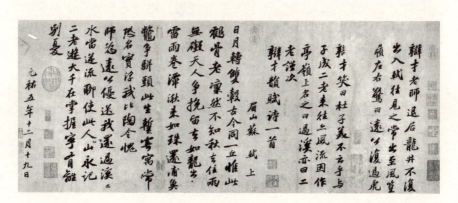

伙，那个时候苏轼也顺便朝他投去不屑的目光。这时，报复齐齐地来了。

皇帝终于发话，这样看来，这苏轼的确有些不像话了，把他传唤到京城问问吧。

很显然，即便到此时，皇帝也并没有杀害苏轼的意思。但那帮宵小已是喜不自禁，直接声势浩大地去拿苏轼，吓得苏轼全家身如筛糠。路过扬州湖面，苏轼甚至想投湖自杀。同时全面查抄苏轼诗文，进一步搜集证据以置苏轼于死地。

苏轼七月二十八日被逮捕，八月十八日送进御史台的监狱。二十日，被正式提讯。

姓名、年龄、世系、籍贯、科举考中的年月、工作经历一一报来。上面坐着几个面色如霜的家伙，苏轼看过去没有一个相熟。

还有，把推荐你做官的人和你推荐为官的人名单一一写下。——这是要一网打尽的节奏。

把你受过的各类处分也都写来，一条都不能漏。奖励？奖励就算了，一条也不能写！

苏轼说，俺从参加工作以来有过两次不良记录。一次是任凤翔通判时，因与上官不和未出席秋季官方仪典，算作无故旷工，被罚红铜八斤。另一次是在杭州通判任内，因手下小吏挪用公款，我没有及时发现，负领导责任，也被罚红铜八斤。此外，别无不良记录。

哼哼，别无不良记录？你手下人员贪污，能没有你的份？的确没有？哼哼，我看也许有。一葛姓新人急于扩大线索以立新功，竟要动手掌掴苏轼。

苏轼想说，诬人清白会遭报应的。可他没敢说。因为接下来的问话，使他意识到自己已经没有了辩解的空间。

有人直问：三代之内有免死金牌吗？——这是啥意思？你老小子极可能是死罪呀！

说诗中有些不满新法之语，苏轼认了一些，写了检讨。但说是攻击

256

朝廷，而且结党营私，苏轼说，我没有。

接下来没日没夜的审讯使苏轼感到压力山大，他把治疗失眠的青沙金累积起来，准备实在受不了的时候就一死了之。

他和送饭的儿子苏迈约定，若是听到我可能定为死罪的消息，就送一条鱼来，我好自己了断。

他不想承认讥讽朝廷的罪过，因为他真的没有任何对皇帝不敬的意思。他更不想连累亲人和朋友。当时他的弟弟苏辙救他无法，直接给皇帝打报告，说我愿意免去我所有的职务来换兄长出狱。朋友王诜等人四处疏通关节，谋求救他。这样的亲人朋友他怎忍心连累。但不休不眠的审问，已几令苏轼精神崩溃。十天之后，苏轼无奈按照舒亶等人定好的调子在部分内容上签字画押。

审问还在继续，九月间，御史台已从四面八方抄获苏轼寄赠他人的大量诗词，并从中确定了一百多首问题诗词。苏轼也曾试图抵抗、试图辩解，但很快发现这些都是徒劳之举。不论他自己怎么想的，他都必须按御史台那些人定好的调子供述。

受没受到体罚，苏轼没说，官方也没说。但一个和苏轼同在御史台受审的人后来和朋友说，他经常听到哭号凄惨之声。

送饭的儿子苏迈这一天有急事外出，只有委托一位亲戚替他给父亲

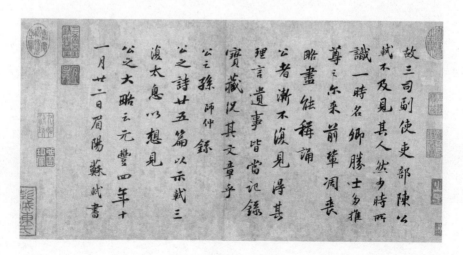

送饭。亲戚不知父子俩有死讯就送鱼的约定，巧巧地就做了一条鱼送去。苏轼大惊失色，以为死期将至，悲愤难耐，含泪写了两首诗，跪求看守他的狱卒务必交到弟弟苏辙手中。诗写得极是凄凉，说没有活到百年就以这样的方式去还孽债了，留下十口无依无靠的家人去拖累你，哥哥我心如刀绞。随便找个地方把我埋了，以后我且在凄风冷雨中独自伤神。上天有眼，让我与你在今世结为兄弟，祈求来生再结未了的缘分。在第二首诗里，他这样写道：落满乌鸦的御史台霜气沉沉、暗夜凄凄，风吹起檐下悬铃锒铛作响。我的心像一只小鹿在云山间没命地奔跑，却不知要跑向哪里才得安身，我的灵魂就像一只落入滚滚沸汤中的鸡惶惶难以终日。我的眼里现在只有你这个弟弟可以依靠了，我这般穷困潦倒，即便死了也愧对老妻。百年之后神定何处，如有可能把我葬在浙江西面吧，我听说那里的百姓自发地为我作解厄道场已经一个月了，埋在那里，我的灵魂或能少受欺负。狱卒将诗送到苏辙手中。苏辙看过，伏案掩面大哭，不能自已。

四个月期间，有一百多首诗词文赋书信在审问时呈阅，其中多首是在徐州时所作。比如给司马光的那首《独乐园》。

十月十五日，御史台申报苏轼诗案的审理情况，其中辑集苏轼数万字的交代材料，收藏苏轼讥讽文字的人物名单一一在列。审理报告欲置苏轼死地而后快，只待皇帝批准。

但神宗皇帝此时却有些迟疑了。这有几方面的原因。一是大宋开国皇帝赵匡胤对自己的子孙有个约定，只要不是谋逆之罪，不可妄杀大臣和文人学士。苏轼写写诗文发发牢骚，说是谋逆显然牵强。二是大臣中的反对声音。宰相吴充直言："陛下以尧舜为法，薄魏武固宜，然魏武猜忌如此，犹能容祢衡，陛下不能容一苏轼何也？"已罢相退居金陵的王安石上书也说："安有圣世而杀才士乎？"三是太后病中的意见。太后对皇帝说，想当年你家老子发现苏轼兄弟，说是为子孙预留的丞相之才，你现在竟想杀他们？！当皇帝告说，为求太后病愈，准备大赦天下时，太后直接说，何必赦天下，赦苏轼一人足矣。可见太后的态度是多

258

么坚决。

这些因素综合发挥了作用。年底的时候，太后病故，国丧期间要实行大赦。可李定等人深恐放过了苏轼，竟然说苏轼之案正在审理之中，不属大赦范围。舒亶更狠，他奏请将司马光、范镇、张方平、李常和苏轼另外五个朋友一律处死。好在皇帝没有接受这份阴险。年底，终于结案。十一月二十九日，圣谕下发，苏轼被贬黄州任团练副使，而且不得签署公事。就是从一个厅局级干部变为一个偏远城市的武装部副部长，而且明文规定没有任何签署公事的权力。实质上就是被监视居住，近乎流放。

直接被苏轼一案连累，受到处理的人有二十九位大臣名士。官职最大、最有影响的是司马光，直接证据就是苏轼在徐州期间写给司马光的那首关于独乐园的诗。处罚最重的是驸马王诜，因与苏轼交往频繁而且泄露机密给苏轼，调查时又不及时交出苏轼的诗文，被削除一切官爵。其次是王巩，被发配西北。第三个是子由，他虽然没有收到什么严重的毁谤诗，但由于家庭连带关系，仍遭受降职处分，调到高安，任筠州酒监。其他如张方平等高官受到罚铜等经济处罚。

这就是有名的"乌台诗案"的大致情形。乌台是指御史台，因常常有乌鸦在庭中柏树聚集而得名。大年初一，苏轼被赶出京城。出狱之时，他写了两首诗表达当时的心情，其中"平生文字为吾累，此去声名不厌低"倒是有些吸取教训的意思。但"塞上纵归他日马，城东不斗少年鸡"这句却很是令人为他担心，御史台的那些人难道都是不学无术的斗鸡郎？你苏轼又想骂谁呢？

苏轼对痛苦有着选择性健忘症。他自我安慰说，遭受这样的劫难又有什么办法呢？做官领饷嘛，逃不过的。我却替苏轼记着这样的几个虱虮之徒——

何大正，哪里大正？！

舒亶，果然不输浑蛋！

李定，是该立定了，立定到死也不能稍息！

李宜之，你他妈真是不适宜好好活着！

徐州有一座石桥在大水中毁损，苏轼聘请开元寺和尚法明主持修建。直到他在流亡黄州三年之后，还在关心此事的完成。

在徐州最后的这个月里，他曾经对戏马台进行深度的考证，还对寇钧国祖上收藏的李廷珪等十三家墨书杜诗进行了鉴赏和排名。还与教授舒涣进行了作字之法的探讨。

他的关于书法的观点，成了常常被后人引用的经典。他和舒涣说："作字之法，识浅、见狭、学不足三者，终不能尽妙；我则心、目、手俱得之矣。"强调了字外功夫的重要。没有见识和足够的学问支撑，写字的水平也就是那么回事了。他同时对自己的书法充满了自信，说是自己已经达到了得心应手的程度。这的确不是自吹自擂。苏轼用笔凌厉，驰逐出入于二王书法的精髓之境，但又保持了自己的个性风采，看不到任何做作的痕迹。晚年的书法又与颜鲁公的气度并驾齐驱。长笺大幅的作品，风吹雨洒，如扫败壁。即便是众人注视、排肩争取的窘迫状况下，他照样能做到神气不动，兀如无人。三波为折，隐峰为点，正如用团土做人、刻木为鹄，还有谁能有这般神明造化之功。

戏马台，据说是霸王项羽遛马的地方。因为就在城南很近的地方，苏轼曾多次游览。这次他提出了自己的观点，认为台上山石嶙峋，根本不适合戏马。南面又有亚父范增的墓。所以他怀疑，这戏马台或也只是一座墓地。

他还去了一个叫白鹤泉的地方。史料记载说，在临角门外折行而西二十步的地方有一个石井，井的名字就叫白鹤泉。当地老人传说，过去有两只白鹤飞落此处，因此得名。苏轼听说此事，在办公之余，跑来考察。发现这泉水味甘色白，特别适于泡茶，认为水的品质虽然赶不上惠山石泉，但排名第三应该不成问题。虽然唐朝茶圣陆羽有另外的排名，

260

但排的都是东南之地的范围。可惜完全是北方人生活方式的徐州人，远没有南方人那么喜欢茶，所以虽然知道苏轼有此评价，但也不觉得有特别的金贵。现在的徐州有不少水的品牌，可惜没有一家以白鹤泉命名。

苏轼还对陶潜的《无弦琴》诗进行了评论。据说陶渊明不通音律，但又喜欢弹琴的意境，就自己做了一把没有弦的琴，喝酒的时候也像模像样地抚弄一番，而且写了诗说："但得琴中趣，何劳弦上听。"苏轼读到这里，很不以为然，说老陶呀，你也太会装了吧。你要是真想得通达了，连琴都可以不要才是呀，干吗弄个无弦琴在那里呀？当然，在之后某个时间，苏轼对自己的这番讥诮陶潜的话表示了后悔。

陶潜应该是不怪的。这个世上当真是"谁个世上不说人，谁个世上人不说"。苏轼评论陶潜诗的同时，也有人在评论苏轼的诗。不过，这次主评的是苏门四学士之一的黄庭坚。

这个时候的黄庭坚还在京城。有一个叫晁尧民的向黄庭坚讨教苏轼的诗，黄庭坚这样说，读苏公的诗，就是想一口气读完。读完之后，就好像听了韶乐的感觉，三个月之内再去听其他的什么都觉得清淡无味。我的诗是连和他一起玩的资格都没有的。韶乐，史称舜乐，是汉族传统宫廷音乐。起源于五千多年前，为上古舜帝之乐，是一种集诗、乐、舞为一体的综合古典艺术。黄庭坚将苏轼诗与此作比，可见黄对苏轼的崇敬。

元丰二年三月。

苏轼徐州任期未满，忽然接到朝廷新的任命。"罢徐州。以祠部员外郎、直史馆知湖州军知事。"简单些就是免去徐州知州职，任湖州知州。

湖州在浙江北部，是著名的"湖笔"产地。可惜以舞文弄笔闻名天下的苏轼，此一去竟是凶险万端。

苏轼就要结束他和徐州这段差不多两年整的因缘。

三月二十日左右，苏轼正式离别徐州。

《留别叔通、元弼、坦夫》，这应该是苏轼在徐州写的最后一首诗了。很有意思的是苏轼来徐州的时候，就是田叔通、寇元弼、石坦夫这三人在徐州的地界接着，这次苏轼离别徐州竟还是这三人相送。

诗中深情回忆了和这三个徐州人的交往。田叔通现在已是徐州通判，是苏轼的同事。他说刚开始的时候，也有意见不合的时候，但后来深入了解后才觉出他的好。寇元弼，也叫寇三，是个徐州名士，孝顺好学，令人感动。石坦夫，是位个性十足的风流才子，不好名利，专意父母。我在困难之时，你们给了我许多的温暖和帮助。我随手写的一些诗文稿件，你们三个人竟都一一收藏，今天纷纷拿出来让我看，我真的很感动。是你们三个在淮水以北迎接我来徐州，而今又是你们三个送我前往睢阳的大路旁，我愿意为我们的兄弟情谊写下金石契约，好让我们的友谊地久天长。

其实在西城门外相送苏太守的远不止这三个人，很多苏轼叫不上名字但看着眼熟的百姓早早地恭候在那里，为他们的太守送行。

苏轼在前往南京（今商丘）的路上，一口气写了五首诗，诗里记载了苏轼离开徐州时的情景和感想。

苏轼的车队刚出城门，路边的百姓就涌了上来，连维持秩序的官吏也忘了职责，跟着挤了过来，抓住苏轼的车子不肯松手。苏轼眼眶潮润，语带哽咽。乡亲们，不要再扳住车援了，那边的送行的管乐也不要再演奏凄凉的曲子了。我这一生啊，原如浮云落叶一般，本来就是一个匆匆过客，绝不是只有这样的一次分别。别离于我而言，随处都在。离别的悲伤和分手时的不舍都是爱的结果，想想我在徐州期间，于各位父老乡亲并没有什么恩德惠及，大家的泪水我不知道是因何流淌。

虽经苏轼深情相劝，可送别的百姓心里自有一杆秤。他们知道这泪水因何而流，他们更知道这位苏太守给徐州留下了怎样的恩德。

一位庞眉皓发的老人高举酒杯挤到眼前，说，这一碗送别酒盼太守一定接过。前年如果没有太守，我这一城老少可能都已化成鱼鳖。您的恩德我有情有义的徐州人世代难忘。苏轼赶紧从马上下来，举着手中的马鞭子向父老致谢，说，父老乡亲过誉了。大水来了不是我的过错，大水去了也不是我的功劳，我只是在其位尽其责，幸得父老倾力相助，我苏轼这里再谢徐州父老。说罢，接过酒杯一饮而尽。众人一阵欢呼。

苏轼再次要上马别去，这时发现有人竟把他的马鞭子藏了起来，连上马的马镫也被割断，徐州人以这样近于儿戏的极端方式，来表达对这位苏太守的挽留。此情此景，连道旁的两个石人也似乎要潸然泪下。

一个官员若得百姓这般的挽留，他应该是一个好官。

终于挥手作别送行的人群，苏轼的心里久久不能平静。两年徐州时光，都在眼前往返流连。汴河边上，苏轼下马改作舟行。几步路程，苏公却是脚步沉重。古彭徐州呀，我一定还会再回来，因为我的心里也有未了的情怀。看春雨涨起的微波，使这河道充盈了许多，想必可以在一夜之间就能送我回到彭城。一定要从黄楼下经过呀！朱红的栏杆映着若飞的翘檐，一定还识得我的容颜。只是不知道百步洪石头上，还有谁在月色中听那涛声澎湃？

船已离岸，苏轼一阵恍惚。恍惚之中，有歌声从波光里泛起：

> 天涯流落思无穷！既相逢，却匆匆。携手佳人，和泪折残红。为问东风余几许？春纵在，与谁同！
> 隋堤三月水溶溶。背归鸿，去吴中。回首彭城，清泗与淮通。欲寄相思千点泪，流不到，楚江东。

苏轼知道，这歌声来自自己的心底。

后　卷

（1079—1101）

　　我一直很奇怪，河南郏县，这里不是他的生地，不是他的死地，不是他的官宦地，也不是他说的平生功业地。游走天南地北的苏轼何以把比一生更长的时间交付给了这里？直到 2015 年的夏天，我匍匐在他的墓前，才得以对其中的缘由略略了解。

　　他的终老之地的选择同样出于那种伴随他一生的无奈——

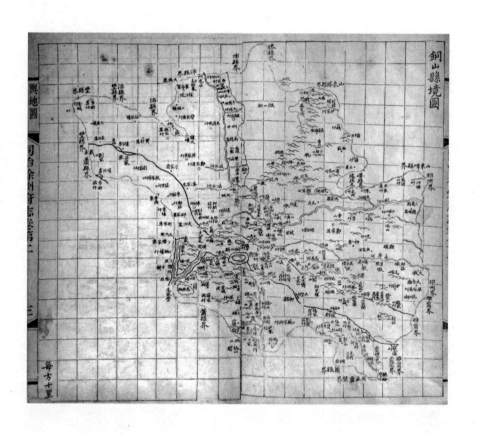

七月二十日：利国程棐报告任务完成

七月丁亥，即七月二十八日。苏轼卒于常州。

"八"这个数字与苏轼多有纠结——

他出生于公历的元月八日，一生颠沛流离自此开始。元丰二年的七月二十八日，他在湖州任上被逮捕。八月二十八日，被投入御史台监狱。

此一去，便真的是天涯海角。

赤壁浪高，天涯水深，苏轼再无可能到彭城。黄楼寂寥，一过竟是千年。朱栏飞甍，都浸入相思泪眼。

四月二十日，苏轼抵达湖州。

仅仅过了三个月。

七月二十七日，徐州利国的程棐向前徐州太守报告，已经完成苏轼安排的捕盗任务。"妖贼"郭先生等落网。

七月二十八日，中使皇甫遵赶到湖州抓捕苏轼到京师御史台受审。

因为御史中丞李定，御史舒亶、何正臣，国子监博士李宜之等人揭发苏轼在诗文里讥讽朝廷，皇帝下令勾摄苏轼到京城御史台受审。御史台因院中柏树落满乌鸦，故称乌台。

著名的"乌台诗案"由此开始。

八月十八日，苏轼到京后，旋即被投入御史台监狱。

十二月二十八日，诗案结案。苏轼被降为水部员外郎、黄州团练副使，本州安置，不得签署公事。一个偏远城市的武装部副部长，而且不得参与任何公共事务，说白了就是一个虚职而已，类似于监视居住或不能乱说乱动的劳动改造。王诜、苏辙、王巩被降免职外放，张方平等二

作者与苏轼文化研究专家王琳祥先生在黄州东坡赤壁合影

十二人被罚铜。他们均是受苏轼案牵连。

苏轼被关押时间长达一百三十天。

元丰三年（1080年）的正月初一，苏轼被押解出京城，前往劳改地黄州。

走了整整一个月，二月初一，苏轼抵达黄州，开始了长达四年零四个月的黄州流放生活。

在这期间，苏轼政治上形如流犯，一无作为，但文学上却达到一个高峰时期。前后《赤壁赋》《赤壁怀古》均出自这一时期。著名的《寒食帖》也是在此间完成。在定惠院遗址，我心怀感伤。苏轼曾经借住在这里，月下一个人独自徘徊，怀念在徐州的时光。他写道："去年花落在徐州，对月醻歌美清夜。今年黄州见花发，小院闭门风露下。"他在感叹人世的无常如花之凋零，若酒之泻地，一去不可追。类似怀念徐州的诗文还有不少。

据说这里就是当年那块叫作"东坡"的地方。东坡之名由此而起

大约一年左右，鉴于苏轼家庭生活极为困顿，而他又放不下脸面去求人，他的朋友马正卿出面请求官方划拨一块土地，以供苏轼躬耕生活。官方应允，将兵营废地东坡四五十亩划给东坡自食其力。东坡很高兴，常常躬耕于此，自号"东坡居

士"。从此苏轼才可称东坡。我在写作《苏轼徐州日记》的过程中，不止一两个朋友相问，为何不直接叫作《苏东坡徐州日记》呢？我笑说，那时只有苏轼苏子瞻，真的还没有苏东坡。

元丰七年（1084年）正月二十五日，神宗皇帝亲自签署命令，苏轼调任汝州团练副使，本州安置，不得签署公事。虽是平调，但汝州毕竟离繁华的京城更近一些。更重要的是，这说明皇帝还记得有一个苏轼还活在黄州。

1085年。乙丑。元丰八年。五十岁。

这一年正月四日，苏轼上书求住常州，经南京到常州。

五月内，复朝奉郎，知登州。

但到任仅仅半月，除起居舍人。

1086年。丙寅。宋哲宗赵煦元祐元年。五十一岁。

这一年王安石去世，旧党得势，苏轼被召回朝，由起居舍人升为中书舍人，又升翰林学士知制诰，位极人臣。

但他并不因受到旧党的重用而隐瞒和改变自己的政治观点，认为王安石的新法有一些已证明是有效的，不可一概废除。这使他与旧党人物处于尖锐的矛盾对立状态，多次受到他们的诬陷，在朝中难以立足。

1087年。丁卯。元祐二年。五十二岁。是年苏轼为翰林学士，复除侍读。

1088年。戊辰。元祐三年。五十三岁。

是年苏轼任翰林学士，当年省试，苏轼知贡举，又充馆伴北使。

1089年。己巳。元祐四年。五十四岁。

是年苏轼任翰林学士，三月内，累章请郡，除龙图阁学士、知杭州。帝遣内侍赐龙茶、银合，用前执政恩例。七月三日，苏轼到杭州任，谢表云："江山故国，所至如归。父老遗民，与臣相问。"在苏轼出牧余杭期间，苏辙代苏轼为学士。

1090 年。庚午。元祐五年。五十五岁。

是年苏轼在杭州任。

1091 年。辛未。元祐六年。五十六岁。

是年苏轼在杭州任，被召赴阙，寒食时节离开杭州。

1092 年。壬申。元祐七年。五十七岁。

是年苏轼在颍州任。

1093 年。癸酉。元祐八年。五十八岁。

是年苏轼任端明、侍读二学士。他的第二任妻子王闰之在京城去世。九月，复以二学士出知定州。

1094 年。甲戌。元祐九年（绍圣元年）。五十九岁。

是年哲宗亲政，重新起用新党，把屡受旧党排斥的苏轼作为旧党要员处置，贬苏轼知定州。就任落两职，追一官，贬知英州（今广东惠州市）安置，流放到时为瘴疠之乡的岭南。

行经滑州，未到任间，再贬宁远军节度副使，惠州安置。

1095 年。乙亥。绍圣二年。六十岁。

是年苏轼在惠州，迁居于合江亭。

1096 年。丙子。绍圣三年。六十一岁。

是年苏轼在惠州。七月，苏轼的第三任妻子王朝云去世，苏轼作诗悼之，并作墓志，于惠州栖禅寺大圣塔葬处作亭覆之，名之六如亭。

1097 年。丁丑。绍圣四年。六十二岁。

是年苏轼在惠州。其长子苏迈授韶州仁化令，闰二月（中冬）上旬，苏迈挈家至惠州。

五月，苏轼再贬为琼州别驾，昌化军安置。把家安于惠州，一个人和幼子苏过渡过茫茫大海。是月十一日，遇苏辙于滕州。

六月十一日，苏轼与苏辙相别渡海。

七月十三日，渡海抵达当年荒僻异常的儋州（今海南儋县）。想借一间旧的官屋以避风雨，但没有获得批准，只有自己买地造房。当地百姓听说是鼎鼎大名的苏东坡，纷纷前来帮忙。盖好了房屋三间。

在这期间，苏轼经历了这样一个故事。他在惠州刚刚安顿下来，忽然又接到前往儋州的命令。惠州太守方子容来安慰他说："这些都是命运中早就定好的安排。我的妻子平时信佛，一天晚上梦见一个和尚来辞行，说他与苏子瞻同行，在这之后七十二天，会有新的命令到达，我到那时就要走了。现在刚好是第七十二天，你说这不是前世就定好的吗？"

1098 年。戊寅。绍圣五年（元符元年）。六十三岁。

是年苏轼在儋州。在距离苏轼抵达儋州九百二十一年后的 2018 年的盛夏时分，我来到了这片我魂牵梦绕的土地。那一年，苏轼也是在这样的季节登上这座海岛。

热、闷，不仅仅是气候之苦。

那一年，苏轼是没有舟车的。搀扶他的是他的幼子苏过。他来到这个叫作儋州的地方之后，就对儿子安排了要急办的三件事：第一要造一口棺材，第二要选一块葬地，第三要造墓。向来以乐观著称的苏公已经彻底绝望，他甚至已经对第二天的太阳不抱有任何的希望。

我一直在想，当年六十二岁的苏公或许也在儋州的丛林里思考，究竟是怎样的原因使他落魄于此？政见不同以致政敌迫害，或为一。但当他已经潦倒如此，连他自己都看不到一丝东山再起的希望时，他的政治生命已然终结，可为什么还是被人一而再再而三地踩入泥淖之中？

我想，只是因为他盖世的才华。

才华也如利刃，藏不住的。或不伤人，但却晃瞎了一些人的狗眼，尤其是那些自认为也有些许才华的人。

他只要站立着，不动也是一座山，他或无意，但那会令宵小感到无

271

穷的压力。这便是他的错了。

所以，没有了王安石、欧阳修那样的自信之人，苏公面对的都是仇视的目光。

他们以为，苏轼即便只是无声地站在那里，也是他们的噩梦肇始。

于是，没有人希望他会出现在自己的视野里。

儋州，是我寻访苏公遗迹的重要一站。

这里是给他生命最后一击的地方。它在一个令我不知因何心生恐怖的叫作天涯海角的所在。

那里，有我不知道的遥远。

而今，我来了。

从三亚到儋州有三百多公里的里程。高速路上驾车而行，心却常常走神。儋州，因苏公而闻名，儋州，又会为苏公留下些什么？

下了高速不远，东坡书院已在眼前。大门外面有一处苏轼诗词背诵处，上面写着能完整地背诵六首苏轼诗词，便可免费获门票一张。真是有意思的想法，若是来这里能背得出苏轼诗词，当是苏轼文化的爱好者，即是苏轼之追求者，这票的确似可免去。我从差不多万里之外而来，只为慕苏公之逸风，便想着去背几首苏轼诗词，不为那一张门票，是想作为与冥冥中的苏公相遇的问候。

前面有两三个人在背，不算流畅，但仍是让我感动。

我想，这苏轼儋州东坡书院的门票总是要买的，不然也对不起这座书院的管理者。同时，也对自己能不能一字不漏地背诵六首苏轼诗词忽然忐忑起来，便不再等待，买票入场。二十一元的门票似乎不算太贵。

我想找的是苏轼那尊戴着斗笠的塑像。

一如想象，东坡书院里有关于苏轼的大量诗碑。关于苏轼的故事，关于苏轼的文字。印象深些的有两处，一是看到一对年轻的夫妇绕过栏杆，抱着孩子攀到苏轼的像上照相，我看着难受。另一处是看到一群学童在诵读苏轼诗词，声音朗朗，听得我如醉如痴。

我一个人转到后院，在树林间漫步，想象苏轼在这里的困顿人生。

苏轼是天造之才，他的才情必不负天下，即便他身居当年的这蛮荒之地。

他似乎百无一用，春婆都笑他，可记得翰林一梦。

苏轼笑，说我可以把我的所知所识教给当地的黎民。

在这里，他是一个远道而来的教书先生。因为有了他，这里的暗夜有了黎明的亮色。

那个我心念的雕像在一个叫作"西园"的地方。正午，我一个人在雕塑前静立。阳光落在雕像上有些晃眼，我甚至无法看清苏公的容貌细致。忽然就记起苏公的那首《别海南黎民表》："我本海南民，寄生西蜀州。忽然跨海去，譬如事远游。平生生死梦，三者无劣优。知君不再见，欲去且少留。"继而是《密州出猎》，再而是《别徐州》，我念叨了一首又首，不能自已，一任同行的小朋友笑我痴癫。

不想再看了，我知道这所有的建筑都差不多与一千年前的苏公茅屋无关，但这地方应该还记得当年的风雨。那风雨是如此真实地飘过。

该记住两个人，一个叫张中，是当时这个地方的一个小官员。苏轼来时，父子穷困潦倒，无一处可避风雨，便是他提供了一间破旧的官屋给苏轼父子。但很快被一个叫作董必的官员获知，董竟专程派使者渡海过来，将苏家父子赶出官屋，使得苏轼父子只有在桄榔林里栖息。那张中因为不顾上司警告，政治意识不强，照顾苏家父子而被免职。但免职之后，他对苏轼儋州生活依然关照有加。这是苏轼在阴霾满天时偶见的

273

那缕阳光。

另一个人叫作黎子云，是他相伴苏轼左右，令苏轼找到了绝望中的希望，那就是教育。黎子云让苏轼没有忘记，苏轼之所以为苏轼的使命，他是上苍派给儋州苍生的智者，他让儋州的黎民众生惊喜地发现，这个从万里之外发配至此的老头儿原来是那么一颗耀眼的星辰。

张中之善良担当于千万年都是难得，更何况是官场之人。黎子云劝苏轼教育黎苗之弟，福泽海南黎民，也使得苏轼在万般悲苦之中看到了自己的价值和恍惚之中的希望。

似乎还该记住的是那个董必，他因迫害苏轼而在岁月留名，虽然这名让人心生诅咒。

人生之朋友敌人，原在患难中分清。我倒想，那些并不落井下石的路人，似乎也值得纪念。

出得载酒堂，想到海南名贤王佐在《重建载酒堂记》中的话："斯堂一区，阔不盈亩，而可以该夫半部《宋史》也。"诚哉斯言，若无苏轼，谁知天下有儋州？若无苏轼，整个唐宋便少了过半色彩。

书院之外，照相留念。看那诗词背诵处已是无人等待，便上前，背《登云龙山》，背"寂寂东坡一病翁"，最后背的是"心似已灰之木，身如不系之舟。问汝平生功业，黄州惠州儋州"。以前还在疑惑，苏公何以把这三地作为一生最重要的功业之地，至此方悟到：坎坷和磨难正如砥石，使得宝剑以宝剑的形式立世。若是苏轼只得杭州、徐州，那么这苏轼的形象不知要单薄几分。

背诗时，我知道可以背自己熟悉的"山色空蒙雨亦奇"，但我没有，我知道儋州的苏公该有怎样的心境。

我拒绝了那张免费的门票，只希望能取下墙上的那个斗笠戴在头上照张相，那种斗笠据说苏公戴过。工作人员欣然从之。相照了，可回头翻看，全无苏公的样子。

莫听穿林打叶声，何妨吟啸且徐行。竹杖芒鞋轻胜马，谁怕？一蓑烟雨任平生。

料峭春风吹酒醒，微冷，山头斜照却相迎。回首向来萧瑟处，归去，也无风雨也无晴。

东坡私塾里学童的声音隐隐传来，归去，随他风雨随他晴！

1099 年。己卯。元符二年。六十四岁。

是年苏轼在儋州。

这时苏轼已被流放儋州整整三年。

1100 年，庚辰。元符三年。六十五岁。

这一年苏轼还在儋州。

五月，皇家大赦，指令苏轼可转移到环境条件较好的廉州安置。苏轼并没有急急离开，而是留在儋州过中秋，至八月末才动身前行。做木筏下水，历容、藤等地抵达梧州。与儿子苏迈约定，搬家到梧州相会。这时次子苏迨也已到达惠州。

也是这一年，又接到转移到永州的命令，行走到英州的时候，朝奉郎的官职得以恢复。

在昌化时，有个"春梦婆"的故事，值得一说。

按赵德麟的《侯鲭录》记载：

东坡老人在昌化，曾经背着一个大瓢，赤脚行歌在田亩间，所歌唱的都是哨遍曲。这时有个七十多岁的老年妇女看到后说："内翰昔日富贵，一场春梦。"东坡深以为然，说您这"春梦"一词太好了。村里的人便从此呼这位老婆婆为"春梦婆"。

1101 年。辛巳。宋徽宗建中靖国元年。这一年蔡京被正式重用。苏轼时年六十六岁。

度岭北归。

五月，行至真州，也就是今天的镇江。瘴毒发作，病情渐次加重，行程不得不中止于常州。

六月，给皇上打报告，请求以本官退休养老。

七月丁亥日，即七月二十八日，苏轼卒于常州。这成了1101年最值得纪念的大事件。

"八"这个数字与苏轼多有纠结——

他出生于公历的元月八日，一生颠沛流离自此开始。元丰二年的七月二十八日，他在湖州任上被逮捕。八月二十八日，被投入御史台监狱。

这次被从岭南解放回京，虽是没有全部平反，毕竟还是看到了些许希望。但在这年的返京途中，大约是七月八日的样子，行走到常州的苏轼因为其时烈日吐焰，酷暑难当，舟中更是闷热不堪，解衣露坐，贪风纳凉，同时大量饮用冰水，到了夜间便开始拉肚子。这对于一个六十六岁的老人来讲是不堪忍受的。第二天便爬不起来了。苏轼自病自诊，先是服黄耆（亦称黄芪）汤，此药可疗腹痛泻痢，亦有温补作用。好友米芾前来看望他，送来麦门冬汤，此药由麦门冬、人参、茯苓组方，既止泻，又温补，苏轼认同此药，每日服用。但现在看来，苏轼给自己开的药方还是有些问题的。按后来的医生说，这个时候若是以"大顺散"取代黄耆汤，苏轼或不致因此亡命。"大顺散"组方为甘草、干姜、杏仁、肉桂，主治中阴暑，食少体倦，发热作渴，腹痛吐泻。之后应以犀角地黄汤取代麦门冬汤。但是否真的有效就不得而知了。

七月十八日，病情转重，亲人垂泪相对。他对守在自己身边的三个儿子说，我自己一生没做过什么恶事，想来死后也不会下地狱，你们千万不要哭

藤花旧馆遗址

276

泣。并在这一天对自己的后事做了安排。希望死后葬在嵩山之下，还希望他的弟弟苏辙能为他撰写墓志铭。

又八日，康复已是无望。苏轼好友、杭州的维琳方丈陪伴身边，一直与他谈论今世和往生。方丈嘱咐他多念几句佛家偈语，以求康复。苏轼这时写下了他一生最后的一首诗，诗中说，再大的疾患都是因为有这个身体，只有到没有身体的时候才会真的没有疾病。那些咒语都是没有什么用的虚幻之事，当不得真。维琳问：你怎么会有这样的想法呢？苏轼说，我也是读过《高僧传》的。鸠摩罗什应该算是高僧吧？鸠摩罗什行将去世之时，有很多由天竺同来的僧友，替他念梵文咒语。可鸠摩罗什不还是一样死去吗？苏轼强撑病体，取过笔墨，在纸上写道："某岭海万里不死，而归宿田里，有不起之尤，非命也耶！"说我在岭南荒蛮之地生活这么久都没有死去，现在马上要回家种田了，却面临死境，这不是就命吗！这二十一字成了先生的绝笔。

七月二十八日，又是一个带八的日子。常州藤花旧馆。

他迅速衰弱下去，呼吸已觉短促。家人在他鼻尖上放一块棉花，才好容易看到他的呼吸。这时，维琳方丈走得靠他很近，在他耳边大声地说："端明！不要忘记用力西方极乐世界！"神色恍惚之间，苏轼轻声叹息："佛家所说的西方极乐世界应该是有的，可惜我没有力量到达了。"也是苏轼好友的常州诗人钱世雄这时就站在一旁，对苏轼说："现在，你更应该用力去求啊！"苏公的脸上此时似有几分笑意，他这样回答老友说："着力即差。"后人对这四字的理解不尽相同。有人说他的意思是说，我一用力就出现偏差，表现了欲求不得之苦。我却是这样想，他的本意是说往生极乐世界是自然而然的事，若是用力便是错了。这似乎更符合先生一生随遇而安、淡泊无求的心态。

"着力即差"，是先生留给这个世界最后的声音。

这一天，先生在患病二十天后寂然离世。

讣告一发，吴越之民，相与哭于市。无论官民贵贱，皆是感伤落泪。太学之士数百人，前往哀悼。

我曾两次到苏轼的病逝之地凭吊。当年的藤花旧馆一如当年的逍遥堂，被高楼大厦所压迫。未见藤花灿然，只有青瓦白墙入眼。我手抚着大门上的铜钉感慨，忽似有先生的声音从车马喧嚣之中挤了过来，"着力即差"，一切还以自然了然吧。

闰六月二十日：
他把比一生更长的时间交给了这里

您的坟高只有七尺，可在天下人心中您就是泰山北斗。见泰山当前，望北斗悬空，先生，我只有匍匐在地。

三苏祠门前三苏塑像

次年闰六月二十日，葬于汝州郏城县钓台乡上瑞里。

我一直很奇怪。河南郏县，这里不是他的生地，不是他的死地，不是他的官宦地，也不是他说的平生功业地。游走天南地北的苏轼何以把比一生更长的时间交付给了这里？直到2015年的夏天，我匍匐在他的墓前，才得以对其中的缘由略略了解。

他的终老之地的选择同样出于那种伴随他一生的无奈。

苏轼选择葬于此地，首先与其弟苏辙有重大关系。原因有二：其一，这里是苏辙曾长期任职之地；其二，在此地设苏家墓地起自于苏辙提议。苏辙曾有书信和苏轼郑重讨论，考虑到家乡眉山山高路远，弟兄两人宦游在外官身无着，不若就其近另选家族林地的问题。这里的"其近"是指离苏辙的宦居地汝州较近。照说应考虑离长兄苏轼的居所较近才合常理，可苏轼一生不合时宜、颠沛流离、居无定所，而苏辙则相对稳定，所以考虑就苏辙之近更加合理。更兼苏辙之三儿媳黄氏（苏逊之

279

妻）亦先于苏轼亡故，也需寻地安葬。

因苏轼、苏辙兄弟感情笃厚，苏辙之提议苏轼自当高度重视。

其次亦是暗合苏轼之意。公元 1094 年（绍圣元年）苏辙出知汝州期间，苏轼由定州南迁

三苏坟

英州，便道于汝，与弟相会。其间苏辙陪同苏轼游览汝州名胜。行至郏县，兄弟二人登临钧天台，北望莲花山，见莲花山余脉下延，"状若列眉"，状似家乡峨眉山，二人就有以此作为归宿之地之议。

至于有文字说是苏轼任汝州团练副使时自己选定此处作归焉之地，应是有误。苏轼的档案上的确有"量移汝州"一说，但事实上他还未及上任又被改任他处了，也就是说他根本就没有在汝州实际任过任何职务。

但他在病重之时，写信与弟苏辙，直言："即死，葬我嵩山下，子为我铭。"说得明确直白，"我死了，把我埋在嵩山之下，由你为我写墓志铭"。郏县苏坟即在嵩山脉系之下，也就是说葬在这里的确有苏轼的主动意思。

第三是情势所至，别无选择。依当时情景，苏轼因病客死常州，家境寥落，若是迁葬四川老家或在常州寻地安葬，

苏轼墓

财力人力都不足为。所以当苏辙征求苏轼葬地意见时，苏轼才有"葬地，弟请一面果决。八郎妇可用，吾无不可用。更破十缗买地，何如留作葬事，千万莫徇俗也"（苏轼《与子由书》）之说。联系上下文理解，应是苏辙此前就葬地事征求苏轼意见，至少提出了两个方案：一是就用已定墓地，其时已定或已经将先亡的苏逊之妻埋在此处；二是为苏轼另外择地。苏轼选择了前者，而且注明了其中重要的原因，就是另外买地太费钱财，说买地要花的十缗钱，还不如用在丧事上。穷困潦倒之时，其弟苏辙是其唯一依靠，据实而论，葬于郏县，应是当时最好的选择。

四是或有文化方面的考量。

其一，与苏轼天下情怀相契。乌台诗案被御史台拘禁之时，苏轼极度悲观，心如惊魂之鸟、沸汤之鸡，给弟弟苏辙写的类似绝命诗的诗里，有"是处青山可埋骨，他年夜雨独伤神"的句子，魂归故里落叶归根已不再想。因天下生，自可葬于天下，随处即是是处。随遇而安一直是苏轼宦海沉浮不死的重要支撑，最后的归焉自然也不例外。

其二，宋时有大臣亡要葬在京都五百里范围之内的规则或习俗。就以宋而论，出身庐州合肥的包拯死葬巩县，出身苏州吴县的范仲淹死葬伊川，出身江西永丰的欧阳修死葬新郑，大约都与这习俗有关。于臣子言是表最后的忠君之意，于皇帝言据说是死后的老皇帝便于就近找大臣们聊天。苏轼虽屡经贬谪，但终究是忠君的，把自己葬于离京都较近的地方应是他乐见的。当然，他不可能知道，就在他安葬几个月后，当时的皇帝就列了一个罪臣榜，并要求在全国刻碑警示，苏轼可是名列榜首。但即便苏轼有知，他一心向君的思想也应不会

三苏庙

281

改变。

其三，宋时之人选择葬地有追求"土厚水深"之说，与可能的眉山或常州相比，郏县地貌最为吻合。在郏县时听苏轼研究专家刘继增教授介绍，即便纯从堪舆角度来讲，三苏葬地诸项条件都满足风水宝地的标准要求。我对此所识浅薄，不敢妄议，但实地感觉还是极为认同的。

历史的真实已随千年风吹雨打斑驳难辨。从已有的文字记载中知道，就在苏轼死后的第二年，苏轼诸子从常州扶柩至郏城钧台乡上瑞里（今河南郏县茨芭乡苏坟村），遵照苏轼生前遗愿，与第二个夫人王闰之合葬于此。

历史总有许多让我们痛心之处，死后的苏轼仍然得不到安宁。

1102年五月初四，就在苏轼的灵柩从常州移往郏县墓地的途中，因同情苏轼的太后去世，朝廷风云再次变幻。去世差不多一年的苏轼竟再次被朝廷贬了一回。

1103年，朝廷下诏要求毁掉《东坡集》和《后集》的印版。现在我看着案头根据日本国立图书馆收藏的扫描版自己印制的一套《东坡集》，倍感珍贵。

十年后，也即苏轼去世十一年后，1112年，即宋政和二年，苏辙病逝，葬于兄墓之左。

1103年九月十七日，苏轼的名字被刻上元祐党籍碑。苏轼名列曾任待制以上官员名单的第一位，被归入三百零九名元祐奸臣乱党之中。死后三年，苏轼被打翻在地再踏上一只脚。

这一年，一个叫岳飞的男孩在当时的相州汤阴县出生。

1126年，苏轼去世二十六年后，金军攻占北宋都城开封（今属河南）。次年二月，废宋徽、钦二帝，北宋消亡。

1127年，五月，皇族康王赵构于南京（今河南商丘南）即位，仍沿用大宋国号，史称南宋，年号建炎，是为宋高宗。

苏轼去世二十七年，公元1130年，也就是建炎四年六月十日，皇帝赵构忽然极其渴望能看到苏轼的书画。他下令苏轼的家人苏迟进献苏轼的书画数轴。还专门强调说，苏轼的书法内容没有一处不是正能量，说的话都有益处，我不是仅仅看他的书画功夫。

1142 年，那个叫岳飞的人被南宋朝廷以"莫须有"的罪名杀害。

苏轼去世四十年，也就是 1170 年，乾道六年，孝宗皇帝接受苏轼老家太守何耆仲的申请，追授苏轼文忠称号。自此，世间才有了苏文忠公的说法。

1173 年，还是这个孝宗皇帝，为苏轼文集亲自作序，赐给苏轼的曾孙苏峤。

同年二月，又赐给了苏轼一个太师的称号。

这时，苏轼坟前的松柏已是虬枝劲发，遮天蔽日。先生当可在松下安心听雨。

元朝至正年间，郏县县令杨允置苏轼之父苏洵的衣冠冢于苏轼苏辙墓之中间，这就是世人所称的"三苏坟"。千百年来，前往凭吊者络绎不绝。

我一度有个念头，循先生足迹，把其一生所到之处亲自走一走、看一看。前往苏公之最后归宿地更是计划中必定的行程。2015 年夏天，虽天气炎热又是多雨季节，但看着与苏轼的移葬纪念日渐近，还是决定成行。此一往，自是了了一个心愿。

郏县苏轼文化研究专家刘继增老师夫妇全程陪同。我们先是参观了三苏祠博物馆，继而游览了广元寺和三苏祠碑林，百位书法名家书写的百篇百字"大江东去"文以及从全

"三苏坟"甬道入口嬉戏的儿童和算卦的老人

国苏轼经游十八地取来的纪念土都令我印象深刻，对郏县景苏人士细致深情的作为感佩不已。出广元寺往东，经蛙鸣道拾阶而上，瞻仰了苏轼雕像。听刘老师讲了许多有趣有味的背景故事。

沿着长长的石道，就要走向苏轼的墓地，我的脚步竟渐渐沉重起来，心里也开始变得忐忑。千古风流人物、万代文坛领袖真的就在我的面前？"在天为星辰朗照千秋万代，在地为河岳滋润万树千花"，不知是谁写的联句，应是能表达我心中景苏之情之一二。三苏坟前，古道尽头，看有村童在石兽古柏旁嬉戏，老者设摊待客，念及先生在徐州醉卧黄茅冈的情态不禁莞尔。先生应是一如既往地平和近人。况我来自先生故地，或是一提徐州旧号，先生便会振衣而起。

我以最近的距离仰望北斗。

彭城旧使君，我来了，您是不识我这彭城小子的，我们还隔着一千年的风雨。我只是您所建黄楼的仰望者，是苏堤路上的路人甲，是放鹤亭前的游人乙。说不清、道不明是怎样的因缘，让我那么迫切地渴望走近您的世界、亲近您的灵魂。

郏县苏轼雕像

轻过飨堂，慢行祭台，三苏坟就在我的面前。最灿烂的唐宋文学八分天下之三分竟集于斯，面向于我的三个朴素的坟头，左为苏辙、中为苏洵（衣冠）、右为苏轼。我静默肃立，恭敬行礼。

然后，我轻轻地径直走向东首的那座坟茔。我在心里轻呼：先生，您可安好？我不敢走得太近，感觉先生强大的气场还在。这一刻，我忽然想到，这或是我和先生之间最小的距离了。就是一抔黄土，深厚不过数尺。若有清风拂去，我们便可执手而视、促膝相谈。时空，原来可以这般解读。

面对那残碑、那香炉、那绕墓而生的万千松柏，我双膝跪下，以额叩地，一而再，再而三。先生，您或有知，看我在这里以天下生而为人者最卑恭的姿势来表达我心中最高的礼敬。敬您万世难及的高情华才，感您一生的郁郁之态，伤您挥之不去的颠沛流离。您真的就是经天的星辰，一直亮着，自可胜高处之寒。您真的就是行地的河岳，走着或者静立都是永恒的风景，笑着独忍蝼蚁之苦。您的坟高只有七尺，可在天下人心中您就是泰山北斗。见泰山当前，望北斗悬空，先生，我只有匍匐在地。

郏县回来，即动手写作《黄楼观风——苏轼在徐州》。虽有十几年的准备积累，可真的坐到案前依然是一腔惶恐。我该在家乡人的心里树立起怎样的苏公形象？心里并没有清晰的方案。我们父女彻夜长谈，纠结处争得面红耳赤，得意时常常击掌相贺。我们商定采取最愚笨的办法，循着先生的足迹行程，以记录者的态度去充实这个伟大的形象，尽

作者老土匍匐在苏轼坟前

可能地透过史料去更加真切地贴近苏公，感受他的喜怒哀乐。有时候感觉我们离他那么近。苏堤路上，燕子楼旁，黄楼之侧，吕梁陇上，我几次疑为苏公就在我的前面，就在岁月的拐角之处。有时又觉得相隔太远，除了岁月的风尘，还有我虽踮起脚尖也还是只能远远仰望的疏远。为其一句诗里的用典苦思终日，为其莫名的一次感叹而苦求其缘。中间有过一天数千字的酣畅，也有独坐终日一无所得的艰涩。好几次，我不得不停下笔来，去黄茅冈上走一走，到百步洪处看一看，抚摸一下黄楼的朱栏，凝望一下燕子楼的曲港，以此方式完成与先生的沟通。也许是，也许非，但这总是我心中的先生了。

愿先生知我之心。

2018 年秋月　终稿于云龙山下

图书在版编目（CIP）数据

黄楼观风：苏轼在徐州 / 张梦雨, 老土著. —— 北京：中国文史出版社, 2019.2

（徐州历史文化丛书）

ISBN 978 - 7 - 5205 - 0878 - 0

Ⅰ. ①黄… Ⅱ. ①老… ②张… Ⅲ. ①散文集 - 中国 - 当代 Ⅳ. ①I267

中国版本图书馆 CIP 数据核字（2018）第 270788 号

责任编辑：牟国煜

出版发行　中国文史出版社

社　　址：北京市海淀区西八里庄 69 号院　邮编：100142
电　　话：010 - 81136606　81136602　81136603（发行部）
传　　真：010 - 81136655
印　　装：廊坊市海涛印刷有限公司
经　　销：全国新华书店
开　　本：720 × 1020　1/16
印　　张：18.75　　字数：149 千字
版　　次：2019 年 2 月第 1 版
印　　次：2019 年 2 月第 1 次印刷
定　　价：69.80 元